제0호

제0호

움베르토 에코 장편소설　이세욱 옮김

NUMERO ZERO
by UMBERTO ECO

일러두기
• 이 책은 밀라노 봄피아니 출판사가 2015년에 출간한 초판본 *Numero Zero*를 번역한
것입니다.
• 각주는 모두 옮긴이의 주입니다.

이 책은 실로 꿰매어 제본하는 정통적인 사철 방식으로 만들어졌습니다.
사철 방식으로 제본된 책은 오랫동안 보관해도 손상되지 않습니다.

아니타를 위하여

연결하기만 하라!*

—E. M. 포스터

* E. M. 포스터의 소설 『하워즈 엔드』의 제사(題詞)이기도 하고 그 소설의 22장에 나오는 대목의 한 문장이기도 하다. 그 대목을 조금 더 소개하면 이러하다. 〈그저 연결하기만 하라! 그게 그녀가 해준 설교의 전부였다. 그저 산문과 열정을 연결하라. 그러면 두 가지 모두가 고양될 것이고, 인간의 사랑은 정점에 이를 것이다. 산산조각이 되어 사는 것은 이제 그만이다. 그저 연결하기만 하라. 그러면 고립되어 있을 때만 생명을 얻는 짐승과 수도승이 그 고립 상태를 빼앗긴 채 모두 죽게 되리라.〉

차례

1

1992년 6월 6일 토요일, 오전 8시

아침에 일어나고 보니, 수도꼭지에서 물이 흐르지 않았다.

꼬르륵꼬르륵, 아기의 트림 같은 소리가 두 번 나더니 그것으로 끝이었다.

나는 이웃집의 문을 두드렸다. 우리 집에는 별 탈이 없는데, 수도 계량기의 손잡이를 돌려 물을 잠그신 것 아닌가요? 하고 이웃집 아주머니가 말했다. 제가요? 저는 그 손잡이가 어디에 있는지도 모르는걸요, 아시다시피 제가 여기에 산 지 얼마 되지도 않았고, 밤이 되어야 귀가하거든요. 아무리 그래도 일주일 동안 집을 비우는 경우라면 수도와 가스를 잠그지 않나요? 아뇨, 저는 잠그지 않아요. 주의를 안 하시는군요, 내가 들어가서 가르쳐 드릴게요.

그 여자는 개수대 아래의 작은 붙박이장을 열고 무언가를 움직였다. 그러자 물이 흐르기 시작했다. 봐요, 잠

11

가 놓았잖아요. 죄송합니다, 제가 이렇게 정신이 없어요. 아, 아저씨도 싱글이군요! 그 말을 남기고 이웃집 아주머니가 나갔다. 이젠 이 여자도 여느 사람들처럼 영어를 섞어서 말한다.

신경을 차분하게 가라앉혀야 하는 상황이었다. 형체도 드러내지 않고 집 안에서 이상한 장난을 친다는 폴터가이스트라는 정령은 존재하지 않는다. 그저 영화에나 나올 뿐이다. 그렇다고 내가 몽유병에 걸린 건 아니다. 설령 몽유병에 걸려서 밤중에 자다 말고 돌아다녔다 해도 나는 수도 계량기에 손잡이가 있다는 사실을 몰랐다. 그걸 알았다면 샤워기에서 물이 새는 것을 막기 위해 잠들기 전에 손잡이를 돌려서 물을 잠갔겠지. 밤중에 그 물방울 소리를 계속 들으면 마치 쇼팽이 빗방울 전주곡을 작곡했던 발데모사에 와 있는 기분이 들면서 잠을 못이루기가 십상이었다. 실제로 나는 종종 밤중에 깨어 일어나서, 욕실 문과 침실 문을 닫으러 간다. 그렇게 문들을 닫아야 물이 뚝뚝 떨어지는 그 짜증스러운 소리가 들리지 않는다.

내가 아는 한, 손잡이가 돌아가서 수도가 잠긴 것은 전기 스위치를 잘못 건드린 것과 아무런 상관이 없다(그 손잡이란 말 그대로 손으로 잡고 돌려야 하는 것이다). 그리고 쥐라는 동물하고도 상관이 없다. 설령 쥐가 거기로 지나갔다고 해도 그 장치를 움직일 만한 힘은 없지 않은가. 손잡이는 구닥다리 쇠바퀴이고(이 아파트에 설치되어 있는 장치들은 적어도 50년은 묵은 것들이다), 무엇보다 녹이 슬어 있다. 따라서 그걸 돌리자면 손이 필요했다. 그것도 사람의 손이 말이다. 내 아파트에 벽난로가 있다면 「모르그 거리의 살인」에 나오는 커다란 원숭이가 지나갈 수도 있었겠지만, 여기에는 그런 벽난로가 없다.

차분하게 생각해 보자. 결과에는 그 원인이 있게 마련이다. 적어도 사람들 말은 그렇다. 기적은 없다고 치자. 하느님이 내 샤워기에서 물이 새는 것을 보고 걱정하실 이유는 없다. 홍해의 기적을 일으키신 하느님이 어찌 샤워기 따위에 신경을 쓰시랴. 그러니까 자연스러운 결과에는 자연스러운 원인이 있는 것이다. 어젯밤에는 잠자리에 들기 전에 물 한 컵을 받아서 수면을 유도하는 스틸녹스를 한 알 먹었다. 말하자면 그때까지는 물이 아직 나오고 있었다는 얘기다. 그런데 오늘 아침에는 물이 나오지 않았다. 그렇다면 친애하는 와트슨, 급수관의 손잡이는 밤중에 잠긴 거야. 물론 자네가 잠근 건 아니지. 이 집에 한 사람 또는 여러 사람이 침입했는데 내가 잠에서 깨어날까 두려워했던 거야. 자기들이 내는 소리는 문제가 되지 않았지만(그들은 소리를 죽이고 살금살금 돌아다녔을 테니까), 빗방울 전주곡 같은 물소리가 신경에 거슬리고 그 소리 때문에 내가 깨어나지 않을까 걱정했

13

겠지. 그래서 그 약아빠진 자들은 내 이웃집 아주머니가 그러듯이 계량기의 손잡이를 돌려 물을 잠근 거야.

그다음에는 무슨 일이 벌어졌을까? 내 책들은 여느 때와 다름없이 흩어져 있었으니까, 세계 곳곳을 누비는 첩보 요원들이 잠입해서 책장을 낱낱이 넘기며 훑어보았다 해도 나는 알아차리지 못했을 것이다. 내가 서랍 속을 들여다보거나 현관 붙박이장을 열어 보는 것은 쓸모없는 일이다. 그들이 무언가를 찾아내고자 했다면 그저 컴퓨터 파일을 뒤져 보는 것으로 충분했을 것이다. 그들은 시간을 허비하지 않기 위해 아마도 집을 빠져나가기 전에 모든 것을 복사했으리라. 어쩌면 파일을 하나하나 열어 보고 나서 컴퓨터에 자기네가 갖고 싶어 하는 것이 전혀 없다는 것을 알아차렸을지도 모른다.

그들은 무엇을 찾아내리라고 기대했을까? 분명한 것은 ─ 그러니까 내가 짐작할 수 있는 그들의 유일한 침입 이유는 ─ 그들이 우리 신문에 관한 무언가를 찾고 있었으리라는 것이다. 그들은 바보가 아니다. 우리가 편집부에서 하고 있던 모든 일에 관해서 내가 메모를 했으리라 생각했을 것이다. 또한 내가 브라가도초 사건에 관해 무언가를 알고 있다면 어딘가에 적어 놓았으리라고 생각했을 것이다. 그들의 짐작은 틀리지 않았다. 실제로 나는 모든 것을 디스켓에 보관하고 있으니까. 분명 그들은 간밤에 편집부 사무실에도 들렀을 것이다. 그러나 그들은 디스켓을 찾아내지 못했다. 따라서 그들은 지금쯤 디스켓이 내 호주머니에 들어 있다고 결론을 내고 있으리라. 우리가 멍청했어, 그자의 재킷을 뒤져 보았어야 하는데, 하고 그들은 푸념하고 있을 것이다. 멍청하다고? 추악한 자들이겠지. 그들이 영리한 자들이라면 그렇게 더러운 일을 하는 처지가 되지는 않았을 거야.

이제 그들이 다시 올 것이다. 적어도 탐정이 〈도둑맞은 편지〉를 찾으러 오는 것과 비슷한 일이 벌어질 것이다. 어쩌면 가짜 소매치기들이 길거리에서 기습을 가할지도 모른다. 그들 쪽에서 새로운 시도를 하기 전에 서둘러야 한다. 디스켓을 우편 사서함에 보내고 언제 찾으러 갈지는 나중에 보고 결정해야겠다. 아니, 내가 무슨 바보 같은 일을 생각하는 거지? 벌써 한 사람이 죽었고 시메이는 모습을 감추었다. 내가 알든 모르든, 또 내가 무엇을 알고 있다 해도 그들에게는 전혀 도움이 되지 않는다. 그들은 신중을 기하기 위해 나를 없애 버릴지도 모른다. 그러고는 그 사건에 관해서 더 이상 말하지 않을 것이다. 신문에 알릴 수도 없다. 그 사건에 관해서 말하는 것만으로도 알고 있다는 뜻이 될 테니까 말이다.

어쩌다 내가 이런 번잡하고 성가신 일에 말려들었을까? 내가 보기엔 디 사미스 교수가 있었기 때문이고 내가 독일어를 할 줄 알았기 때문이다.

디 사미스 교수가 왜 머리에 떠오르는 것일까? 벌써 40년이나 지난 일이 아닌가. 나는 내가 대학을 졸업하지 못한 것이 디 사미스 교수 탓이라고 늘 생각해 왔다. 그리고 내가 이렇게 어이없고 성가신 사건에 말려든 것은 대학을 졸업하지 못했기 때문이다. 안나가 결혼 2년 만에 내 곁을 떠난 것도 그것과 연결시킬 만하다. 안나의 말에 따르면, 나는 강박적인 패배자였다. 안나와 함께 살던 때에 나는 조금 더 멋있어 보이려고 잘난 체를 했을 것이다. 도대체 나는 무슨 얘기를 했을까?

내가 학사 학위를 받지 못한 데는 다른 이유가 있지 않다. 그저 독일어를 할 줄 알았다는 게 그 이유다. 내 할머니는 이탈리아어와 독일어가 함께 사용되는 트렌티노 알토 아디제 지방 출신이셨고, 내가 어렸을 때 독일어를 가르쳐 주셨다. 나는 대학 1학년 때부터 학비를 벌기 위해 독일어 책들을 번역하는 일에 나섰다. 그 무렵에는 독일어를 안다는 게 하나의 직업이었다. 나는 남들이 이해하지 못하는 독일어 책들(그리고 당시에 중요하다고 정평이 나 있었던 책들)을 읽고 번역했다. 보수는 프랑스어나 영어를 번역하는 것보다 높았다. 오늘날로 말하면 중국어나 러시아어를 옮기는 것과 비슷한 일이었다. 어쨌거나 독일어 번역을 하면서 학사 학위를 받도록 노력해야 하는 상황이었는데, 두 가지 일을 동시에 행할 수는 없다. 실제로 번역을 하자면 날씨가 어떠하든 집에서 나가지 않고 슬리퍼 차림으로 일하면서 많은 것을 공부하게 된다. 그러니 무엇 하러 대학에 가서 강의를 듣겠는가?

나는 안일한 마음으로 독일어 강의를 듣기로 했다. 이미 알 만한 것은 다 알고 있으니 공부를 따로 하지 않아도 되리라 생각한 것이다. 당시에 그 분야의 권위자는 디 사미스 교수였다. 그이는 노후화한 바로크 양식 건물 안에 자기가 연구하고 강의하는 공간을 마련했다. 학생들이 〈독수리 둥지〉라고 불렀던 그곳의 거대한 현관에 도달하자면 중앙 계단을 올라가야 했다. 이 공간의 한쪽은 디 사미스 교수의 연구실이었고, 다른 쪽은 강의실이었다. 강의실의 규모는 50석에 지나지 않았지만, 교수는 이런 강의실을 거창하게도 〈대강당〉이라고 불렀다.

우리가 연구실에 들어갈 때는 슬리퍼를 꼭 신어야 했다. 조교들과 두세 명의 학생들이 신을 수 있도록 입구에 슬리퍼가 마련되어 있었다. 슬리퍼가 모자랄 때에는 밖에서 자기 차례가 오기를 기다렸다. 연구실에 들어가 보면 모든 것에 왁스를 발라 놓은 듯 광택이 났다. 벽에 진열해 놓은 책들도 번쩍거렸고, 교수 자리가 나기를 아득한 옛날부터 기다리며 늙어 온 조교들의 얼굴도 번들거렸다.

강의실은 아치형 천장이 아주 높았고, 창문이 고딕식으로 나 있었으며(바로크 양식의 웅장한 건물에 왜 그런 양식의 창문을 냈는지 도통 이해가 되지 않았다), 스테인드글라스는 초록색이었다. 디 사미스 교수는 스스로 정해 놓은 시각에 맞춰, 다시 말하면 원래의 강의 시작 시간보다 14분 늦게 연구실을 나섰다. 그러면 1미터 뒤로 가장 나이 많은 조교가 교수를 따라가고, 2미터 뒤로는 아직 50대가 되지 않은 더 젊은 조교들이 따라갔다. 최고령 조교는 교수의 책들을 들었고, 젊은 조교들은 녹음기를 운반했다(1950년대 말까지만 해도 녹음기는 거대한 기계여서 마치 롤스로이스 한 대를 몰고 가는 것과 비슷했다).

연구실에서 강의실까지는 10미터밖에 되지 않았지만, 디 사미스는 마치 20미터 거리라도 되는 양 걸어갔다. 그는 직선을 그리며 곧장 걸어가지 않고, 포물선이나 타원 곡선을 따라 나아가면서 〈우리 다 왔어, 우리 다 왔어〉 하고 크게 소리쳤다. 그런 다음 강의실에 들어가면, 조각으로 장식된 연단에 놓인 자리에 앉았다 ─ 그 분위기로 말하자면 〈나를 이스마엘이라 부르라〉고 허두를 뗀 뒤에 『모비 딕』 같은 장대한 이야기를 늘어놓을 기세였다.

스테인드글라스로 비쳐 드는 초록색 빛 때문에 교수의 얼굴은 시신의 색깔을 띠었다. 조교들이 녹음기 주위에서 바삐 움직이는 동안 교수는 심술궂은 표정으로 미소를 지었다. 그러다가 말문을 열었다. 「내 단호한 동료인 보카르도 교수가 최근에 말한 것과는 달리……」두 시간에 걸친 강의는 그렇게 시작되기가 일쑤였다.

그 초록색 빛 때문인지 수마(睡魔)가 물귀신처럼 나를 덮쳐 왔다. 조교들의 눈에도 졸음이 그득했다. 나는 그들이 얼마나 고생하는지 잘 알고 있었다. 두 시간 강의가 끝나면, 우리 학생들이 하나둘 강의실을 빠져나가는 동안, 디 사미스 교수는 녹음테이프를 되감게 하고, 연단에서 내려와 민주적인 태도로 첫 줄에 조교들과 함께 앉았다. 그러고 나서 그들은 두 시간에 걸친 강의를 다시 들었고, 그러는 동안 교수는 중요하다 싶은 대목이 나올 때마다 만족스러운 표정으로 고개를 끄덕였다. 여기서 유념해야 할 것이 있다. 강의의 주제는 루터가 성서를 어떻게 독일어로 번역했는가 하는 것이었다. 정말 엄청나군, 하고 내 학우들은 얼빠진 표정으로 말했다.

강의를 별로 듣지 않고 2학년을 마칠 무렵, 나는 용기를 내어 하이네 작품에 담긴 아이러니에 관해 학위 논문을 써도 되느냐고 물어보았다(하이네는 불행한 연애 체험을 다루면서 적절한 냉소주의를 보였고, 당시 연애의 초짜였던 나는 그런 태도에서 위안을 얻었던 터). 그러자 디 사미스는 상심 어린 얼굴로 말했다. 「이보게 젊은이들, 이보게 젊은이들, 자네들은 곧바로 근대 문학에 덤벼들고 싶어 하는 게 탈이라네.」

그때 나는 계시를 받은 것처럼 깨달았다. 디 사미스를

지도 교수로 모시고 학위 논문을 쓰는 것은 희망이 없는 일이었다. 그래서 나는 더 젊은 페리오 교수를 생각했다. 그는 지성이 번득이는 것으로 명성이 높았고, 낭만파 시대와 그 전후 시기를 주로 연구하고 있었다. 그런데 선배들이 나에게 경고했다. 내가 설령 페리오 교수의 지도를 받아 논문을 쓴다 해도 디 사미스가 부(副)지도 교수를 맡을 수밖에 없고, 내가 페리오 교수에게 접근하면 디 사미스가 금방 알아차리고 나를 평생의 원수로 삼을 테니 공식적으로 접근하는 방식을 피하라는 얘기였다. 그렇다면 우회로를 취하는 것이 해결 방법이었다. 마치 페리오 교수가 자기 지도를 받으며 논문을 쓰라고 나에게 직접 요구했다는 식으로 말하면, 디 사미스는 그에게 화풀이를 하지 나를 원망하지는 않을 것이었다. 디 사미스는 페리오를 미워했다. 이유는 간단했다. 자기가 페리오를 교수로 임명했기 때문이었다. 대학에서는 일들이 여느 세계와 반대로 돌아간다(당시에도 그랬고, 내가 보기에는 오늘날도 마찬가지다). 말하자면, 대학에서는 아들이 아버지를 미워하는 게 아니라, 아버지가 아들을 미워한다.

디 사미스는 다달이 자신의 〈대강당〉에서 강연회를 개최했고, 매번 유명한 학자들을 연사로 초청하는 데 성공했기 때문에 많은 학우들이 강연회에 참석했다. 나는 이 월례 강연의 기회를 이용해서 마치 우연인 것처럼 페리오 교수에게 접근할 수 있으리라 생각했다.

그러나 실제로 벌어진 일은 이러하다. 강연이 끝나면 곧바로 의견 교환이 이루어진다. 발언 기회는 교수들에게만 주어진다. 그러고 나면 모두가 밖으로 나간다. 연사를 대접할 시간이기 때문이다. 연사는 〈라 타르타루가〉¹라는 레스토랑에서 식사를 하도록 되어 있다. 이 레스토랑은 부근 일대에서 가장 좋다는 평가를 받고 있으며, 19세기 중반의 양식으로 지어졌고, 종업원들이 아직도 연미복을 입는 곳이다. 디 사미스 교수의 〈독수리 둥지〉를 나와 이 레스토랑에 다다르기 위해서는 아케이드가 있는 큰길을 따라가다가 유서 깊은 광장을 지난 다음, 웅장한 건물의 모퉁이를 돌고 마지막으로 규모가 더 작은 광장을 건너가야 한다. 바야흐로 연사가 정교수들에게 둘러싸인 채 아케이드를 따라 나아간다. 1미터 뒤로 강사들이 따라가고, 2미터 뒤로는 조교들이, 그리고 다시 적당한 거리를 두고 가장 담대한 학생들이 따라간다. 유서 깊은 광장에 다다르면 학생들이 인사를 하며 떠나고, 웅장한 건물의 모퉁이에서는 조교들이 그런 식으로 빠져나간다. 강사들은 작은 광장을 건너가지만, 레스토랑 입구에서 작별 인사를 한다. 결국 레스토랑에는 연사와 정교수들만 들어간다.

사정이 그러하다 보니 페리오 교수가 나라는 학생을

1 〈거북〉이라는 뜻.

알아보게 할 기회를 만들지 못했다. 결국 나는 대학의 그런 분위기에 식상하게 되었고, 다시는 강의를 듣지 않았다. 나는 하나의 자동인형처럼 번역을 계속했다. 그런데 번역자로 일하다 보면 좋든 싫든 남이 맡긴 일을 제대로 해내야 한다. 나는 촐페어아인, 즉 독일 관세 동맹이 1834년에 결성되기까지 경제학자 프리드리히 리스트가 어떤 역할을 했는가에 관한 세 권짜리 저서를 주문자가 원하는 대로 〈돌체 스틸 노보〉[2]로 옮기고 있었다. 이쯤 되면 내가 왜 독일어 문헌 번역을 중단했는지 다들 이해하시리라 생각한다. 그렇다고 내가 대학으로 돌아갈 수는 없었다. 그건 이미 너무 늦은 일이었다.

문제는 필요할 때에 좋은 생각을 떠올리지 못한다는 것이다. 우리는 언젠가 모든 시험을 마치고 학위 논문을 내게 되리라고 확신하며 계속 살아간다. 그러다가 실현할 수 없는 희망을 품은 채 살아가는 신세가 되면, 이미 패배자가 되어 있는 것이다. 마침내 그것을 깨달으면, 우리는 그냥 되는대로 살아간다.

번역 일을 접고 대학 공부도 그만둔 뒤에 내가 처음으로 찾아낸 일은 스위스 알프스 지방의 엥가딘에서 가정교사로 독일의 한 소년을 가르치는 것이었다. 소년은 어찌나 어리석은지 학교에 다니기도 어려울 정도였다. 그

2 단테의 『신곡』 연옥편 제24곡에 나오는 말. 새롭고 감미로운 문체라는 뜻.

래도 그 알프스 지방의 기후가 아주 좋고 분위기가 적막한 것이 그럭저럭 괜찮았다. 게다가 보수가 넉넉해서 나는 1년 동안 잘 버텼다. 그러던 어느 날 소년의 어머니가 복도에서 나에게 바싹 달라붙더니 자기랑 관계를 가져도 나쁘지 않다는 뜻을 알려 왔다. 그 여자는 앞니가 밖으로 벋고 코밑에 수염이 거뭇거뭇했다. 나는 그녀의 뜻에 따를 수 없다는 것을 정중하게 알려 주었다. 그러고 나서 사흘 뒤에 그 여자는 나를 해고했다. 자기 아들의 실력이 전혀 늘지 않았다는 것이 그 이유였다.

그때부터 나는 싸구려 글쟁이 노릇을 하며 살았다. 신문과 잡지에 글을 쓰겠다고 생각했지만, 나에게 관심을 보이는 대중 매체는 그저 지방 신문들뿐이었고, 나는 지방의 공연과 순회 공연 극단에 관한 기사와 극평을 썼다. 한번은 푼돈을 받고 짤막한 개막극에 관한 기사를 쓰기도 했다. 그날 무대 뒤에서 세일러복 차림의 무희들을 훔쳐보다가 그녀들의 허벅지나 둔부에 셀룰라이트가 생긴 것을 보고 묘한 매력을 느꼈다. 그 공연이 끝난 뒤에 나는 그녀들을 따라 밀크 바에 갔다. 그녀들은 거기에서 저녁 대신 카페라테를 주문하거나 달걀프라이를 시켜 먹었다. 물론 너무 가난한 여자에게는 달걀프라이조차 사치였다. 그날 나는 생애 처음으로 성행위를 하였다. 그 행위를 제안한 사람은 가수였고 그 대가는 그들의 공연에 관해 너그러운 기사를 쓰는 것이었다 — 고작해야 피에몬테주 쿠네오도에 있는 살루초라는 작은 행정 구역의 신문이지만, 여가수는 그것도 충분한 것으로 여겼다.

나는 어디를 고향이라고 말하기도 어렵게 이 도시 저 도시로 옮겨 다니며 살았다(밀라노에 온 것은 그저 시메이라는 사람의 부름에 따른 것이다). 그러면서 여러 지방 신문에 기사를 썼을 뿐만 아니라, 적어도 세 군데 출판사(대형 출판사인 적은 없었고 모두 대학교 출판부)의 부탁을 받고 출판물의 교정을 보았다. 그 가운데 한 출판사가 부탁한 것은 백과사전의 항목들을 교정하는 일이었다(이 일을 하자면 연도나 작품의 제목 따위를 일일이 확인해야 했다). 이런 일을 한 덕분에 나는 배우이자 작가인 파올로 빌라조가 한때 〈기괴한 교양〉[3]이라고 불렀던 것을 갖추게 되었다. 패배자는 독학자와 마찬가지로 언제나 승리자보다 폭넓은 지식을 가지고 있다. 만약 우리가 승리하고자 한다면, 그저 한 가지만 잘 알아야지 무엇이든 다 알겠다고 시간을 허비해선 안 된다. 박학다식하다는 것은 즐거운 일이지만, 그건 패배자들이 겪는 업보이다. 어떤 사람의 지식이 늘면 늘수록, 그

3 파올로 빌라조는 움베르토 에코와 같은 해(1932년)에 태어나 2017년에 세상을 떠난 배우이자 작가이다. 한 회사에서 회계원으로 일하는 우고 판토치라는 희극적이고도 비극적인 인물을 주인공으로 삼아 여러 편의 소설을 썼고, 그것들을 바탕으로 만든 10편의 영화에서 그 주인공 역을 맡아 연기했다. 1972년에는 『기괴한 교양은 어떻게 갖추는가』라는 책을 냈고, 움베르토 에코가 이 책의 서문을 썼다.

에게는 잘못 돌아가는 일들도 자꾸 늘어간다는 것이다.

나는 영향력이 큰 출판사들을 비롯한 몇몇 군데의 편집인들이 맡긴 원고를 읽는 데에 몇 년의 세월을 바치기도 했다. 그들이 나에게 원고를 맡긴 데는 이유가 있다. 출판사에는 갓 들어온 원고를 읽고 싶어 하는 사람이 아무도 없다. 그들은 내가 한 책의 원고를 읽을 때마다 5천 리라를 지급했다. 나는 원고를 들고 온종일 침대에 누운 채 들입다 읽어 댔다. 그러고는 두 장짜리 의견서를 작성하면서, 한심한 원고를 보낸 멍청한 저자에게 일침을 놓기 위해 조롱을 한껏 퍼부었다. 그러면 출판사에서는 모두가 걱정에서 벗어나 그 시건방진 저자에게 유감스럽게도 원고를 출판할 수 없다고 편지를 보내면 고만이었다. 그렇듯이 절대로 출간되지 않을 원고들을 읽어 주는 것도 하나의 직업이 될 수 있다.

그러는 사이에 앞에서 말한 안나라는 여자와의 일이 있었고, 그 일은 마치 그렇게 되어야만 했던 것처럼 끝나 버렸다. 그녀와 헤어진 뒤로 나는 여자에 대해서 흥미를 느끼지 못했다(아니, 어느 여자를 강렬하게 원한 적이 없었다). 또다시 실패하는 게 두려웠기 때문이다. 이따금 섹스를 하기는 했지만, 그것은 누구를 사랑해서가 아니라 일종의 치료 목적으로 한 행위였다. 사랑에 빠진다는 두려움을 갖지 않고 여자와 하룻밤을 즐겁게 보낸 뒤에 여자에게 고마움을 표하면 그만인 우연한 만

남의 기회도 가끔 있었고, 욕망에 시달리지 않기 위해 돈을 내고 관계를 가진 적도 더러 있었다(그런 관계를 갖고 나면 댄서들의 셀룰라이트를 보더라도 아무런 느낌이 없었다).

이런 식으로 살아가면서도 나는 꿈을 꾸었다. 패배자라면 누구나 한 번쯤 꾸는 꿈, 즉 언젠가 책을 한 권 써서 부와 영광을 얻으리라는 꿈 말이다. 어떻게 하면 위대한 작가가 될 수 있는지 배우겠다는 생각으로, 나는 〈검둥이〉(이건 인종 차별주의적인 발언으로 보일 수 있으므로 오늘날 사람들이 그러듯 정치적으로 올바른 말을 쓰자면 〈고스트라이터〉)[4] 노릇을 하기도 했다. 어느 추리 소설 작가를 대신해서 내가 작품을 쓰면, 그 작가는 책을 더 많이 팔기 위해서 마치 스파게티 웨스턴 영화의 배우들이 그러는 것처럼 미국인 이름으로 책을 냈다. 그런 속임수가 있었지만 그늘에 숨어서 일하는 것은 재미있었다. 이중의 장막(딴 작가와 그의 딴 이름)이 나를 가려 주었다.

딴 작가를 대신하여 추리 소설을 쓰는 것은 어렵지 않았다. 미국 추리 소설가 챈들러의 문체를 모방하거나, 하다못해 미키 스필레인 같은 작가라도 흉내 내면 되는

4 이탈리아어 〈네그로〉는 검둥이(흑인)를 가리키기도 하고 대필 작가를 뜻하기도 한다. 프랑스어의 〈네그르〉, 스페인어의 〈네그로〉도 마찬가지다.

일이었다. 그런데 나 자신의 책을 쓰려고 했을 때, 나에게 문제가 있다는 것을 깨달았다. 어떤 사람이나 사물을 묘사하려고 하면 다른 사람들의 작품에 나오는 장면이나 상황을 떠올리기가 십상이었다. 예를 들어 한 남자가 청명한 오후에 산책하는 장면을 쓰려고 하면, 한 남자가 〈카날레토[5]의 하늘 아래에서 걸었다〉는 문장이 나왔다. 그러다가 내가 알게 된 것은 단눈치오 역시 그런 방식으로 글을 썼다는 사실이었다. 단눈치오는 소설 『쾌락』의 한 인물인 코스탄차 란드브루크라는 여자의 특징을 말하면서, 그녀가 영국의 초상화가 토머스 로렌스의 그림에 나오는 여자와 비슷해 보인다고 썼다. 또한 주인공 안드레아 스페렐리가 사랑하는 엘레나 무티에 관해서는, 그녀의 용모가 프랑스 화가 귀스타브 모로의 초기 작품에 나오는 몇몇 얼굴들을 생각나게 한다고 말했다. 그리고 안드레아 스페렐리에 대해서는, 그의 얼굴을 보면 보르게세 미술관에 있는 이름이 알려지지 않은 신사의 초상화가 생각난다고 썼다. 그런 식으로 쓴 소설을 제대로 이해하자면, 신문 가판대에서 파는 미술사 관련 잡지들을 몇 권 들춰 보아야 할 판이다.

단눈치오처럼 못되게 글을 쓰는 작가가 명성을 얻었다고 해서, 나 역시 그런 작가가 될 필요는 없었다. 나는

5 Canaletto(1697~1768). 이탈리아의 화가. 광대한 하늘을 배경으로 삼은 도시 풍광을 많이 그린 것으로 유명하다.

남의 작품을 인용하는 나쁜 버릇에서 벗어나기 위해 글쓰기를 그만두기로 했다.

요컨대 그런 식으로 이어 온 인생은 대단하지 않았다. 그런데 바야흐로 지천명에 이르렀을 때, 시메이에게서 초청을 받았다. 이것에 응하지 않을 이유가 없지 않은가? 다시 한번 시도했다가 실패하더라도 달라질 인생이 아니었다.

그 초청에 응하고 두 달이 지난 지금, 나는 어떻게 해야 할까? 밖에 나가는 것은 위험하다. 여기에서 기다리는 게 낫다. 어쨌든 그들은 밖에서 내가 나오기를 기다리고 있다. 나는 나가지 않는다. 주방에는 크래커 몇 상자와 고기 통조림이 있다. 어제 마시던 위스키도 아직 반병쯤 남아 있다. 이 위스키는 하루나 이틀을 보내는 데 도움을 줄 것이다. 나는 술잔에 위스키를 두 방울 따르고(어쩌면 두 방울을 더 따르게 되겠지만, 그건 오후의 일인 것이 아침에 위스키를 마시면 머리가 둔해지기 때문이다), 이 모험을 처음부터 되돌아보고자 한다. 내가 데이터를 기록해 놓은 플로피 디스크를 열어 볼 필요는 없다. 적어도 지금 이 순간만은 모든 일을 분명하게 기억하고 있으니 말이다.

죽음에 대한 공포는 기억에 숨결을 불어넣는다.

2

1992년 4월 6일 월요일

시메이 주필을 처음 만나던 날, 그의 생김새는 어디선가 본 듯한 느낌을 주었다. 그건 내가 어떤 사람들의 이름을 전혀 기억하지 못하는 것과 비슷한 현상이다. 예를 들어 로시, 브람빌라, 콜롬보 같은 이름을 가진 사람, 또는 마치니, 만초니 같은 위인과 이름이 같은 사람을 만나고 나면 그 이름을 기억하지 못할 때가 많다. 그 사람이 자기 이름을 가졌다기보다 다른 사람의 이름을 가졌다는 생각이 들기 때문이다. 나는 그저 그 사람이 다른 누군가와 같은 이름을 쓰고 있다는 사실만을 기억한다. 아무튼 시메이라는 사람은 그 얼굴을 기억하기가 어렵다. 그 얼굴이 그가 아닌 사람의 얼굴과 닮았기 때문이다. 실제로 그는 세상에 존재하는 많은 사람들의 얼굴을 하고 있다.

「주필님이 책을 내시겠다고요?」

「그래요, 책을 한 권 낼 겁니다. 한 저널리스트의 회상록입니다. 우리 신문은 창간하기로 해놓고 끝내 창간되지 않을 신문이지만, 그 신문을 내기 위해 1년 동안 준비하면서 겪은 일을 이야기하는 책이죠. 말이 나온 김에 덧붙이자면, 그 신문의 제호는 〈도마니〉, 즉 내일이 될 것입니다. 우리 나라 정부의 슬로건처럼 보이긴 하지만, 그것에 대해서는 내일 얘기하기로 해요. 아무튼 내가 내려는 책의 제목은 〈내일을 알려면 어제를 보라〉가 될 것입니다. 멋있지 않아요?」

「그 책을 저보고 쓰라는 것입니까? 직접 쓰셔도 될 텐데, 왜 안 쓰시는 건가요? 언론인이시잖아요? 어쨌거나 한 신문의 창간 작업을 이끌어 나갈 분이시니…….」

「신문을 이끌어 나간다고 해서 글을 잘 쓰는 건 아니에요. 국방 장관이라고 해서 수류탄을 잘 던지는 게 아니듯이. 당연히 1년 동안 일을 하면서 콜론나 선생과 내가 그 책을 놓고 매일 이야기를 나눌 겁니다. 콜론나 선생의 역할은 그 이야기에 문체를 부여하고 후추를 치는 것입니다. 하지만 큰 흐름은 내가 결정합니다.」

「우리 두 사람 모두가 저자로 나오는 겁니까? 아니면 콜론나가 시메이와 인터뷰하는 방식을 취하는 겁니까?」

「아니, 아니에요, 친애하는 콜론나. 책은 내 이름으로 나올 겁니다. 당신은 글을 쓰고 사라지는 거예요. 기분 나쁘게 생각하지 않았으면 좋겠어요. 당신은 프랑스 말로 〈네그르〉라 불리는 사람이 되는 겁니다. 알렉상드르

뒤마도 그런 사람을 두고 있었어요. 나라고 대필 작가를 두지 말란 법이 있나요?」

「그런데 왜 저를 선택하셨죠?」

「당신에게 작가의 재능이 있으니까요.」

「감사합니다.」

「……하지만 아무도 그것을 알아차리지 못하게 해야 합니다.」

「다시 감사드립니다.」

「이런 말 하기는 미안하지만, 당신은 지금까지 그저 지방 일간지들을 상대로 기사를 썼고, 몇몇 출판사를 위해 원고를 대신 읽는 고역을 치렀고, 딴 작가를 대신해서 소설을 쓰기도 했어요. 그 소설에 관해서 어떻게 알았느냐고 묻지 마세요. 어쩌다 그 소설을 손에 넣게 되었는데, 잘 읽히고 리듬도 좋더군요. 그리고 이제 쉰 살이 되어 내가 일거리를 줄 거라는 소식을 듣고 나를 만나러 왔어요. 당신은 글을 잘 쓰고, 책이 무엇인지 알아요. 하지만 사는 게 쉽지 않죠. 부끄러워할 필요 없어요. 나도 별로 다르지 않아요. 절대로 나오지 않을 신문이 곧 나올 것처럼 사업을 벌이는 일의 책임을 맡았지만, 그건 내가 퓰리처상의 후보에 오를 만큼 저널리즘에서 업적을 쌓진 못했기 때문이에요. 잡지사에서 편집장 노릇을 하긴 했어요. 그렇지만 내가 이끌었던 것은 그저 스포츠 주간지와 남성용 월간지뿐이었어요(남성용 월간지가 오로지 남성을 위한 것인지 외돌토리 남성을 위한 것인지는 당신이 좋아하는 쪽으로 생각하시고요).」

「저한테 자존심이 있을 수도 있어요. 제안하신 것을 거절할 수도 있다는 겁니다.」

「당신은 거절하지 않을 겁니다. 제가 1년 동안 매달 6백만 리라를 현금으로 드릴 테니까요. 세금을 내지 않도록 장부에 기록하지 않고 드리죠.」

「많군요. 실패한 작가한테 주는 보수치고는. 그다음에는 뭐가 있죠?」

「그다음에는 당신이 나에게 책의 원고를 넘겨줄 때, 다시 말하면 우리가 창간 준비 활동을 끝낸 뒤로 6개월이 지나기 전까지 천만 리라를 더 드리겠습니다. 즉석에서 현금으로 지불하겠어요. 그 돈은 내 주머니에서 나올 겁니다.」

「그다음에는요?」

「그다음에는 당신이 알아서 하는 겁니다. 여자나 승마나 샴페인에 그 돈을 다 쓰지 않는다면, 당신은 1년 반 사이에 8천만 리라가 넘는 돈을 벌게 될 겁니다. 세금도 내지 않고 말입니다. 느긋하게 삶을 즐길 수 있게 되는 거죠.」

「제가 분명히 알고 싶은 게 하나 있어요. 주필님은 도대체 얼마나 많은 돈을 받으시기에 저한테 다달이 6백만 리라를 주겠다고 하시는지요. 그리고 다른 기자들에게도 보수를 주어야 할 테고, 제작비와 인쇄비와 배포 비용도 들어갈 겁니다. 그렇다면 주필님 말씀은 이런 건가요? 발행인을 자처하는 어떤 분이 실험과도 같은 이 사업에 출자하려 한다는 거예요? 1년 동안 막대한 돈을 내서 사업을 벌인 사람이 뒤에 가서 그냥 일을 그만둔다는 게 말이 되나요?」

「나는 그이가 사업을 일으키기만 할 뿐 아무것도 하지 않을 거라고 말하지 않았어요. 그이 나름대로 이익이 될 만한 것을 찾아낼 겁니다. 하지만 나는 다르죠. 신문이 나오지 않는다면, 나에게는 아무 이익이 없어요. 물론 우리 발행인이 결국에 가서는 신문을 정말로 창간해야겠다고 결심할 가능성이 있어요. 하지만 일이 그렇게 돌아가면 사업의 규모가 아주 커지는 거라서, 발행인이 나한테 일을 계속 맡기고 싶어 할지 자신할 수가 없어요. 그래서 나중에 한 해를 보내고 나서 발행인이 사업에서 소기의 성과를 거두었으니 가게를 닫겠다고 하는 경우에 어떻게 할 것인지 생각해야 합니다. 책을 준비해 두는 것, 그것이 바로 나의 대책이죠. 창간 준비만 하다가 발행인의 결정으로 사업이 끝나 버리면, 나는 책을 출간합니다. 책은 폭탄이 될 것이고 나에게 거액의 인세를 안겨 줄 겁니다. 그런데 책이 출간되는 것을 바라지 않는 사람이 있을 수도 있어요. 그러면 그 사람은 내가 책을 출간하지 않는 조건으로 돈을 주겠지요. 그러면 나는 인세로 받을 만큼의 돈을 세금도 내지 않고 벌게 됩니다.」

「무슨 말씀인지 알겠습니다. 하지만 제가 성실하게 협력하기를 바라신다면, 저에게 말씀해 주셔야 할 것이 있지 않은가 싶습니다. 누가 돈을 대는지, 왜 〈도마니〉 신문이라는 사업을 기획했는지, 그 기획은 신문을 창간하지 않는 것으로 끝나는 모양인데 그 이유는 무엇인지, 그리고 이건 외람된 말씀이지만 주필님은 제가 쓸 책에서 무슨 얘기를 하려는 것인지 궁금합니다.」

「좋아요. 돈을 대는 사람은 콤멘다토르[6] 비메르카테입니다. 그 양반에 대해서 말하는 것을 들어 보았을 것으로…….」

「비메르카테라면 누구를 말씀하시는지 압니다. 때때로 신문에 나다군요. 아드리아해 연안의 호텔 수십 채를 경영하고 있고, 연금 생활자들과 장애인들을 위한 요양원을 다수 소유하고 있는가 하면, 갖가지 수상한 거래 때문에 논란에 자주 휩싸이죠. 게다가 몇 개의 지방 TV

---

6 콤멘다토레는 이탈리아 공화국 공로 훈장의 네 번째 등급이기도 하고, 숱한 기사단에서 유력한 회원들에게 부여하는 칭호이기도 하다. 성 앞에서는 콤멘다토르라고 한다. 이 인물이 스스로 이런 칭호를 붙인 이유는 나중에 드러나지만, 작가가 이 칭호를 통해 보여 주고자 하는 것은 몇 가지가 있는 듯하다. 여기저기에서 칭호를 얻어 유력 인사 행세를 하는 사업가들의 행태를 보여 주자는 것도 있고, 부정부패로 악명 높은 정치인이자 기업인인 실비오 베를루스코니를 풍자하기 위한 것일 수도 있다. 베를루스코니는 1977년에 근로 공로 훈장인 〈카발리에레 델 라보로〉를 받았다는 이유로 〈일 카발리에레〉라는 별명을 스스로 붙였다.

채널을 소유하고 있어요. 이 채널들은 밤 11시에 방송을 시작하는데, 내보내는 프로그램이라는 게 그저 경매나 홈쇼핑, 노출 정도가 아주 높은 쇼들…….」

「그리고 발행하는 간행물도 스무 개쯤 되죠.」

「제가 보기엔 시시한 잡지들이에요. 인기 스타의 가십을 다루는 『그들』이나 『피핑 톰』,[7] 범죄 수사에 관한 주간지인 『범죄 도해』나 『감춰진 사실』 등 모두가 쓰레기죠.」

「아닙니다. 분야별로 전문성을 갖춘 잡지들도 있어요. 원예, 여행, 자동차, 요트 등과 관련된 잡지들도 있고, 『우리 집 의사』 같은 잡지도 있잖아요. 그야말로 하나의 제국이죠. 이 사무실 멋있지 않아요? 공영 방송 거물들의 사무실에서 찾아볼 수 있는 무화과나무도 갖다 놓았어요. 우리 기자들은 내부가 벽으로 나뉘지 않은 사무실, 다시 말하면 미국 사람들이 오픈 플랜이라 부르는 넓은 공간을 자유롭게 사용할 수 있어요. 콜론나 당신에게는 사무실이 따로 마련되어 있어요. 작지만 깔끔한 사무실

---

7 *Peeping Tom*. 엿보기 좋아하는 사람, 관음증 환자의 뜻으로 쓰이는 이 말은 역사와 전설이 혼합된 이야기에서 유래했다. 11세기 초 영국 코번트리 지역의 봉건 영주가 주민들에게 가혹할 정도로 높은 세금을 부과하자, 영주의 부인 고다이바가 세금을 낮추라고 부탁했다. 영주는 그것을 거절하면서 부인이 알몸으로 말을 타고 성내를 돈다면 들어줄 수 있다고 말했다. 고다이바 여사는 실제로 그렇게 했고, 그러는 동안 주민들은 집 안으로 들어가 문을 닫고 창문을 가렸는데, 오직 한 사내가 집 안에서 고다이바를 훔쳐보았다. 그 사내의 이름은 톰이었고, 그는 천벌을 받기라도 하듯 장님이 되어 버렸다.

이죠. 그리고 자료들을 모아 두는 방도 하나 있어요. 여기는 우리 콤멘다토레의 모든 기업들이 들어와 있는 건물이라서, 그 모든 게 다 무료예요. 나머지, 그러니까 우리가 〈제0호〉라는 이름으로 만들게 될 창간 예비 판들의 제작과 인쇄는 다른 잡지들의 설비를 사용해서 이루어질 것이기 때문에 사업비가 그럭저럭 받아들일 만한 수준으로 줄어듭니다. 그리고 여기는 거의 밀라노 한복판입니다. 회사에 출근하자면 지하철을 갈아타고 버스를 타야만 하는 주요 일간지들하고는 다르죠.」

「그런데 그 콤멘다토레는 이 실험 같은 사업을 통해서 무엇을 얻으려 하는 건가요?」

「우리 콤멘다토레는 금융계와 은행계의 거물들이 모이는 성역에 들어가고 싶어 하니까, 아마 큰 신문을 이끄는 엘리트의 세계에도 들어가고자 할 겁니다. 그런 세계에 들어가는 방법은 자기가 새 신문을 창간하려고 한다면서, 장차 어떤 것도 가리지 않고 진실을 말할 준비가 되어 있음을 보여 주는 것입니다. 제0-1호, 제0-2호하는 식으로 12호에 걸쳐 창간 예비 판을 낼 예정입니다. 그 발행 부수는 소수로 제한하되, 기사 내용은 콤멘다토레가 직접 검토합니다. 그런 다음 콤멘다토레는 자기가 알고 있는 몇몇 인사들에게 그 기사들을 읽어 보라고 권할 겁니다. 그럼으로써 자기가 원하기만 하면 금융계와 정계의 이른바 성역에 있는 거물들을 궁지에 몰아넣을

36

수 있다는 것을 입증해 보이는 것이죠. 그러면 그 거물들은 신문 창간 계획을 중단하라고 콤멘다토레에게 요청하겠지요. 그 요청에 응하여 콤멘다토레는 『도마니』라는 신문을 포기하고, 그 대가로 거물들의 성역에 들어갈 자격을 얻게 될 겁니다. 이를테면 어떤 유력 일간 신문이나 은행이나 영향력 있는 텔레비전 채널의 주식을 2퍼센트쯤 사는 것이지요.」

나는 휘파람 소리를 냈다. 「2퍼센트의 주식을 사들이는 건 엄청난 일이에요! 그에게 그럴 만한 돈이 있나요?」

「순진하게 굴지 마세요. 우리는 금융 얘기를 하는 거지, 물건 사고파는 얘기를 하는 게 아닙니다. 먼저 산다고 해놓고, 그다음에 시간을 두고 기다리면서 지불할 돈을 구하는 거죠.」

「무슨 말씀인지 알겠어요. 그리고 또 한 가지 사실을 깨달았어요. 콤멘다토레는 신문이 끝내 창간되지 않으리라는 것을 말하지 않을 거예요. 그래야만 이 시도가 성공을 거둘 테니까요. 사정을 모르는 사람들은 모두 이렇게 생각하겠지요. 그의 윤전기가 어서 돌아가고 싶어서 안달을 내고 있다고…….」

「맞습니다. 콤멘다토레는 신문이 창간되지 않으리라는 것을 나에게도 말한 적이 없어요. 그냥 내가 짐작하는 겁니다. 아니 나는 신문이 창간되지 않으리라고 확신합니다. 그리고 우리 기자들은 그런 사실을 몰라야 합니다. 우리는 내일 기자들을 만날 것입니다. 우리가 할 일은 그들이 자기네 미래를 건설한다고 생각하면서 일하도록 만드는 것입니다. 이 문제는 당신과 나만 아는 것으로 해야 합니다.」

「그런데 궁금한 게 있어요. 주필님은 콤멘다토레가 거물들을 협박하는 데 도움을 주기 위해 1년 동안 일하실 텐데, 그 경험을 다 글로 쓴다고 해서 무슨 이익을 얻게 되나요?」

「협박이라는 말은 쓰지 마세요. 우리는 뉴스를 싣습니다. 『뉴욕 타임스』가 말하듯이, *all the news that's fit to print*[8]를…….」

「……어쩌면 더러는 다른 뉴스가 실릴지도 모르죠. 더 뭣한 뉴스 말이에요.」

「말귀가 밝으시군요. 콤멘다토레는 우리의 제0호 기사들을 이용해서 누군가를 겁줄 수도 있고, 그의 엉덩이를 닦아 줄 수도 있어요. 하지만 그건 그의 일이지 우리 일이 아니에요. 중요한 것은 내 책이 편집 회의에서 우리가 무엇을 어떻게 결정하는지를 놓고 이야기하는 식으로 되어서는 안 된다는 거예요. 그런 책을 쓸 양이면 내가 당신의 도움을 받을 필요가 없어요. 그저 녹음기만 있으면 되니까요. 내 책은 독자들에게 여느 신문과는 다

---

8 〈인쇄하기에 알맞은 모든 뉴스〉. 이것은 『뉴욕 타임스』 매 호의 첫 면 왼쪽 상단에 인쇄되어 있는 이 신문의 사시(社是)이다.

른 종류의 신문이 존재할 뻔했다는 것을 보여 주어야 해요. 어떤 압력에도 굴복하지 않는 모범적인 저널리즘을 실현하기 위해 내가 1년 동안 얼마나 노력했는지를 보여 주면서, 결국 자유로운 목소리를 얻기가 불가능하기 때문에 모험이 실패로 돌아갔다는 것을 암시해야 합니다. 그러기 위해서 내가 당신에게 바라는 것은 상상력을 발휘하고 이상화하고 한 편의 서사시를 쓰라는 겁니다. 무슨 말인지 알아들었으리라고 봐요.」

「그 책은 실제로 벌어진 일과 반대되는 이야기를 하겠군요. 훌륭한 책입니다. 하지만 그런 책을 내면 반박을 들으시게 될 겁니다.」

「누가 반박을 하죠? 콤멘다토레가 이 책 내용이 사실과 다르다고 말할까요? 자기가 이 사업을 기획하면서 겨냥한 것은 저널리즘의 모범을 보이자는 것이 아니라 거물들을 협박하는 것이었다고 고백할까요? 아닙니다. 그보다는 자기 역시 압력을 받았기 때문에 일을 중단했고, 다시 말해서 다른 누군가의 통제를 받는 목소리가 되지 않기 위해 신문을 죽이는 길을 선택했다고 사람들이 믿어 주기를 바랄 겁니다. 그럼 우리 기자들은 어떨까요? 내 책이 그들을 가장 고결한 기자들이라고 소개하는데, 그들이 반론을 제기하겠어요? 내 책은 사람들이 흔히 발음하는 대로 〈베첼레르〉[9]가 될 거예요. 아무도

9 *betzeller*. 베스트셀러를 이탈리아 사람들이 그렇게 발음한다는 뜻.

그 책에 대해서 반박할 수도 없을 거고 반박하려고 하지도 않을 겁니다.」

「좋습니다. 남의 말을 인용해서 죄송하지만, 우리 두 사람 다 〈특성 없는 남자〉[10]로군요. 저는 계약 조건을 받아들이겠습니다.」

「자기 마음속에 있는 것을 솔직하게 말하는 사람들, 나는 그런 사람들을 상대하는 것이 좋습니다.」

10 오스트리아 소설가 로베르트 무질의 장편소설 제목.

3

4월 7일 화요일

기자들과의 첫 만남. 모두 6명인데, 그것으로 충분해 보였다.

시메이 주필은 나에게 미리 일러 주기를, 나는 밖으로 나다니며 실속 없는 취재를 하지 말고 항상 편집실에 남아서 이러저러한 일들을 기록해야 한다고 했다. 그리고 내 존재를 정당화하기 위해 이런 식으로 말문을 열었다. 「여러분, 우선 서로서로 인사를 트기로 합시다. 이쪽은 도토르[11] 콜론나, 언론계에서 풍부한 경험을 쌓은 분입니다. 앞으로 내 옆에서 일하실 것이므로, 데스크라고 생각하면 됩니다. 이분의 주된 역할은 여러분 모두의 기사를 검토하는 것입니다. 여러분은 저마다 다른 경험을 쌓고 여기에 왔어요. 극좌파 신문에서 일했다는 것과 극

---

11 도토레(사람의 성 앞에서는 도토르)는 영어의 닥터나 프랑스어의 독퇴르처럼 의사나 박사를 가리키는 것에 그치지 않고, 대학 학부를 졸업한 사람에게 사용하는 호칭으로도 널리 쓰인다.

우파의 풍자 잡지 『시궁창의 목소리』에 기고했다는 것은 서로 다른 경험입니다. 그리고 우리는 스파르타식으로 수가 적기 때문에, 늘 신문의 사망란에 기사를 썼던 사람도 정부의 위기적 상황에 관한 사설을 써야 합니다. 따라서 적절한 문체를 사용할 필요가 있습니다. 만약 어떤 기자가 도덕적으로 타락한 정치 세력을 비판하면서 너무 태를 부리며 〈생명에의 회귀〉 같은 말을 쓰고 싶어 한다면, 콜론나는 그러지 말라고 이르면서 대안을 제시할 것입니다.」

「예를 들면 〈도덕의 근본적인 재생〉이라는 말을 제안하겠습니다.」 내가 말했다.

「좋아요, 바로 그겁니다. 그리고 만약 어떤 기자가 비극적인 상황을 묘사하기 위해 〈우리는 태풍의 눈 속에 있다〉라고 쓴다면, 도토르 콜론나는 빈틈없는 데스크답게 이런 식으로 일러 주리라고 추측됩니다. 〈어느 과학 교재를 보더라도 태풍의 중심에는 하늘이 맑고 바람이 없는 고요한 상태가 유지되는데, 그걸 태풍의 눈이라고 한다고 나와 있잖아요? 그러니까 우리가 태풍의 눈 속에 있다고 말하면 그건 주위에 심한 폭풍우가 몰아쳐도 우리는 고요하다는 뜻이에요〉라는 식으로.」

「아닙니다, 도토르 시메이.」 나는 끼어들었다. 「그런 경우에 저는 태풍의 눈이라는 말을 써야 한다고 말하겠습니다. 과학 교재에 뭐라고 나와 있든 그건 중요하지 않습니다. 독자들은 그것을 모릅니다. 그리고 바로 그 태풍의 눈이라는 말은 우리가 곤경의 한복판에 있다는 생각을 독자들에게 불어넣어 줍니다. 독자들은 이미 신문과 텔레비전을 통해서 그렇게 배웠습니다. 그들은 확신에 차 있어요. 그건 마치 서스펜스라는 단어를 영어 철자 그대로 쓰지만 발음할 때는 프랑스 사람들처럼 쉬스팡스라 하고, 매니지먼트를 발음할 때는 두 번째 음절에 강세를 두어 마나지멘트라고 하는 것과 비슷한 일입니다.」

「훌륭한 생각입니다, 도토르 콜론나. 독자들과 같은 수준의 언어를 말해야 합니다. 인텔리의 복잡한 언어를 사용하면 안 되죠. 그러고 보니 우리 신문의 발행인이 예전에 말하기를, 자기가 설립한 텔레비전 채널들의 시청자들은 평균 연령이(여기서 말하는 연령은 정신 연령입니다) 12세라고 했던 것 같네요. 우리 독자들의 연령은 당연히 그보다 훨씬 높겠지만, 그래도 독자들의 연령을 상정하는 것은 언제나 쓸모가 있습니다. 우리 독자들은 쉰 살 이상이라고 생각하는 게 적당할 것입니다. 그들은 법과 질서를 존중하는 선량하고 성실한 중산층이지만, 남들이 겪는 갖가지 불상사에 대한 쑥덕공론과 폭로에 관심이 많아요. 우리는 그들이 독서가가 아니라는 원칙에서 출발할 것입니다. 사실 그들 가운데 대다수는 집에 책 한 권도 가지고 있지 않을 거예요. 그래도 필요하다 싶으면 세계적으로 수백만 부가 팔리고 있는 소설에 대해서 이야기를 합니다. 우리 독자들은 책을 읽지 않아요. 하지만 위대한 괴짜 화가가 그림을 팔아 엄청난 돈을 벌고 있다는 사실에는 흥미를 느끼죠. 또한 늘씬한 여배우를 가까이서 본 적은 없어도, 그녀의 감춰진 연애에 대해서는 모든 것을 알고 싶어 합니다. 자, 이제 다른 분들이 자기소개를 해볼까요? 홍일점이신 시뇨리나(아니면 시뇨라)부터…….」

「마이아 프레시아입니다. 독신이라 할 수도 있고 미혼이라 할 수도 있고 싱글이라 할 수도 있습니다. 여러분이 원하시는 쪽으로 생각해 주세요. 스물여덟 살이고요, 문학부를 거의 졸업할 뻔했는데 집안 사정으로 학업을 중단하고 말았어요. 5년에 걸쳐 가십 잡지에서 기자로 활동했어요. 저는 연예계를 이리저리 돌아다니면서 후각을 총동원하여 누가 누구랑 관계를 맺는지 알아내야 했어요. 그런 다음 사진사들이 어디에 숨어서 그들을 기다려야 하는지 알려 주었죠. 그보다 더 자주 해야 했던 일은 가수나 여배우를 설득해서 다른 누군가와 정겹게 우정을 나누는 모습을 보여 달라고 한 뒤에 파파라치에게 연락을 취하는 것이었어요. 다시 말하면 유명 연예인들이 다른 사람과 손을 잡거나 살짝 입맞춤을 하도록 유도한 뒤에 그 모습을 몰래 사진에 담았다는 것이죠. 처음엔 그게 재미있었어요. 하지만 이젠 그따위 시시풍덩

한 기사를 쓰는 데에 지쳤어요.」

「그러면, 우리 고운 님, 왜 우리 모험에 동참하는 것을 받아들였나요?」

「제가 보기에 일간 신문은 더 진지한 일들을 다룰 것 같고, 연예인들의 연애와 아무 상관이 없는 취재를 하다 보면 제가 인정을 받을 수 있는 길이 열리지 않을까 싶어요. 저는 호기심이 강합니다. 그리고 추적과 수색에 능하리라고 생각해요.」

마이아는 몸매가 날씬했고, 조심스럽고도 활기차게 말하고 있었다.

「훌륭합니다. 이제 이쪽 분이 자기소개를 해보겠습니까?」

「로마노 브라가도초입니다…….」

「이름이 특이하네요. 어디에서 나온 이름인가요?」

「아이고, 브라가도초라는 성은 제가 살아오면서 겪은 많은 골칫거리들 가운데 하나입니다. 영어 브라가도초는 좋지 않은 의미를 지니고 있지만,[12] 다행히도 다른 언어들에서는 그렇지 않아요. 우리 할아버지는 부모에게

12 영어에서 *braggadocio*는 〈허풍〉이라는 뜻이다. 이 명사는 16세기 말에 영국 시인 에드먼드 스펜서가 미완으로 남긴 서사시 「페어리 퀸(요정의 여왕)」에 나오는 허풍쟁이의 이름을 조금 변형한 것이다. 영어 서사시에 이탈리아 이름을 가진 가짜 기사가 등장하여 독자들에게 웃음을 준다. 시인 스펜서는 이탈리아 시인 루도비코 아리오스토가 지은 기사도 문학의 걸작 서사시 『광란의 오를란도』에서 감동을 받고 자기 서사시를 쓴 것이다.

버림받은 업둥이였어요. 아시다시피 그런 아이의 성씨는 관할 행정 구역의 담당 공무원이 지어 줍니다. 만약 그 공무원이 가학적인 성향의 화신이었다면, 〈피카로타〉[13] 같은 성을 붙여 주었을지도 모르죠. 하지만 우리 할아버지의 경우에는 공무원이 반쯤만 가학적이었고 약간의 교양을 갖추고 있었던 모양입니다. 그건 그렇고 제가 무슨 일을 했는지 말씀드리자면, 저는 스캔들 폭로를 전문으로 하고 있고, 바로 우리 발행인이 내고 있는 잡지들 가운데 하나인 『감춰진 사실』을 위해서 일했습니다. 하지만 우리 발행인은 저를 정식으로 채용하신 적이 없고, 제가 기사를 쓸 때만 원고료를 주셨습니다.」

나머지 네 기자의 애기를 들어 보니, 먼저 캄브리아는 병원 응급실이나 경찰서에서 밤을 새워 가며 범인 체포나 기상천외한 고속 도로 사고사 같은 최신 뉴스를 잡으려고 애를 썼지만, 다른 경력을 쌓는 데에는 성공하지 못했다고 한다. 그다음으로 루치디는 첫눈에 보기에 믿음이 가지 않는 인물이었는데, 아무도 들어 본 적이 없는 출판물들을 맡아 일한 모양이다. 팔라티노는 오랫동안 수수께끼와 다양한 퍼즐을 다루는 주간지에서 일했다 한다. 마지막으로 코스탄차는 몇몇 신문의 교열 기자로 일해 왔는데, 이제는 신문들의 면수가 너무 많아져서

13 *Ficarotta.* 여성의 음부를 비속하게 이르는 *fica*라는 말에 틈이나 균열을 뜻하는 *rotta*를 붙인 합성어.

인쇄에 들어가기 전에 모든 기사를 읽고 교열하기가 어려워졌다고 말했다. 그의 주장에 따르면 오늘날 대형 일간 신문들은 프랑스의 작가이자 사상가인 시몬 드 보부아르Beauvoir를 Beauvoire로 표기하는가 하면, 시인 보들레르Baudelaire를 Beaudelaire라 쓰고, 미국 대통령이었던 루스벨트Roosevelt를 Rooswelt로 쓰기도 한다. 그리고 교열 기자는 이제 구텐베르크의 수동 인쇄기만큼이나 시대에 뒤떨어진 것이 되어 버렸다는 것이다. 요컨대, 홍일점 마이아를 제외한 그 다섯 길동무들 중에는 우리를 흥분시킬 만한 경험을 쌓은 사람이 전혀 없었다. 문득 『산 루이스 레이 다리』[14]라는 소설에 나오는 이야기처럼, 이들이 무슨 인연으로 여기에 모여들었는지 궁금해진다. 시메이는 어떻게 이들을 찾아냈을까? 정말 모를 일이다.

기자들의 자기소개가 끝나자, 시메이는 우리 신문의 특성을 개략적으로 설명했다.

「이제부터 우리는 하나의 일간 신문을 만들어 갈 것입니다. 우리 일간 신문의 제호는 왜 『도마니』일까요? 그 까닭은 전통적인 신문들이 전야(前夜)의 뉴스를 말해 왔

---

14 미국 작가 손턴 와일더가 1927년에 발표한 소설. 줄거리는 페루에서 17세기 초에 잉카인들이 만든 밧줄 다리가 끊어지는 바람에 다섯 명이 사망했고, 이 사건을 목격한 프란체스코회 수도사가 이 희생자들이 도대체 무슨 인연으로 한자리에 모였는지 알아내기 위해 그들의 삶을 추적해 나가는 것이다.

고, 불행하게도 여전히 그러고 있다는 데에 있습니다. 밀라노에서 『코리에레 델라 세라』라는 신문이 나오고, 런던에서는 『이브닝 스탠더드』, 브뤼셀에서는 『르 수아르』가 나오는 이유를 생각해 보십시오.[15] 그런데 이제 우리는 하루에 벌어진 일을 저녁 8시 텔레비전 뉴스를 통해 알게 됩니다. 그래서 신문들은 우리가 이미 알고 있는 소식을 보도하는 셈입니다. 그러니 갈수록 신문들이 적게 팔릴 수밖에 없죠. 『도마니』에서는 썩은 생선 냄새가 나는 그런 뉴스들을 요약해서 보도하겠습니다. 하지만 독자들이 잠깐이면 읽을 수 있도록 기사의 크기를 1단 정도로 하면 충분합니다.」

「그렇다면 우리 신문은 무엇에 관해서 말해야 하나요?」 캄브리아가 물었다.

「이제 일간 신문의 운명은 주간지와 비슷해지고 있어요. 우리는 내일 벌어질 수 있는 일에 관해 말할 겁니다. 특집 기사를 쓰고 보충 취재를 하고 뜻밖의 전개를 예상하는 식으로 말입니다. 예를 하나 들어 보겠습니다. 오후 4시에 폭탄이 터집니다. 이튿날이 되면 모두가 이미 그 사실을 알고 있습니다. 그러니까 우리는 오후 4시에서 인쇄가 시작되기 전인 밤 12시 사이에, 범인으로 생각되는 인물들에 관한 아직 공표되지 않은 정보, 경찰도 알지 못하는 어떤 것을 알고 있는 사람을 찾아내야 합니다.

15 세라, 이브닝, 수아르는 모두 저녁 또는 밤을 가리킨다.

그리고 그 폭발 사건 때문에 몇 주에 걸쳐 무슨 일이 벌어질지 시나리오를 제시해야…….」

　말이 끝나기 전에 브라가도초가 끼어들었다. 「여덟 시간 동안에 그런 취재를 해내자면 우리 팀보다 적어도 열 배나 큰 편집국을 갖춰야 하고, 인맥이나 정보 제공자나 그 밖의 것들도 필요할 텐데요…….」

　「맞아요. 신문이 본격적으로 발행될 때는 필요한 것을 다 갖추게 될 겁니다. 그러나 지금, 그리고 앞으로 1년 동안은 우리가 그렇게 할 수 있다는 것을 입증해야 합니다. 그건 가능한 일입니다. 제0호는 창간 전의 예비 판이기 때문에 그 날짜를 우리가 원하는 대로 정할 수 있으니까요. 그리고 제0호는 저널리즘의 본보기, 다시 말하면 신문이 사건을 어떻게 다뤄야 하는지를 아주 잘 보여 줄 수 있으니까요. 예를 들어 몇 달 전 폭탄이 터졌을 때를 생각해 봅시다. 그런 사건을 다루는 경우, 우리는 이후에 무슨 일이 벌어질지 이미 알고 있어요. 그래서 자신 있게 이야기를 하죠. 독자들은 아직 모른다고 치고 기사를 쓰는 겁니다. 그러면 우리가 기밀을 유출하듯이 전하는 정보들은 참신하고 놀라운 양상을 띨 것이고, 심지어는 예언적인 품격까지 보일 거예요. 달리 말하면, 우리는 우리에게 일을 맡긴 출자인에게 보여 주어야 해요. 만약 『도마니』가 어제 나왔다면 우리는 이런 기사를 이렇게 실었을 것이라고 말해야 한다는 겁니다. 다들 무슨 말인지 아시겠어요? 그리고 폭탄 테러가 정말로 일어나야만 제0호를 낼 수 있는 게 아닙니다. 아무도 폭탄을 던진 적이 없다 해도, 우리는 마치 그런 일이 일어난 것처럼 제0호를 만들 수 있어요.」

「아니면 우리가 직접 폭탄을 던질 수도 있죠. 그게 우리에게 도움이 된다면 말입니다.」 브라가도초가 비꼬아 말했다.

시메이는 바보 같은 소리 하지 말라고 주의를 주었다. 그러고는 상대의 말을 곱씹는 듯 뚱한 기색으로 덧붙였다. 「정말로 폭탄을 던지고 싶더라도, 나한테 와서 말하지 말아요.」

회의가 끝나고 브라가도초와 둘이서 아래로 내려가게 되었다. 「우리 언제 만난 적 없나요?」 그가 물어 왔다. 내가 그런 적 없는 것 같다고 하자, 그는 약간 의아한 표정으로 〈그런가?〉 하더니, 우리가 서로 친근한 사이라는 듯 대뜸 말을 놓았다. 조금 전 회의 석상에서 시메이는 높임말을 썼다. 나는 한 침대에서 잘 만큼 서로 친하게 지내는 사이가 아니라면 사람들과 거리를 두는 버릇이 있다. 그런데 브라가도초는 그렇게 말을 놓음으로써 우리가 동료임을 강조하는 셈이었다. 나는 시메이가 나를 데스크라고 소개했다고 해서 거만하게 굴고 싶지 않았다. 게다가 그 인물이 내 호기심을 일깨우고 있었으니,

그가 친근하게 구는 것을 그냥 받아들일 수밖에 없었다.

그는 내 팔을 잡더니, 자기가 잘 아는 곳에 가서 술이나 한잔하자고 했다. 그러고는 두툼한 입술과 소의 눈처럼 서글서글한 눈으로 미소를 지었다. 그 웃음매가 내 눈에는 못나 보였다. 그는 앞머리가 3자 모양이 될 만큼 탈모가 심해서 오스트리아 출신의 미국 배우이자 영화감독인 폰 슈트로하임을 생각나게 했고, 뒤쪽 머리털은 뾰족하게 모여서 목 위로 꼬리를 내리고 있었다. 그래도 그의 얼굴은 미국 영화배우 텔리 사발라스, 특히 형사 코작으로 연기했던 사발라스의 얼굴이었다. 이런, 한 인물을 묘사하기 위해 다른 인물을 끌어다 쓰는 나의 이 인유법은 도통 버릴 수가 없다.

「예쁘던데, 그 마이아, 안 그래?」

나는 당황해하며 그녀에게 거의 눈길을 주지 않았다고 말했다. 그리고 여자들과 거리를 두고 있다는 말을 덧붙였다. 그는 내 팔을 흔들었다. 「신사인 척하지 마, 콜론나. 자네가 어떻게 하는지 내가 지켜봤거든. 자네는 남들이 눈치채지 않게 그녀를 흘깃거렸어. 내 생각을 말하자면, 그 여자는 유혹에 응할 것 같아. 사실 여자들은 모두가 유혹을 마다하지 않아. 중요한 것은 여자들을 어떤 방식으로 이끌어야 하는지 알아야 한다는 거야. 내 취향에 비춰 보면, 그 여자는 너무 말랐어. 가슴도 없고. 그래도 전체적으로 보면 괜찮은 것 같기는 하던걸.」

우리는 비아 토리노[16]에 다다랐다. 한 성당의 근처에서 그를 따라 오른쪽으로 돌아가니, 가로등을 제대로 밝히지 않은 꼬부라진 골목길이 나타났다. 어떤 건물들의 입구는 언제부터 닫혀 있었는지 모를 만큼 황폐했고 가게는 하나도 보이지 않는 길이었다. 마치 오래전부터 인적이 끊긴 골목처럼 보이기까지 했다. 퀴퀴한 냄새가 나는 것 같기도 했지만, 그건 벽들의 애벌칠이 벗겨지거나 벽에 그린 낙서들이 퇴색되었기 때문에 생기는 공감각 현상일 법했다. 높이 솟은 연통을 타고 연기가 피어오르고 있었다. 위층 창문들까지 닫혀 있어서 이제 아무도 살지 않는 것 같은데, 도대체 어디에서 연기가 나오는지 이해할 수가 없었다. 어쩌면 그 연통을 달고 있는 집은 이 골목이 아니라 다른 길로 현관이 나 있을지도 모를 일이었다. 인적이 끊긴 골목길이라면 거기에 연기가 가득 차도 걱정하는 사람이 없을 터였다.

「여기는 비아 바녜라야. 밀라노에서 가장 좁은 길이지.

16. via Torino. 밀라노 대성당 앞, 두오모 광장의 남서쪽 어귀에서 남서쪽으로 7백 미터쯤 이어진 길이다. 이탈리아 도로명을 2014년부터 우리나라에서 시행되기 시작한 도로명 주소 체계에 맞게 옮기는 경우, 비알레viale는 대로라고 옮겨도 문제될 것이 없지만, 대부분의 도로명에 들어 있는 비아라는 말은 넓은 길과 좁은 길을 아울러 가리키기 때문에 도로의 폭에 따라서 〈-로〉나 〈-길〉로 번역해야 한다. 길들이 중요한 공간적 배경을 이루고 있는 이 소설에서는 그 선택이 더욱 미묘해지고 독자들에게 혼동을 줄 수도 있다. 그래서 비아를 〈-로〉나 〈-길〉로 번역하지 않고 그냥 비아로 표기하기로 한다.

그래도 파리에 있는 〈낚시하는 고양이〉라는 골목[17]만큼
좁지는 않아. 그 골목은 두 사람이 나란히 지나갈 수 없
을 정도로 좁거든. 이 길의 지금 이름은 비아 바네라이
지만, 예전에는 바녜라 골목이라고 불렸어. 좁다는 것을
강조하는 이름이었지. 그리고 더 옛날에는 바냐리아 골
목이라고 했대. 로마 시대에 바뇨, 즉 공중목욕탕이 있
었기 때문에 그런 이름이 나왔다더군.」

　바로 그때 구석진 곳에서 한 여자가 유모차를 밀며 나
타났다. 「무모한 사람이거나 잘못 알고 있는 사람일 거
야.」 브라가도초가 평했다. 「내가 여자라면 이 길로 지나
가지 않을 거야. 어두울 때는 더더욱 그렇지. 여기에서
는 나쁜 놈들이 행인을 보자마자 찌를 수도 있어. 저렇
게 당돌한 말괄량이가 희생되는 것은 너무 딱한 일이잖
아. 저 애기 엄마는 수도 기술자 같은 남자랑 잠자리를
같이하면 좋아할 거야. 고개를 돌려서 한번 보라고. 여
자가 어떻게 엉덩이를 흔들며 걸어가는지. 옛날에 여기
에서 피비린내 나는 사건들이 벌어졌어. 이제는 막혀 버
린 저 문들 너머에 버려진 지하실들이 아직 남아 있을
거야. 어쩌면 비밀 통로들이 있을지도 몰라. 19세기에

17 rue du Chat-qui-Pêche. 파리 제5구 소르본 구역에 있다. 라 위셰
트라는 길에서 생미셸 강변로로 빠져나가는 골목이다. 최대 폭은 1.8미
터이고 길이는 29미터. 파리에는 오솔길*sentier*이나 샛길*passage*이라는
말이 붙은 더 좁은 길이 더러 있지만, *rue*라는 말이 붙은 보통의 길들 중
에서는 가장 좁다.

안토니오 보자라는 흉악한 사내가 그 지하실들 가운데 하나로 회계원을 유인했어. 자기 장부들을 검토해 달라고 핑계를 댄 거야. 그러고는 자기에게 속아서 온 회계원을 도끼로 내리쳤어. 피해자는 가까스로 도망쳤고, 보자는 체포되어 정신 장애가 있다는 판정을 받고 2년 동안 정신 병원에 갇혀 지냈지. 그런데 거기에서 풀려나자마자 순진하고 부유한 사람들을 다시 사냥하기 시작해. 자기 지하실로 그들을 유인하여 금품을 빼앗고 살해한 뒤 거기에 묻어 버려. 오늘날 흔히 쓰는 말로 하면 연쇄 살인범이 된 거야. 하지만 그자는 용의주도한 연쇄 살인범이 아니었어. 피해자들과 상거래를 했던 흔적을 남겼거든. 결국 그자는 다시 체포되었지. 경찰은 지하실 바닥을 파서 대여섯 구의 시신을 찾아내. 결국 보자는 옛날 밀라노 성벽의 남문이었던 포르타 루도비카 근처에서 교수형을 당했지. 그의 머리는 마조레 병원의 해부학실에 보내졌어 — 당시는 이탈리아 범죄학의 아버지 체사레 롬브로소가 범죄와 신체적 특징의 관계를 연구하던 시절이라서, 여러 연구자들이 두개골과 얼굴의 생김새에서 유전적인 범죄성의 징후들을 찾고 있었거든. 그런 다음에 그 머리는 밀라노 무소코 공동묘지에 묻혔다는데, 세상에, 이런 일이 벌어질 줄 누가 알았을까…… 그런 악당의 해골을 탐내는 자들이 있었던 모양이야. 비술을 행하는 자들과 온갖 종류의 악령에 쐰 자들 말이야.

오늘도 여기에서는 보자의 으스스한 기운이 감돌고 있어. 마치 연쇄 살인마 잭 더 리퍼의 런던에 와 있는 기분이야. 여기에서 밤을 보내고 싶지는 않지만, 그래도 자꾸 호기심이 생겨서 여기에 자주 오네. 때로는 여기를 약속 장소로 삼기도 해.」

비아 바녜라를 빠져나가니 멘타나 광장이라는 곳이 나왔다. 브라가도초는 나를 비아 모리지라는 이름이 붙은 길로 이끌었다. 이 길 역시 비아 바녜라처럼 어두웠지만, 그래도 작은 가게가 몇 군데 있었고 멋지게 꾸민 현관문도 보였다. 길이 갑자기 넓어지며 주차장이 나타났다. 주위의 건물들은 폐허 같은 느낌을 주었다. 브라가도초가 알려 주었다. 「보게나, 왼쪽에 로마 시대의 유적이 아직 남아 있어. 역사적인 사실을 기억하는 사람이 별로 없지만, 밀라노는 한때 서로마 제국의 수도였어. 그러니까 사람들이 관심을 보이지 않아도, 저런 유적을 없애 버릴 수는 없는 거지. 주차장 뒤로 보이는 폐허는 고대의 유적이 아니라, 제2차 세계 대전 때 폭격을 당한 집들일세.」

로마 시대의 유적은 고색이 창연하고 고즈넉해 보였다. 모든 게 덧없음을 받아들이는 것 같은 분위기를 풍겼다. 하지만 폭격을 당해 부서진 집들에는 그런 그윽함이 없었다. 집들은 마치 루푸스 병에 걸린 환자처럼 보였고, 휑뎅그렁하게 뚫린 빈 공간을 통해 밖을 훔쳐보는 듯했다.

「이 공터에 건물을 지어도 될 텐데, 왜 아무도 시도를 안 하는지 모르겠어.」브라가도초가 말을 이었다.「건물을 짓지 못하도록 보호를 받는 땅이라서 그런가. 아니면 땅 주인이 이렇게 생각하는 거겠지. 건물을 지어서 남에게 빌려주는 것보다 그냥 주차장으로 쓰는 게 더 수입이 많다고 말이야. 그런데 왜 폭격의 흔적을 그대로 두는 거지? 나는 여기가 비아 바녜라보다 더 무서워. 그래도 밀라노가 전쟁 직후에 어떠했는지를 보여 준다는 점에서 마음에 들어. 여기처럼 그때의 모습을 그대로 보여 주는 곳, 그러니까 50년 가까운 세월 전에 이 도시가 어떠했는지를 상기시키는 장소는 드물다네. 여기는 내가 되찾으려고 애쓰는 밀라노, 내가 어릴 적에 살았던 밀라노일세. 전쟁이 끝났을 때, 나는 아홉 살이었어. 이따금 밤중에 여기를 지나다 보면 폭격 소리가 아직 들리는 것 같기도 해. 그렇다고 그저 폐허만 남아 있다는 얘기는 아닐세. 비아 모리지의 어귀 쪽을 보게나. 지붕이 탑처럼 솟은 17세기 건물이 있어. 그 탑은 폭격에도 무너지지 않았어. 그 건물의 아래층에는 타베르나 모리지라는 이름의 술집이 있어. 1900년대 초부터 있어 온 술집일세. 길 이름 모리지Morigi에는 g가 하나인데, 술집 이름에는 g가 겹쳐져 있어. 그 이유가 무엇인지는 나한테 묻지 말게. 아마도 시 당국이 거리 표지판을 달 때 실수를 했을 거야. 이 술집이 더 오래되었으니까 이쪽의 표기가 더 정확하지 않겠어?」

나는 브라가도초를 따라 술집에 들어갔다. 벽은 불그스름하고, 도료가 벗겨진 천장에는 시우쇠로 만든 낡은 샹들리에가 걸려 있었다. 카운터에 박제된 사슴의 머리가 놓여 있는가 하면, 먼지가 잔뜩 낀 포도주병 수백 개가 벽을 따라 진열되어 있기도 했다. 식탁들은 거칠게 다듬은 목재로 수수하게 만든 것들이었다(브라가도초가 말하기를, 식사 전이라 식탁보가 깔리지 않았지만, 나중에 시간이 되면 빨간 체크무늬 식탁보가 깔릴 것이고, 주문을 할 때는 프랑스의 작은 식당에서 하듯이 작은 칠판에 써놓은 것을 보고 음식을 선택하는 거라고 했다). 우리보다 먼저 온 손님들 중에는 대학생들도 있었고, 구식 보헤미안풍의 사람들도 몇 명 있었다. 보헤미안풍의 사람들은 머리를 길게 길렀지만 1968년 학생 운동 세대라기보다는 왕년에 테 넓은 모자를 쓰고 라발리에르[18] 넥타이를 맸던 예술가나 좌파 지식인처럼 보였다. 그들 말고 약간 신명이 나 있는 노인들도 몇 명 있었다. 그들이 금세기 초부터 이 술집을 드나들었던 단골인

18 나비넥타이와 비슷하지만 오늘날에 거의 매지 않는 넥타이. 기다란 비단 띠를 엮어 매듭을 짓는 것은 나비넥타이와 같지만, 좌우로 낙낙하게 리본을 펼치고, 양쪽 끄트머리를 아래쪽으로 길게 늘어뜨린다는 점에서 다르다. 라발리에르라는 이름은 프랑스 루이 14세의 사랑을 받았던 라발리에르 공작부인의 이름을 딴 것이다.

지, 아니면 술집의 새 주인이 분위기를 더 흥겹게 만들기 위해 끌어들인 손님들인지 종잡을 수가 없었다. 우리는 치즈와 살라미와 라르도 디 콜론나타[19]를 한 접시 주문해서 조금씩 먹으며, 정말 맛있는 메를로 포도주를 마셨다.

「멋지다, 그렇지?」 브라가도초가 말했다. 「딴 세상에 와 있는 것 같아.」

「그런데 여기는 옛 자취가 사라져야 할 밀라노인데, 무엇이 자네를 여기로 끌어들이는 거지?」

「이미 말했듯이, 나는 내가 거의 잊은 것에 대한 기억을 되살리고 싶어. 다시 말하면 내 할아버지와 아버지의 밀라노를 기억하고 싶다는 거야.」

그는 다시 술을 마셨다. 그의 눈이 반짝거리기 시작했다. 잔에서 흘러내린 포도주가 낡은 나무 식탁에 동그랗게 퍼져나가자, 그는 종이 냅킨으로 그것을 닦고 말을 이었다.

「우리 가족사가 한심해. 내 할아버지는 이른바 흉악한 파쇼 체제의 유력자였어. 그래서 이탈리아가 해방되던

---

19 lardo di Colonnata. 토스카나 지방 알피 아푸아네 산맥의 기슭에 자리 잡은 카라라는 고대 로마 시대 이래로 두 가지 점에서 유명하다. 하나는 대리석 채석장이 많다는 것이고, 또 하나는 그 대리석으로 만든 직육면체 모양의 용기(이탈리아 말로 〈콘카〉)에 돼지기름을 담아 숙성시킨 〈라르도 디 콜론나타〉라는 전통 식품을 생산해 낸다는 점이다. 〈콜론나타〉는 그 돼지기름 식품을 생산하는 구역 이름이다.

1945년 4월 25일, 할아버지가 여기에서 멀지 않은 비아 카푸초에서 도망치려고 했는데, 빨치산 하나가 할아버지를 알아봤지. 그들은 할아버지를 붙잡아서 곧바로 총살했어. 바로 저기, 저 모퉁이에서 말이야. 내 아버지는 나중에 가서야 그 사실을 알게 되었어. 그도 그럴 것이, 내 아버지는 할아버지의 이념을 그대로 따르기 위해 1943년 해군의 잠수 특공대인 데치마 마스에 입대했다가, 나중에 살로에서 체포된 다음 연합군이 피사에 세운 콜타노 강제 수용소에 1년 동안 갇혀 있었거든. 아버지는 가까스로 수용소에서 빠져나왔어. 그들은 아버지를 형벌에 처할 만한 실제적인 죄목을 찾아내지 못했던 거야. 게다가 1946년에 이탈리아 공산당의 총서기로서 연립 정권의 법무 장관을 맡고 있던 톨리아티가 파시스트들을 상대로 크게 아량을 베푸는 사면 조치를 취했어. 이건 역사에 나타난 모순들 가운데 하나야. 파시스트들이 공산주의자들의 도움을 받아 복권된 것이거든. 아마 톨리아티가 옳았을 거야. 어떻게 해서든 우리는 정상으로 돌아가야 했으니까. 하지만 그런 정상 상태에서 아버지는 자기의 과거와 짙게 드리운 할아버지의 그늘 때문에 일자리를 구하지 못했어. 재봉사였던 내 어머니가 살림을 꾸려 나갔지. 그러자 아버지는 조금씩 망가지면서 술을 마셨어. 내가 기억하는 아버지의 모습이란 하나밖에 없어. 얼굴은 벌게지고 눈은 흐리멍덩하게 뜬 채로 자기의 망상을 이야기하던 모습 말이야. 아버지는 파시즘을 정당화하려고 하지 않았어(자기가 믿었던 이념이 사라졌거든). 하지만 그는 파시즘에 반대하는 사람들이 파시즘을 규탄하기 위해서 흉측한 얘기들을 마구 쏟아낸다고 말했어. 그는 6백만 명의 유대인이 수용소의 가스실에서 살해당했다는 것을 믿지 않았어. 그렇다고 나치 독일이 홀로코스트를 자행하지 않았다는 식으로 말한 사람은 아냐. 홀로코스트는 벌어지지 않았다고 말하는 사람들은 오늘날에도 있지만, 아버지는 그런 부류에 속하지 않았다는 거야. 하지만 그는 해방군이 들려주는 모험담을 믿지 않았어. 한번은 아버지가 이러더라고. 〈증언이 모두 과장되었어. 내가 강제 수용소에 끌려갔다가 살아남은 사람들의 증언을 읽은 적이 있는데, 그들은 학살당한 사람들의 옷이 산더미를 이루었고 그 산더미가 1백 미터를 넘을 만큼 높았다고 하더군. 높이가 1백 미터라고?〉 아버지는 그렇게 묻고 말을 이었어. 〈옷더미를 1백 미터 높이로 쌓자면, 옷들을 피라미드 형태로 쌓아 올려야 한다는 건데, 그러자면 수용소의 부지보다 훨씬 넓은 밑면이 필요하지 않겠어?〉 하고.」

「하지만 끔찍한 일을 겪은 사람들은 그 일을 묘사할 때 과장법을 사용하는 경향이 있어. 자네 아버지는 그런 점을 고려하지 않은 거야. 자네가 고속 도로 교통사고를 목격하고 시신들이 피의 호수에 잠겨 있었다고 말할 수 있어. 그건 피가 코모 호수처럼 넓게 고여 있다는 뜻이 아니라, 그저 피가 많았다는 사실을 알려 주려고 하는 말이야. 어떤 사람이 자기가 살아오면서 겪은 가장 비극적인 사건을 회상할 때는 자네도 그 사람의 처지에서 생각해 봐.」

「그걸 부정하는 건 아냐. 하지만 아버지의 푸념을 들으면서 나는 뉴스를 액면 그대로 받아들이지 않는 버릇을 들이게 되었어. 신문도 거짓말을 하고 역사학자들도 거짓말을 해. 오늘날에는 텔레비전도 거짓말을 해. 1년 전 걸프 전쟁 때 뉴스에서 가마우지의 영상을 보여 주었는데 기억나나? 이라크군이 쿠웨이트에서 퇴각할 때 미군의 전진을 지연시키기 위해 많은 유정과 원유 저장 시설을 파괴해서 엄청난 양의 원유가 페르시아만에 유출되었다는 것을 보여 주기 위해 원유에 젖은 채 죽어 가는 가마우지들의 영상을 내보냈지. 그런데 나중에 확인된 바에 따르면, 전쟁이 벌어지던 그 계절에는 페르시아만에서 가마우지를 찾아볼 수 없었고, 뉴스에서 보여 준 가마우지들은 걸프 전쟁이 아니라 8년 전 이란·이라크 전쟁 때 찍힌 영상이라는 거야. 아니, 그게 아니라 제작자들이 동물원에서 가마우지들에게 원유를 뿌려 적셔 놓고 찍었다는 주장도 있어. 파시스트들이 저지른 죄악을 놓고서도 바로 그런 일이 벌어지지 않았을까 싶어. 이건 분명히 해두자고. 나는 내 아버지와 할아버지가 추종했던 이념에 동조하지 않아. 그리고 유대인들이 학살되지 않았다는 식의 주장을 하고 싶지도 않네. 사실 나와 가장 친한 사람들 가운데 몇 명은 유대인일세. 하지만 나는 이제 아무것도 믿지 않아. 미국인들은 정말 달에 갔을까? 촬영장에 모든 것을 갖춰 놓고 찍는 것은 불가능하지 않아. 달에 착륙한 뒤에 우주 비행사들의 그림자가 어떠한지를 관찰해 보면, 거기가 정말 달 표면인지 믿음이 가지 않아. 걸프 전쟁은 어떨까? 그 전쟁이 정말 텔레비전 보도에 나온 것처럼 벌어졌을까? 아니면 어떤 사람들이 기록 보관소에서 가져온 발췌 영상들을 우리에게 보여 준 것일까? 우리는 거짓말 속에서 살고 있어. 그리고 만약 누가 너에게 거짓말하고 있음을 네가 안다면, 너는 의심 속에서 살아야 해. 나는 의심해. 언제나 의심하면서 살아. 내가 증거를 찾아낼 수 있는 참다운 것이 하나 있다면, 그건 바로 수십 년 전의 밀라노야. 폭격은 정말로 벌어졌고, 그 일을 벌인 사람들은 영국인들 아니면 미국인들이었어.」

「그 뒤에 자네 아버님은 어떻게 되셨어?」

「매일 술에 절어서 살더니 내가 열세 살 나던 해에 죽었어. 나는 가족사의 기억에서 벗어나고 싶었어. 그래서 성년이 되자 아버지와 할아버지의 반대편에서 싸우려고 노력했네. 1968년에 나는 서른 살을 넘겼지만, 머리를 기르고 〈에스키모〉[20]라 불리던 반코트와 스웨터를 입고 다녔어. 그리고 중국의 마오쩌둥 사상을 따르는 운동 단체에 가입했지. 나중에 알고 보니까, 스탈린과 히틀러가 많은 사람들을 죽였지만, 마오쩌둥은 그 둘을 합친 것보다 더 많은 사람들을 죽였더라고. 게다가 마오쩌둥을 추종하는 친중파 단체에 정보기관의 요원들이 침투해 들어왔다는 사실도 알게 되었어. 그래서 나는 그 단체를 떠나 갖은 노력 끝에 기자가 되었고, 감춰진 음모를 찾아다니는 사냥꾼이 되었지. 따지고 보면 나중에 붉은 테러리스트들의 함정에 빠질 수도 있었는데(내가 위험한 교우 관계를 맺고 있었거든), 용하게 그것을 모면한 셈이야. 나는 이제 어느 것에 대해서도 확신을 갖고 있지 않아. 다만 내가 한 가지 확신하는 게 있다면, 우리 등 뒤에 언제나 우리를 기만하려는 어떤 자가 있다는 사실이야.」

「그래서 지금은 어떻게 지내고 있어?」

「지금은, 만약 우리 신문이 잘 돌아가기 시작하면 내가 발견한 것들을 중요하게 여기면서 나를 반겨 줄 데가 나오지 않을까 생각하네. 사실…… 내가 지금 어떤 사건의 흐름을 조사하고 있는데…… 그게 신문 기사로 그치지 않고 책으로 나올 수도 있을 거야. 그러면…… 아니, 오늘은 그냥 넘어가는 게 좋겠어. 내가 모든 데이터를

20 미군이 한국 전쟁 때 착용한 〈M-1951〉이라는 야전 코트를 본따서 만든 짧은 코트. 후드가 달려 있고 보온용 안감을 똑딱단추로 붙였다 떼었다 할 수 있다. 1968년 학생 운동에 열심히 참여하던 대학생들이 많이 입었고, 나중에는 좌파 운동가의 상징이 되었다.

모았을 때 다시 얘기하자고. 아무튼 내가 빨리 해야 돼. 돈이 필요하거든. 시메이가 우리에게 돈을 좀 주지만, 그것으로는 충분치 않아.」

「사는 데 돈이 필요한 거야?」

「아니, 자동차를 한 대 사려고. 할부로 살 거니까 목돈이 드는 건 아니지만, 그래도 할부금은 내야지. 그런데 자동차는 지금 당장 필요해. 취재를 해야 하거든.」

「미안, 그러니까 자네 말은 이런 거지. 자동차를 사기 위해서는 취재를 해서 돈을 벌어야 한다. 그런데 취재를 하자면 자동차가 당장 필요하다.」

「많은 정보를 모아 재구성하자면 바쁘게 돌아다닐 필요가 있어. 몇몇 장소도 가봐야 하고, 아마 사람들을 만나 물어보기도 해야 할 거야. 차가 없어서 돌아다니지 못하고 매일 사무실에 갇혀 있어야 한다면, 모든 것을 기억에 의존해서 재구성해야 해. 모든 일을 머리로 해야 한다는 거지. 문제는 그것만이 아냐.」

「뭐가 또 문제라는 거지?」

「이보게, 내가 우유부단한 사람은 아니지만, 무엇을 해야 하는지 알아내기 위해서는 모든 데이터를 모아서 하나로 짜보아야 해. 혼자 떨어져 있는 정보는 아무 소용이 없어. 모든 데이터가 함께 모이면, 그것들은 우리가 처음에 보지 못했던 것을 알아보게 해주지. 사람들이 우리에게 무엇을 감추려고 하는지, 그것을 알아내야 하네.」

「자네가 취재하고 있는 것에 관한 얘기를 하는 거야?」

「글쎄, 자동차의 선택을 놓고 하는 말이겠지…….」

그는 포도주에 손가락을 적셔 식탁에 그림을 그렸다. 마치 퍼즐 잡지에 나오는 문제를 풀 때처럼, 점들을 잇달아 연결해서 하나의 형상을 만들어 가는 것이었다.

「자동차란 빨라야 하고 어느 정도의 품격을 지녀야 해. 당연한 얘기지만, 내가 찾는 건 소형차가 아니야. 그리고 전륜 구동이 아닌 차는 생각하지 않아. 란차 자동차에서 만드는 테마 터보 16기통을 생각해 봤어. 가격이 6천만 리라쯤 되니까 아주 비싼 차들 가운데 하나지. 시승을 해볼 수 있을 거야. 최고 시속은 235킬로미터이고, 정지 상태에서 시속 1백 킬로미터까지 가속하는 데에 7.2초가 걸려. 거의 최고 수준이야.」

「비싸겠군.」

「단지 가격만 따지면 안 되고, 제조업자들이 우리에게 숨기고 있는 정보를 찾아내야 해. 자동차 광고가 거짓말을 하지 않는 경우에도 방심하면 안 되네. 거짓말을 하지 않는 대신 무언가를 알리지 않기 위해 침묵할 테니까. 자동차 전문지에 실려 있는 관련 정보들을 면밀하게 검토해야 하네. 그렇게 내가 알아봤더니, 이 자동차의 폭이 183센티미터더라고.」

「그게 좋지 않은 거야?」

「자네도 알아채지 못하고 있구먼. 자동차를 파는 사람

들은 광고를 낼 때 언제나 길이를 알려 주네. 주차를 생각하거나 체통을 차리고자 한다면 자동차의 길이는 당연히 중요하지. 그런데 차폭을 분명하게 알려 주는 경우는 드물어. 집의 차고가 작거나 주차 공간이 협소하다면 차폭이 중요한 요소가 되지. 좁다란 주차장에서 차들 사이의 틈새를 찾느라고 멍청이처럼 빙글빙글 돌다가 얼마나 많은 시간을 버리는지도 생각해야 해. 차폭이란 중요한 거야. 170센티미터 이하를 겨냥해야 해.」

「짐작건대, 그런 차를 찾아낸 모양이군.」

「물론이지. 그런데 폭이 170센티미터인 차는 안이 비좁아. 조수석에 사람이 타면 공간이 넉넉지 않아서 오른쪽 팔꿈치를 마음대로 놀리지 못해. 그리고 폭이 넓은 차에 있는 편리한 장치들이 없어. 기어 가까이에 오른손으로 조작할 수 있는 장치들이 여러 개 있으면 좋을 텐데 말이야.」

「그러면 어떻게 해야 하는 거지?」

「계기판에 있을 게 다 있는지, 오른손으로 기어 주위를 더듬거리지 않아도 되게 핸들에 여러 가지 장치가 붙어 있는지 확인해야 하네. 그런 식으로 해서 내가 찾아낸 게 사브 900 터보야. 차폭 168센티미터, 최고 시속 230킬로미터, 그리고 가격이 5천만 리라 정도로 내려가.」

「그게 자네가 원하는 차로군.」

「그렇긴 한데, 한 가지 마음에 걸리는 게 있어. 정지 상태에서 시속 1백 킬로미터까지 가속하는 데에 8초 50이 걸린다는 거야. 이상적인 것은 7초인데 말이야. 그런 점에서 보면, 로버 220 터보가 딱 좋아. 4천만 리라에 차폭 168센티미터, 최고 시속 235킬로미터, 시속 1백 킬로미터까지 가속하는 데 걸리는 시간 6.6초. 유성처럼 빠른 차야.」

「그러면 자네는 마음을 돌리겠군…… 그 차종으로 말이야.」

「아니야. 이 차의 제원을 적어 놓은 표에서 맨 아래쪽을 보면 높이가 137센티미터라고 나와 있어. 나처럼 덩치가 큰 사람에게는 너무 낮아. 경주용 자동차 같아. 스포츠맨 행세를 하는 부잣집 애들한테나 어울리는 차야. 그에 비하면 란차는 높이가 143센티미터이고, 사브는 144센티미터일세. 그 정도는 돼야 점잖게 탈 수 있지. 어쨌든 높이는 그렇고, 한 가지 더 따져 볼 것이 있어. 젠체하는 부잣집 자식들은 자동차 설명서를 읽지 않으니까 모를 거야. 사실 자동차 설명서의 글씨가 아주 작아서 마치 의약품 사용 설명서의 주의 사항을 읽는 기분이 들긴 하겠지. 그러니 이 차를 타면 내일 죽을 수도 있다는 사실을 짐작하지 못할 수밖에. 무슨 얘기냐 하면, 로버의 무게가 1,185킬로그램밖에 안 된다는 거야. 한마디로 약골이야. 대형 트럭에 들이받히면 완전히 부서져서 남아나는 게 없을걸. 강철 보강재를 사용한 더 무거운 차들을 볼 필요가 있어. 그렇더라도 볼보를 생각하지는 않아. 볼보는 전차처럼 튼튼하기는 하지만 너무 느리거든. 그보다는 로버 820 TI가 낫지. 5천만 리라, 최고 시속 230킬로미터에 무게는 1,420킬로그램이야.」

「하지만 내가 보기에 너는 그 차도 제외했을 거야, 또 이유가 있겠지.」 나는 그렇게 평했다. 이제는 나마저도 편집증 환자가 된 기분이 들었다.

「그 이유는 가속 성능이 떨어진다는 데에 있어. 시속 1백 킬로미터까지 올라가는 데 8.2초가 걸리거든. 거북이야. 시원하게 달리지 못해. 그런 점에서 메르세데스 C280과 비슷하다네. 이 차가 폭은 172센티미터인데, 가격이 6천7백만 리라인데다가 8.8초라는 형편없는 가속 성능을 보이고 있거든. 게다가 차를 주문한다고 바로 탈수 있는 게 아니라 5개월은 기다려야 한다던걸. 이참에 유념해야 할 것을 한 가지 더 말해야겠어. 내가 앞서 말한 차들은 대개 두 달을 기다려야 가져다준다는데, 다른 차들은 주문하자마자 탈 수가 있어. 왜 곧바로 차가 나오느냐고? 아무도 그 차종을 원하지 않기 때문이야. 무엇이 문제가 되는지 항상 조심해야 해. 예를 들어 칼리브라 터보 16기통은 최고 시속 245킬로미터에 4륜 구동, 시속 1백 킬로미터까지 올라가는 데 걸리는 시간 6.8초, 차폭 169센티미터이고 가격은 5천만 리라보다 조금 비싼데, 사람들이 원하면 바로 배달해 줘.」

「그럼 훌륭한 거 아냐?」

「천만에. 이 차는 무게가 1,235킬로밖에 안 나가. 너무 가벼운 거야. 게다가 높이도 132센티미터밖에 안 돼. 다른 어떤 차보다 심하지. 돈 많은 고객이 아니라 난쟁이를 위한 차야. 내가 자동차들의 여러 가지 문제를 말했지만, 그게 다가 아니야. 트렁크 문제도 고려해야 해. 트렁크의 크기가 중요하다면, 테마 16기통 터보를 염두에 두어야 하지만, 이 차는 폭이 175센티미터라는 점도 같이 생각해야 해. 차폭이 넓지 않은 것들 중에서는 데드라 2.0 XL을 생각해 봤어. 트렁크가 훌륭하지. 그런데 가속에 걸리는 시간이 9.4초나 되고 무게는 고작해야 1천2백 킬로그램을 조금 넘기는 수준일 뿐만 아니라, 최고 시속도 210킬로미터밖에 되지 않아.」

「그래서?」

「그래서 나는 어떻게 해야 할지 모르겠어. 취재 때문에 머리가 복잡한데, 밤중에 잠에서 깨어 일어나 자동차들을 비교하고는 하지.」

「하지만 자동차들에 관한 것들을 모두 기억하고 있잖아.」

「나는 그것들을 비교하면서 여러 장의 표를 만들어 보았어. 문제는 내가 그것들을 다 외워 버렸다는 거야. 그런 상황을 견딜 수가 없어. 나는 차를 살 수 없을 것 같아. 차들이 모두 내가 선택할 수 없도록 디자인된 게 아닌가 싶어.」

「그런 의심을 하다니, 좀 과장된 거 아니야?」

「의심이란 절대로 과장되지 않아. 의심하고 또 의심하라, 그래야만 진실에 도달한다. 과학이 권하는 게 바로 그거 아냐?」

「그래, 과학은 그렇게 말하고 그렇게 행하지.」

「그건 헛소리야. 과학도 거짓말을 하거든. 상온 핵융합에 성공했다고 발표한 일을 생각해 봐. 그들은 몇 달 동안 우리에게 거짓말을 했어. 우리는 나중에 가서야 그게 터무니없는 말이라는 것을 깨달았지.」

「하지만 상온 핵융합이라는 현상이 발견된 것은 사실이잖아.」

「그럼 누가 거짓말을 한 거지? 펜타곤인가? 펜타곤은 상온 핵융합을 둘러싼 난처한 상황을 감추고 싶어 했는지도 모르지. 상온 핵융합을 연구하는 사람들은 진실을 말하는 것일 수도 있어. 어떤 사람들은 그들이 거짓말을 한다고 말하지. 하지만 남들이 거짓말을 한다고 말하는 사람들, 그들이야말로 거짓말쟁이일 수도 있어.」

「펜타곤이나 CIA를 놓고 이러저러한 얘기를 할 수는 있어. 하지만 상상력을 너무 극단으로 몰고 가면 안 되는 거야. 예를 들어 자동차 전문지들이 모두 민주·금권·유대 지배 체제의 정보기관에 의존하고 있고, 그 체제가 기습을 노리며 계략을 꾸미고 있다는 식으로 상상

70

할 수는 없다는 얘기라네.」

내가 브라가도초를 다시 상식의 세계로 데려와야겠다고 생각하면서 그렇게 말하자, 그는 씁쓸하게 미소를 지으며 대답했다.

「정말 그럴까? 그 잡지들 역시 미국의 대기업과 연결되어 있고, 〈세븐 시스터즈〉라고 불리는 국제 석유 자본의 메이저들과도 연결되어 있네. 그 메이저들은 우리의 엔리코 마테이[21]를 살해한 자들이기도 하고, 빨치산들에게 돈을 대주면서 파시스트였던 내 할아버지를 총살하게 만든 자들이기도 해. 그들과 아무 상관이 없을 것 같은 내가 자동차 잡지와 그들을 연결시키는 게 이상한가? 모든 게 서로 어떻게 연결되어 있는지 알겠어?」

웨이터들이 식탁보들을 까는 시간이 되었다. 그저 포도주 두 잔을 마시며 이야기를 나누던 사람들은 이제 저녁을 먹거나 자리를 비울 때가 되었다는 뜻이었다.

「옛날에는 술 한 잔씩 시켜 놓고 새벽 2시까지 죽치고 앉아 있을 수 있었는데.」 브라가도초가 한숨을 내쉬었다. 「이제는 여기에서도 돈 있는 손님들만 반가워해. 아마 언젠가는 이 술집도 스트로보 라이트가 번쩍거리는

21 Enrico Mattei(1906~1962). 이탈리아의 실업가이자 정치가. 이탈리아 국영 석유 회사를 이끌면서, 당시 유럽 석유 시장을 독점하고 있던 국제 석유 자본에 대항했다. 1962년에 비행기 사고를 당하여 사망했는데, 메이저라 불리는 국제 석유 자본과 대립을 계속해 온 그 경력 때문에 모살당했다는 소문이 돌았다.

디스코텍으로 바뀔 거야. 이 말을 어떻게 받아들일지 모르겠네만, 여기에서 아직은 모든 게 진실하네. 하지만 이미 악취가 나고 있어. 마치 모든 게 가짜라는 듯이. 이 점을 생각해 보게. 이 술집은 롬바르디아의 중심 도시 밀라노의 한복판에 있는데, 오래전부터 토스카나 사람들이 운영해 왔어. 내가 사람들한테 들은 얘기야. 나는 토스카나 사람들에 대해서 아무런 불만이 없어. 아마도 착한 사람들일 거라고 생각해. 하지만 어린 시절에 겪은 일이 생각나. 어른들이 우리가 아는 사람의 딸을 놓고 이야기를 나누고 있었어. 그 여자가 멍청하게도 남쪽에서 온 남자와 결혼했다는 얘기였어. 그때 우리 친척 아저씨가 말을 돌려서 〈피렌체 바로 남쪽에 장벽을 쌓아야 해〉라고 비아냥거렸어. 그러자 내 어머니가 뭐랬는지 알아? 〈피렌체 바로 남쪽이 아니라, 볼로냐 바로 남쪽에 쌓아야지!〉[22]라고 하더군.」

우리가 계산서가 나오기를 기다리는 동안, 브라가도초가 속삭이듯이 내게 물었다. 「나한테 돈 좀 빌려줄 수 있겠나? 두 달 뒤에 갚을게.」

22 밀라노는 이탈리아 북서부 지방 롬바르디아의 중심 도시이고, 볼로냐는 그 남쪽에 있는 에밀리아 로마냐 지방의 중심 도시이며, 피렌체는 더 남쪽에 있는 토스카나 지방의 주도이다. 브라가도초의 친척 아저씨가 남쪽 사람들이 올라오지 못하도록 피렌체 남쪽에 장벽을 쌓아야 한다고 말하니까, 그의 어머니는 토스카나 사람들도 올라오지 못하도록 볼로냐 남쪽에 쌓아야 한다고 말했다는 뜻이다.

「돈을 빌려줄 수 있냐고? 나도 자네처럼 돈이 없다네.」

「그런가. 나는 시메이가 자네한테 얼마를 주는지 몰라. 그것을 알 권리도 없고. 그냥 물어본 거야. 그래도 여기 술값은 자네가 내는 거지?」

나는 그렇게 브라가도초를 알게 되었다.

4

4월 8일 수요일

이튿날 처음으로 편집 회의라는 이름에 걸맞은 회의가 열렸다.

「자, 신문을 만들어 봅시다.」 시메이가 말문을 열었다. 「올해 2월 18일의 신문을 만들어 볼까 합니다.」

「왜 2월 18일이죠?」 캄브리아의 질문이었다. 나중에 그는 가장 어리석은 질문을 해대는 인물로 진면목을 드러낼 터였다.

「왜냐하면 지난겨울 2월 17일에 경찰이 밀라노 노인 요양원인 피오 알베르고 트리불치오의 원장이자 사회당 밀라노 지부의 중요 인물이었던 마리오 키에사의 사무실에 들이닥쳤기 때문이에요. 다들 아시다시피, 키에사는 몬차에 있는 청소 용역 회사의 사업 청탁을 들어주는 대가로 뇌물을 요구했어요. 1억 4천만 리라짜리 사업이었는데, 그 금액의 10퍼센트를 달라고 했답니다. 노인 요양원을 운영하면서 그렇게 뒷구멍으로 돈을 챙기는

75

사람이었던 것이죠. 게다가 그게 첫 요구가 아니었어요. 청소 용역 회사 사장은 뇌물을 주는 데 신물이 나서 키에사를 고소했어요. 그는 키에사가 요구한 1천4백만 리라 가운데 일부를 먼저 주기로 하고 키에사의 사무실로 갔어요. 하지만 그냥 간 게 아니라 마이크와 비디오카메라를 숨겨 가지고 들어갔죠. 키에사가 뇌물을 받자마자 경찰이 들이닥쳤어요. 키에사는 겁을 집어먹고, 이미 그런 방식으로 거두어들인 다른 돈뭉치들을 서랍에서 꺼내 들었어요. 그러고는 그것들을 버리기 위해 화장실로 도망쳤죠. 하지만 소용이 없었어요. 그 돈다발을 파기할 새도 없이 손에 수갑이 채워졌거든. 이상이 사건의 경위예요. 여러분 모두 기억하고 있을 겁니다. 자, 캄브리아, 그다음 날인 2월 18일 자 신문에서 우리는 무슨 얘기를 해야 하는지 알고 있으리라 생각해요. 자료실에 가서 그날의 뉴스들을 읽어 봐요. 그런 다음 짤막한 머리기사를 쓰세요. 아니, 그러지 말고 장문의 기사를 쓰는 게 낫겠어요. 내가 기억하기로 그날 저녁 텔레비전 뉴스에서는 그 사건을 다루지 않았거든.」

「알겠습니다, 주필님. 당장 가겠습니다.」

「아 잠깐만요, 이 대목에서 우리 신문 『도마니』가 어떤 임무를 맡고 있는지 생각해야 해요. 다들 기억해야 할 것이 있어요. 그날 이후로 얼마 동안 사람들은 그 사건의 의미를 최소화하려고 애썼어요. 사회당 지도자인 크락시는 키에사가 너절한 야바위꾼에 지나지 않는다면서, 그를 당장 사회당에서 제명할 것이라고 했어요. 그러나 2월 18일의 독자들이 예상할 수 없었던 일이 벌어져요. 검사들이 수사를 계속 벌이고 마스티프처럼 무서운 디 피에트로 검사가 두각을 나타내게 됩니다. 지금은 모두가 디 피에트로 검사를 알지만, 당시에는 아무도 그 이름을 들어본 적이 없었죠. 디 피에트로는 키에사를 심문하고 그의 스위스 은행 계좌들을 찾아냅니다. 결국 키에사는 자기 혼자만 관련된 사건이 아니라는 것을 고백합니다. 그리하여 정치적 부패의 조직망이 차츰차츰 드러나고 모든 정당이 그 조직망에 가담하고 있다는 사실이 분명해지죠. 우리는 그 부패 사건의 첫 결과를 엊그제 보았어요. 지난 일요일의 총선 결과가 바로 그거예요. 여러분도 보았겠지만, 만년 여당이었던 그리스도교 민주당, 그리고 그 당의 연립 정권에 참여해 온 사회당이 표를 많이 잃었고, 북부 동맹이 강한 세를 얻었어요. 기존 정권들을 적대시해 온 북부 동맹이 이 스캔들을 이용해서 힘을 키우고 있는 겁니다. 체포되는 자들이 속출하고 정당들이 해산되고 있으니까, 어떤 사람들은 이렇게 말해요. 이제 베를린 장벽이 무너지고 소비에트 연방이 해체되었기 때문에, 미국인들은 예전처럼 이탈리아 정당들을 조종할 필요가 없게 되었고, 그래서 검찰이 정당을 어떻게 하든 상관하지 않는다는 식으로요. 그뿐이 아니에요. 검사들이 어떤 시나리오에 따라 연기를 하고 있는데, 그 시나리오를 쓴 것은 미국 정보기관이라는 주장도 있어요. 어쨌거나 지금은 비약을 하거나 과장을 하지 맙시다. 이상이 우리가 알고 있는 오늘의 상황입니다. 그런데 2월 18일에는 아무도 무슨 일이 벌어질지 예상하지 못했어요. 그렇다면 2월 18일 자 『도마니』는 앞일을 상상하고 일련의 예측을 할 것입니다. 독자들에게 미래의 그림을 미리 보여 주고 무언가를 슬그머니 일깨워 주는 기사가 필요해요. 루치디, 그 기사를 당신에게 맡길게요. 그런 기사를 쓰자면 재주가 있어야 해요. 〈아마〉와 〈어쩌면〉 같은 말들을 넣어 예상하는 기사를 쓰고 있다는 느낌을 주면서도 실제로 벌어질 일을 이야기해야 하는 거죠. 정치인들의 이름도 간간이 들어가야 해요. 여러 정당이 고루고루 나오게 하고, 좌파 정당도 빠뜨리지 말아요. 『도마니』가 다른 증거 자료도 모으고 있구나 하는 느낌을 주어야 해요. 그리고 우리 예비 판을 읽을 독자들이 지난 두 달 동안 벌어진 일을 아주 잘 알고 있는 경우에도 잔뜩 겁을 먹을 수 있도록 기사를 써야 해요. 그러면 독자들은 이런 식으로 자문할 겁니다. 이런 신문이 오늘 날짜로 예비 판을 낸다면 도대체 어떤 지면이 나올까…… 무슨 말인지 알겠어요? 자, 해보세요.」

「왜 그런 일을 저한테 맡기시는 건가요?」 루치디가 물었다.

시메이는 이상한 눈빛으로 루치디를 바라보았다. 마치 다른 사람들은 몰라도 너는 다 알고 있지 않느냐고 말하는 것 같은 눈빛이었다. 「왜냐하면 내가 보기에 당신은 사람들 입에 오르내리는 말들을 모아서, 전할 만한 사람에게 전해 주는 데 비상한 재주가 있어 보여서요.」

편집 회의가 끝나고 우리 둘만 남게 되었을 때, 나는 시메이에게 물었다. 무슨 뜻으로 루치디에게 그런 말을 했느냐고. 시메이의 대답은 이러했다.

「이 얘기는 아무한테도 하지 말아요. 내가 보기에 루치디는 정보기관과 관련이 있어요. 그에게 저널리즘은 첩보 활동을 감추기 위한 위장이에요.」

「루치디가 첩보 요원이라는 겁니까? 그럼 왜 편집부에 첩보 요원이 들어와도 좋다고 생각하신 거죠?」

「왜냐하면 첩보 요원이 우리의 정보를 몰래 알아낸다 해도 걱정할 게 없으니까요. 정보기관이 우리의 예비 판들을 읽으면 우리가 무슨 얘기를 나누고 무슨 기사를 쓰는지 다 알 텐데, 루치디가 그들에게 무슨 말을 할 수 있겠어요? 반면에 그는 다른 사람들을 첩보하다가 알아낸 정보들을 우리에게 가져다줄 수 있어요.」

시메이를 훌륭한 저널리스트라고 말하기는 어렵겠지만, 그래도 시메이 나름의 세상에서는 그가 천재다 하고 나는 생각했다. 그러자 인물을 설명할 때 다른 인물을 떠올리는 내 버릇대로, 독설로 악명 높은 어느 오케스트라 지휘자가 한 음악가를 두고 했다는 말이 머리에 떠올랐다. 「X는 자기 나름의 세상에서 신이야. 문제는 그 X 나름의 세상이라는 것이 똥이라는 데에 있지.」

5

4월 10일 금요일

우리가 창간 예비 판 제0-1호에 무엇을 실을까 하고 생각에 생각을 거듭하는 동안, 시메이는 우리 모두가 하는 일의 몇 가지 중요한 원칙에 관해서 대체적인 윤곽을 잡아 주었다.

「콜론나, 우리 친구들에게 설명 좀 해주세요. 민주적인 저널리즘의 기본적인 원칙 가운데 하나가 사실을 의견과 구별하라는 것인데, 어떻게 그 원칙을 준수할 수 있는지 또는 어떻게 그 원칙을 준수하는 것처럼 보이게 할 수 있는지 설명해 달라는 것입니다. 『도마니』에는 우리의 의견이 많이 실릴 것이고 우리는 그때마다 의견이라는 점을 밝힐 것입니다. 하지만 다른 기사들에서는 오로지 사실만 다룹니다. 그런 점을 어떻게 입증할 수 있을까요?」

「아주 간단합니다.」 나는 말했다. 「영국이나 미국의 주요 신문들을 보시면 됩니다. 그런 신문의 기자들이 화재

나 교통사고에 관한 기사를 쓴다고 칩시다. 당연한 얘기지만 그들은 자기들의 생각을 말할 수 없습니다. 그 대신 목격자의 증언이나 행인의 말이나 여론의 대변자가 될 만한 사람의 논평을 기사에 끼워 넣습니다. 그러한 진술들은 일단 인용이 되면 사실로 바뀝니다. 다시 말하면, 이러이러한 사람이 저러저러한 의견을 말했다는 게 하나의 사실이 된다는 것입니다. 하지만 기자가 자기와 의견이 같은 사람에게만 발언권을 주었으리라는 의심을 받을 수 있습니다. 그래서 서로 반대되는 두 가지 주장을 실어야 합니다. 그렇게 서로 다른 의견들을 같이 보여 주어야 이론의 여지가 없는 사건을 보도한 것으로 됩니다. 이런 경우에 써먹을 수 있는 요령이 있습니다. 먼저 사람들이 흔히 생각하는 진부한 의견을 소개하고, 그 다음에 더 논리적이고 기자의 생각에 가까운 또 하나의 의견을 소개하는 겁니다. 그런 식으로 하면, 독자들은 두 가지 사실을 정보로 얻었다는 인상을 받으면서도 한 가지 의견만을 더 설득력이 있는 것으로 받아들이게 됩니다. 예를 하나 들어 보겠습니다. 고가 도로가 무너져서 트럭 한 대가 허공으로 떨어지고 그 운전기사가 사망했습니다. 기자는 사건을 정확하게 기술하고 나서 기사에 이런 말을 넣기로 합니다. 도로 모퉁이에서 신문 가판대를 운영하는 42세 로시 씨는 〈무슨 말을 하겠어요, 운이 나빴던 것인데. 그 불쌍한 운전기사를 생각하면 정말 애처로운 일이지만, 운명을 어쩌겠어요?〉라고 말합니다. 곧이어 바로 옆 공사장에서 건설 노동자로 일하는 34세 비안키 씨는 〈시 당국은 이 고가 도로에 문제가 있다는 것을 오래전부터 알고 있었으니까, 이 사고는 시의 잘못으로 일어난 거예요〉라고 말합니다. 자, 독자는 어느 사람의 말에 동의할까요? 둘 중 어느 쪽이 책임을 지우고, 어느 쪽이 잘못한 사람을 가리킨다고 생각할까요? 대답이 분명하죠? 중요한 것은 무엇을 어떻게 인용하는가 하는 것입니다. 연습을 좀 해보겠습니다. 코스탄차가 시작할까요? 폰타나 광장 폭파 사건[23]을 가지고 기사를 쓴다고 합시다. 어떤 사람들의 말을 넣겠습니까?」

코스탄차는 잠시 생각하다가 대답했다. 「폭탄이 터졌을 때 은행 안에 있을 뻔했던 41세 시청 공무원 로시 씨가 말했다. 〈별로 멀지 않은 곳에 있다가 폭파 소리를 들었는데, 무시무시했다. 사건의 배후에는 이 혼란을 이용해 이익을 얻으려는 자가 숨어 있지만, 우리는 그가 누구인지 절대로 모를 것이다.〉 비안키 씨(50세, 이발사)

---

23 한 테러리스트가 1969년 12월 12일, 밀라노의 폰타나 광장에 면한 전국 농업 은행을 폭파하여 열일곱 명을 죽이고 여든여덟 명을 다치게 했던 사건. 오늘날에는 이탈리아 극우 단체가 저지른 범죄라는 것을 모두가 인정하고 있지만, 사건 직후에는 한 아나키스트가 밀라노 경찰에 용의자로 체포되었다가 사망하는 일이 벌어졌다. 경찰은 〈자살〉이라 주장하고 아나키스트들은 〈타살〉이라고 말했지만, 진상은 아직도 분명히 밝혀지지 않고 있다. 이 폭탄 테러는 이탈리아 〈납의 시대〉(무장 조직에 의한 테러가 잇따르던 1970년대)의 출발점이 되었다.

도 폭파 순간에 근처를 지나가고 있었다는데, 폭발음 때문에 귀가 멍해지고 심한 공포를 느꼈다면서 〈전형적인 아나키스트식의 테러인 게 분명하다〉고 말했다.」

「훌륭해요. 이번엔 시뇨리나 프레시아가 해볼까요? 나폴레옹이 사망했다는 뉴스가 방금 들어왔어요.」

「음…… 저는 먼저 블랑슈 씨(나이와 직업은 앞의 비안키 씨와 동일)의 말을 전하겠어요. 블랑슈 씨는 이렇게 말합니다. 〈나폴레옹은 이미 끝나 버린 불쌍한 사람이고 가족도 있는 사람인데, 그런 사람을 섬에 가둬 버린 것은 아마 부당한 일이었을 것이다.〉 그다음엔 만초니 씨, 아니 만소니 씨의 말을 넣습니다. 만소니 씨는 〈만사나레스강에서 라인강에 이르기까지,[24] 세계를 변화시킨 위대한 인물이 사라졌다〉고 말합니다.」

내가 무어라 대답하기도 전에 시메이가 나섰다. 「좋습니다. 만사나레스 얘기가 좋아요. 그런데 표 나지 않게 의견을 불어넣는 데는 다른 방법들이 있어요. 신문에 무엇을 실을지 말지 결정하기 위해서는, 기자들이 흔히 말하듯 기사의 가치를 따져야 합니다. 세상에는 보도할 뉴스가 무수히 많습니다. 그 많은 뉴스를 다 보도할 수가

---

24 〈만사나레스강에서 라인강까지〉라는 말은 마드리드의 만사나레스강에서 독일의 라인강에 이르는 광대한 지역을 가리키는 것인데, 이는 이탈리아 근대 소설의 선구자인 알레산드로 만초니가 1821년에 헬레나섬에서 죽은 나폴레옹을 기리기 위해서 쓴 「5월 5일」이라는 송시에 나오는 시구다.

없습니다. 그래서 여기 밀라노 옆에 있는 베르가모에서 사고가 났을 때는 보도하지만, 시칠리아의 메시아에서 벌어진 사고에 대해서는 침묵합니다. 그 이유가 무엇인지 아시겠지요? 뉴스들이 신문을 만드는 것이 아니라, 신문이 뉴스들을 만드는 것입니다. 서로 다른 뉴스 네 가지를 한 지면에 모아서 보도할 줄 알아야 합니다. 그건 독자에게 다섯 번째 뉴스를 제공한다는 뜻입니다. 자, 여기 이것은 그저께 나온 신문입니다. 같은 면에 이런 기사들이 실려 있습니다. 첫째, 밀라노에서 신생아를 화장실에 유기하는 사건 발생. 둘째, 아드리아 해안 아브루초주의 페스카라에서 다비드가 사망했는데, 그의 형은 사건과 무관하다고 함. 셋째, 티레니아 해안 캄파니아주의 아말피에서 거식증에 걸린 자기네 딸을 심리 치료사에게 맡긴 부모가 그 심리 치료사를 사기 혐의로 고발. 넷째, 밀라노 북서쪽 부스카테에서 15세 때에 8세 소년을 살해했던 남자가 14년 동안 감화원에 갇혀 있다가 풀려났음. 이상의 네 기사가 같은 면에 실려 있고, 이 면에는 〈사회, 아이들, 폭력〉이라는 큰 제목이 붙어 있어요. 그 제목에 걸맞게 네 기사 모두 폭력 사건이나 미성년자와 관련된 사건을 다루고 있습니다. 그러나 사건들의 성격은 각기 달라요. 신생아 유기 사건은 자식에 대한 어버이의 폭력에 관한 것입니다. 반면에 심리 치료사 사건은 거식증에 걸린 딸의 나이가 나와 있지 않아서 아이들과 관계가 없는 것으로 보입니다. 페스카라에서 소년이 사망한 사건은 폭력과 관련된 것 같지 않고 그냥 아이가 갑작스러운 사고로 목숨을 잃었다는 얘기처럼 느껴집니다. 끝으로 부스카테의 사건은 잘 읽어 보면 누구나 알 수 있듯이 서른 살이 다 되어 가는 전과자의 이야기인데, 기사가 정작 밝히고자 하는 것은 그가 14년 전에 저지른 범죄입니다. 한 면을 이런 기사들로 채움으로써 신문은 무엇을 말하고자 했을까요? 아마 처음부터 어떤 의도를 갖고 일부러 기사들을 모으지는 않았을 겁니다. 어느 게으른 편집자가 통신사에서 보내온 네 가지 뉴스를 보고, 그것들을 한 면에 모아서 싣는 게 좋겠다고 생각하지 않았을까요? 함께 실으면 효과가 커질 거라고 판단했겠지요. 그런데 사실을 말하자면, 이 신문은 우리에게 무언가를 전하고 있어요. 어떤 관념이나 경보나 주의 같은 것을 주고 있다는 것이죠. 그리고 어떤 기사를 쓰든지 독자를 생각하셔야 해요. 여기 이 뉴스들이 따로따로 보도되었다면, 독자들은 그냥 무덤덤하게 받아들였을 겁니다. 이렇게 한데 모아서 보도하면 독자들이 관심을 가질 수밖에 없어요. 무슨 말인지 알겠어요? 독자를 생각하는 문제와 관련해서 한 가지 얘기를 더 할게요. 한 노동자가 직장 동료를 습격하는 사건이 벌어졌다고 합시다. 그 노동자가 칼라브리아 같은 남부 출신이라면, 신문들은 사건을 보도할 때 언제나 출신지를 밝힙니다. 하지만 그 노동자가 쿠네오 같은 북부 도시 출신이라면, 사건을 보도하더라도 그 출신지를 언급하지 않아요. 내가 알기로 그런 사실이 드러나면 기자들의 체면이 깎일 거예요. 그래요, 그건 지역 차별이에요. 하지만 신문에 이런 기사가 실렸다고 상상해 보세요. 우리 북부 사람들이 좋지 않은 일을 벌인 것으로 나오는 기사들이에요. 예를 들어 쿠네오 출신 노동자가 함께 일하는 동료를 해쳤다거나, 베네치아 북서부 교외 메스트레의 퇴직자가 아내를 살해했다는 기사, 또는 볼로냐의 신문 가판대 주인이 자살을 했다거나 제노바의 건축업자가 부정 수표를 발행했다는 기사 말입니다. 우리 북부 사람들은 사건의 장본인들이 어디 출신인지를 말해 주어도 이렇다 할 관심을 보이지 않을 겁니다. 반면에 우리가 남부 출신 사람들이 저지른 범죄를 보도하면 어떤 반응이 나올까요? 칼라브리아 출신 노동자나 바실리카타주 마테라의 퇴직자, 풀리아주 포자의 신문 가판대 주인, 시칠리아주 팔레르모의 건축업자에 관한 보도를 하면, 남부 사람들의 범죄에 내한 우려가 높아질 것입니다. 바로 그런 게 뉴스거리가 되는 겁니다. 우리 신문은 밀라노에서 발행되는 것이지 시칠리아주 카타니아에서 나오는 게 아닙니다. 그러니까 우리는 밀라노 독자들의 감수성을 고려해야 합니다. 뉴스 만들기, 이건 멋진 표현이라는 점을 잊지 마십시오. 우리는 뉴스를 만들어야 하고,

행간에서 뉴스가 튀어나오게 하는 법을 알아야 합니다. 도토르 콜론나, 시간을 잘 활용해서 우리 기자들과 함께 통신사가 보내오는 소식들을 훑어보세요. 그런 다음 테마를 잡고 지면을 짜보는 겁니다. 자꾸 훈련을 하다 보면, 뉴스거리가 없는 사건에서, 또는 사람들이 뉴스의 가치를 보지 못하는 사건에서 뉴스를 만들어 내게 될 것입니다. 힘내세요.」

이날 편집 회의의 또 다른 주제는 반박에 대처하는 방안이었다. 『도마니』는 아직 독자가 없는 신문이기 때문에, 우리가 어떤 뉴스를 싣는다 해도 그것을 놓고 반박할 사람이 없었다. 하지만 신문이 좋은 평가를 받으려면 반박에 대처하는 능력을 갖춰야 한다. 특히 썩은 것에 손대는 것을 두려워하지 않는 신문이라면 더더욱 그래야 한다. 반박을 하는 독자들이 진짜로 나타날 날에 대비해서 훈련을 할 겸, 우리는 독자들이 보낸 몇 통의 편지를 지어내고 그 편지들에 대해서 우리가 다시 반박하는 연습을 해보기로 했다. 우리가 무엇을 할 수 있는지를 발행인에게 보여 주자는 뜻도 있었다.

「어제 도토르 콜론나와 이 주제를 놓고 얘기를 나눴어요.」 시메이가 말문을 열었다. 「콜론나, 어제 얘기한 대로 반박의 기술에 관해서 멋진 수업을 한번 해주겠어요?」

「좋습니다.」 나는 말을 시작했다. 「교과서에 나올 법한 예를 하나 들겠습니다. 허구적일 뿐만 아니라 터무니없이 과장되었다는 소리를 들을 수도 있는 예입니다. 몇 해 전에 주간 『레스프레소』에 실린 반박문을 이렇게 패러디해 봤습니다. 이야기는 이런 가정에서 출발합니다. 프레치소 스멘투차[25]라는 사람이 편집부에 편지 한 통을 보냈어요. 그 편지를 읽어 보겠습니다.

편집장님 보십시오.

귀지의 지난 호에 실린 알레테오 베리타의 기사 〈15일에 나는 보지 못했다〉와 관련하여 다음과 같이 그 내용의 일부를 바로잡고자 합니다. 먼저 제가 율리우스 카이사르의 살해 현장에 있었다는 것은 사실이 아닙니다. 동봉한 출생증명서를 통해 확인하실 수 있는 것처럼, 저는 몰페타에서 1944년 3월 15일에, 다시 말하면 그 불행한 살해 사건이 벌어지고 장구한 세월이 흐른 뒤에 태어났습니다. 게다가 저는 언제나 그 사건을 비난해 온 터입니다. 베리타 씨는 제가 해마다 몇몇 친구들과 함께 44년 3월 15일을 축하한다고 말씀드렸을 때 오해를 하신 게 분명합니다.

그 뒤에 제가 브루투스라는 사람에게 〈우리 필리피[26]

25 〈분명한 반박쟁이〉라는 뜻.
26 필리피라는 곳은 브루투스 등이 카이사르를 살해하고 2년 반쯤 지난 뒤인 기원전 42년 10월에 그들 암살파가 옥타비아누스와 안토니우스의 연합군에 맞서 전투를 벌인 곳이다.

에서 다시 만나요〉라고 했다는데, 그것 역시 사실과 다릅니다. 분명히 말씀드리거니와 저는 브루투스라는 사람과 관계를 맺은 적이 없었고 어제도 그 이름이 생소하기만 했습니다. 제가 베리타 씨의 전화를 받고 짤막한 인터뷰를 하던 중에, 곧 교통 담당 부시장인 필리페 씨를 다시 만날 거라고 말한 것은 사실입니다. 그런데 그 말은 도로 교통에 관한 이야기를 나누던 중에 나온 것입니다. 대화의 맥락이 그러한데, 제가 어찌 율리우스 카이사르를 고약한 반역자라고 하면서 그를 없애 달라고 자객들에게 부탁했다는 말을 했겠습니까? 제가 한 말은 〈율리우스 카이사르 광장의 고약한 교통 혼잡을 없애 달라고 관련 문제 해결에 능한 시청 담당관에게 부탁했다〉는 것입니다. 읽어 주셔서 감사합니다. 프레치소 스멘투차 올림.

딱 부러지는 반박입니다. 이런 것에 체면을 잃지 않고 대처하는 방법은 무엇일까요? 여기 좋은 답변이 하나 있습니다.

제가 확인하건대, 스멘투차 씨는 율리우스 카이사르가 기원전 44년 3월 15일에 암살되었다는 사실을 부정하지 않았습니다. 한 가지 더 확인하건대, 스멘투차 씨는 해마다 1944년 3월 15일의 생일을 친구들과 함께 축하하고 있습니다. 이것은 아주 흥미로운 습관이고 저는 기사에서 이 습관을 분명하게 알리고 싶었습니다. 스멘투차 씨가 흐드러진 술판을 벌이며 그날을 축하하는 데에는 아마도 개인적인 이유가 있을 것입니다. 하지만 그도 두 날짜의 일치가 이상하다는 점에서는 이의가 없으리라 봅니다. 게다가 그는 이런 사실을 기억할 것입니다. 저와 길고도 자세한 전화 인터뷰를 하던 중에 그는 〈내 생각에 카이사르의 것은 카이사르에게 돌려주어야 합니다〉라고 말했습니다. 스멘투차 씨와 아주 가까운(그래서 내가 의심할 이유가 없는) 소식통이 나에게 단언하기를, 카이사르가 돌려받은 것은 바로 칼에 찔려서 입은 스물세 군데의 상처였다고 했습니다. 한 마디 지적하건대, 스멘투차 씨는 우리에게 보낸 편지에서 카이사르를 칼로 찌른 자가 누구인지 말하는 것을 계속 피했습니다.

필리피에 관한 안쓰러운 반박에 대해서 말하자면, 지금 내 앞에 놓인 취재 수첩에는 스멘투차 씨가 한 말이 그대로 적혀 있습니다. 그는 〈필리피의 사무실에서 다시 만날 것이다〉라고 하지 않고, 〈필리피에서 다시 만나요〉라고 했습니다.

나는 율리우스 카이사르에 대한 표현이 위협적이었다는 점에 대해서도 확언할 수 있습니다. 지금 내 앞에 놓인 취재 수첩에는 분명히 이렇게 적혀 있습니다. 〈율리우스 카이사르라는 고약한 광○ 없애 달라고 문제 해결에 능한 담당관들에게 부탁했다〉라고 말입니다. 억지를 부리거나 말장난을 치는 것으로는 무거운 책임에서 벗어날 수도 없고 언론의 입에 재갈을 물릴 수도 없습니다.

이상이 알레테오 베리타 기자의 이름으로 나가는 반론입니다. 독자의 반박문에 대한 이 답변은 어떤 점에서 효과를 볼 수 있을까요? 첫째는 스멘투차 씨와 아주 가까운 소식통에게서 정보를 얻었다는 주장이 중요합니다. 이런 주장은 언제나 통합니다. 소식통의 이름을 밝히지 않지만, 신문 쪽에 나름의 소식통이 있음을, 그것도 스멘투차보다 더 신뢰할 만한 소식통이 있음을 암시하는 것이니까요. 그다음으로는 기자의 취재 수첩을 끌어 댔다는 점에서 효과를 볼 수 있습니다. 아무도 그 수첩을 보지 못하겠지만, 독자들은 기자가 수첩에 메모한 것을 옮겨 적었다고 생각하면서 더 신뢰감을 갖게 되고 어딘가에 기록이 존재한다고 믿게 됩니다. 끝으로 상대에 대한 부정적인 암시를 되풀이한 것도 이득이 될 수 있습니다. 그런 암시들이 그 자체로는 아무 의미가 없지만, 스멘투차에 대한 의혹의 그림자를 던진다는 점에서 효과가 있죠. 다들 아시겠지만, 반박문에 대한 답변은 꼭 이렇게 써야 한다고 하는 얘기가 아닙니다. 우리는 지금 그저 하나의 패러디를 가지고 반박과 그것에 대한 반론의 양상을 살펴본 것입니다. 여러분이 기억해 두셔야 할 것은 반론에 대한 반론을 쓸 때 활용해야 할 세 가지 기본적인 요소, 즉 증언의 수집, 취재 수첩의 기록, 반박하는 사람의 신뢰성에 관한 의혹 제기입니다. 아시겠습니까?」

「훌륭합니다.」

모두가 한목소리로 그렇게 대답했다. 그리고 이튿날 기자들은 저마다 가상의 반박문과 그것에 대한 답변을 지어서 가져왔다. 홍일점을 제외한 기자들이 지어 온 반박문은 내 패러디보다 더 그럴싸했고, 그 반박문에 대한 반박은 덜 우스꽝스럽지만 효과 만점이었다. 내 제자들이 수업을 제대로 이해했구나 싶었다.

마이아 프리사의 발표가 이어졌다. 「저는 이렇게 써 봤습니다. 〈본지는 반박에 일리가 있음을 인정합니다. 그런데 본지가 분명히 밝히고자 하는 사실이 있습니다. 본지가 보도한 기사 내용은 모두 수사 기관의 공식적인 기록, 다시 말해서 수사관이 받은 진술서에서 나온 것입니다.〉 이런 식으로 소식통을 밝힌 이유는 독자들이 더 따지지 않을 거라 생각했기 때문입니다. 독자들은 스멘투차가 수사를 받던 중에 그냥 풀려났다 해도 그 사실을 모릅니다. 또한 수사 기관의 기록이 외부로 유출되지 않는다는 점이나 그런 기록이 어떻게 우리 손에 들어왔는지 밝히지 않았다는 점에도 신경을 쓰지 않습니다. 그런 기록이 얼마만큼 진실한가에 대해서도 관심을 갖지 않습니다. 어쨌거나 저 나름대로 숙제를 하긴 했습니다. 그런데 도토르 시메이, 외람된 말씀이지만, 제가 해온 것은 한심한 장난이 아닌가 싶습니다.」

「우리 고운 님, 그렇지 않습니다.」 시메이가 논평했다. 「신문이 소식통을 감추며 반론을 시도하는 게 더 한심했을 겁니다. 그래도 우리 보도가 검찰에서 나온 정보를 바탕으로 한 것이라고 주장하는 데에는 약점이 있습니다. 누군가가 그 정보를 확인할 수도 있으니까요. 그러니까 소식통을 밝히는 것보다는 반박을 하는 자에 대해서 암시를 주는 방법이 낫습니다. 암시를 준다는 것은 무언가를 분명하게 말하지 않고, 그저 반박하는 자가 불리해지도록 의심의 그림자를 던지는 것입니다. 예를 들면 이런 식으로 쓰는 거예요. 〈분명하게 지적해 주신 것을 기쁘게 받아들입니다. 그런데 우리가 알기로 시뇨르 스멘투차는 — 항상 시뇨르라는 호칭을 스멘투차 앞에 붙이고, 오노레볼레나 도토르 같은 호칭은 사용하지 말아야 하는바, 그 이유인즉 시뇨르는 우리 나라에서 도든 개든 아무에게나 붙이는 가장 모욕적인 호칭이기 때문입니다[27] — , 우리가 알기로 시뇨르 스멘투차는 여러

27 오노레볼레는 국회 의원을 부를 때 쓰는 호칭이고, 도토르에 대해서는 앞의 주석을 참조할 것.

신문에 수십 건의 반박문을 보낸 바 있습니다. 그가 반박문을 쓰는 것은 상근을 하다시피 매달리는 강박적인 행위로 보아야 하지 않을까 싶습니다.〉 이런 글을 싣고 나면, 스멘투차가 또다시 반박문을 보내더라도 우리는 그것을 게재하지 않아도 됩니다. 더 나아가서는 시뇨르 스멘투차가 똑같은 짓을 되풀이하고 있다고 지적할 수도 있어요. 그러면 독자들은 그가 편집증 환자라고 확신하죠. 암시의 이점이 바로 이런 것입니다. 우리는 스멘투차가 이미 다른 신문들에 반박문을 썼다고 말함으로써, 그냥 진실을 말하는 것이고, 그 진실은 반박되지 않습니다. 효과적인 암시란 그런 것입니다. 그 자체로는 별로 가치가 없는 사실, 그렇지만 진실이기 때문에 반박되지 않는 사실을 넌지시 말하는 것입니다.」

우리는 그 조언들을 마음에 새기고, 기발하고 창의적인 아이디어를 얻자며 시메이가 〈브레인 스토밍〉이라고 부르던 대화 시간을 가졌다. 팔라티노는 자기가 예전에 수수께끼 잡지에서 일했다는 것을 다시 말하고, 신문이 한 면의 절반을 게임에 할애해서 수수께끼나 퍼즐은 물론이고 TV 프로그램 편성표와 일기 예보와 별자리 운세도 같이 싣자고 제안했다.

시메이가 그의 말을 잘랐다. 「별자리 운세, 아무럼 실어야죠. 좋은 제안이에요. 다행히도 우리가 그것을 생각하게 해줬어요. 우리 독자들이 첫 번째로 찾을 것이 바로 그 별자리 운세라고요! 그래요, 실어야죠, 시뇨리나 프레시아, 이것을 첫 번째 임무로 맡아 주세요. 별자리 운세를 싣는 몇몇 신문과 잡지를 읽어 보시고 자주 사용되는 몇 가지 도식을 골라내세요. 하지만 좋을 일이 있을 조짐만 알려 주는 것으로 하세요. 자기가 다음 달에 암 때문에 죽을 거라는 소리를 듣고 싶어 하는 사람은 아무도 없어요. 그리고 좋은 운세를 알려 주되, 그 운세가 모든 사람에게 잘 어울리는 것이 되게 해야 합니다. 예를 들어 자기 인생을 걸 만한 멋진 청년을 만나게 되리라는 운세를 말해 주면, 예순 살 먹은 여성 독자는 그것은 자기 운세로 여기지 않을 거예요. 반면에 염소자리 사람들은 앞으로 몇 달 안에 행복한 일을 맞게 된다고 말하면, 그것은 모든 사람에게 통합니다. 만약 청소년들이 우리 신문을 읽는다면 그들에게도 통하고, 중년을 넘긴 독신녀나 봉급 인상을 기대하는 회사원에게도 통하죠. 아무튼 이제 게임 얘기로 돌아갑시다, 친애하는 팔라티노. 무엇을 염두에 두고 있나요? 예컨대 십자말풀이?」

「십자말풀이 맞습니다.」 팔라티노가 말했다. 「그런데 불행하게도 우리는 〈1천 명의 의용병을 이끌고 시칠리아섬의 마르살라에 상륙한 사람〉이라는 식의 도움말을 주어야 합니다.」

「그런 도움말을 읽고 가리발디라고 쓰는 독자가 있다

면 작은 기적이 일어났다고 할 만하죠.」시메이가 냉소를 지으며 말했다.「반면에 외국의 십자말풀이는 수준이 훨씬 높습니다. 도움말 자체가 또 하나의 아리송한 수수께끼죠. 프랑스의 한 신문에 실린 십자말풀이에 〈생플의 친구〉라는 도움말이 나왔더군요. 생플은 이탈리아 말로 셈플리치인데, 그 도움말을 보고 알아맞혀야 할 말이 약초학자였어요. 왜냐하면 생플이나 셈플리치는 단순한 사람들을 가리킬 뿐만 아니라 약초를 뜻하기도 하거든요.」

「그건 우리에게 도움말이 되지 않아요.」시메이가 말했다.「우리 독자들은 셈플리치가 무엇인지도 모르고 약초학자가 무얼 하는지도 몰라요. 가리발디라는 답이 나오게 하는 도움말이나 하와의 남편, 송아지의 어미 같은 도움말을 주어야 문제를 풀 수 있죠.」

그때 마이아가 뭔가 재미난 장난이라도 생각해 낸 것처럼 어린애 같은 미소로 얼굴을 환히 밝히며 말문을 열었다.「십자말풀이를 싣자는 것이 좋은 생각이긴 한데, 독자 입장에서 보면 한 가지 문제가 있어요. 정답을 확인하기 위해 다음 호를 기다려야 하거든요. 그런데 독자들이 기다리지 않고 즐길 수 있는 방식이 있어요. 이미 독자를 상대로 퀴즈 경연을 벌였다고 말한 다음 경연에서 나온 대답 가운데 가장 재미있는 것을 골랐다고 하면서 싣는 거예요. 말하자면 독자들에게 우문을 던지고 우답을 받아서 싣는 형식을 취하자는 거예요.」

마이아는 우리의 반응을 기다리지 않고 말을 이었다.

「대학 다니던 시절에 우리는 상식을 벗어난 질문과 대답을 지어내며 장난을 쳤어요. 예를 들면 이런 거예요. 왜 바나나는 나무에 달릴까? 왜냐하면 땅바닥에 맺혔다가는 악어한테 먹힐 테니까. 왜 스키를 신고 눈 위를 미끄러져 달릴까? 왜냐하면 캐비아 위를 미끄러져 달리고 싶지만 그러면 겨울 스포츠 비용이 너무 많이 드니까.」

팔라티노가 신명을 내며 끼어들었다.「왜 카이사르는 죽기 전에 여유를 부리며 〈브루투스 너마저〉라고 말했을까? 왜냐하면 그를 칼로 찌른 자의 이름이 스키피오 아프리카누스 장군의 이름[28]처럼 길지 않았으니까. 왜 우리의 서법은 왼쪽에서 오른쪽으로 쓰도록 되어 있을까? 왜냐하면 반대 방향으로 쓰고 싶어도 문장이 마침표로 시작되는 꼴을 보기는 어려우니까. 왜 평행선들은 서로 만나지 않을까? 왜냐하면 평행선들이 서로 만나는 사태가 벌어지는 경우엔 평행봉 연습을 하는 사람이 다리를 부러뜨리는 사고를 당할 테니까.」

다들 흥겨워하는 반응을 보였고, 팔라티노의 뒤를 이어 브라가도초가 끼어들었다.「왜 우리 손가락이 열 개일까? 왜냐하면 만약 손가락이 여섯 개라면 십계명이

28 이 장군의 정식 이름은 푸블리우스 코르넬리우스 스키피오 아프리카누스.

6계명으로 줄어들기 때문에, 도둑질을 할 수도 있고 거짓 증언을 할 수도 있고 남의 아내나 남의 재산을 탐낼 수도 있게 되니까. 왜 신은 더없이 완전한 존재일까? 왜냐하면 만약 신이 더없이 불완전하다면 바로 내 사촌 구스타보 같을 테니까.」

나도 놀이에 동참했다.「왜 위스키는 스코틀랜드에서 발명되었을까? 왜냐하면 만약 일본에서 발명되었다면 쌀로 빚은 맑은 술이 되었을 것이고 그러면 위스키에 소다수를 섞은 하이볼을 마실 수 없으니까. 왜 바다는 저리도 넓을까? 왜냐하면 세상에 물고기가 너무 많아서 그란 산 베르나르도 같은 좁다란 산중 호수에 그것들을 다 모아 둘 수 없으니까. 왜 암탉은 150번 우는 걸까?[29] 왜냐하면 프리메이슨의 등급 수가 33이라고 해서 33회를 울었다가는 프리메이슨의 그랜드 마스터가 될지도 모르니까.」

「이런 것은 어때요.」팔라티노가 다시 나섰다.「왜 술잔은 위가 열리고 밑이 막혔을까? 왜냐하면 만약 그 반대인 경우에는 술집들이 파산할 테니까. 왜 어머니는 언제나 어머니일까? 왜냐하면 만약 어머니가 때때로 아버지로 바뀐다면 산부인과 의사들은 어찌해야 좋을지 모르게 될 테니. 왜 손톱은 자라는데 이는 자라지 않을까? 왜냐하면 초조하고 불안할 때 손톱을 물어뜯는 사

29 이탈리아 전래 동요에 〈암탉은 150번 운다〉라는 노래가 있다.

람이 손톱 대신 이를 물어뜯으면 안 되니까. 왜 엉덩이는 아래쪽에 있고 머리는 위쪽에 있을까? 왜냐하면 그와 반대되는 경우에는 화장실을 설계하기가 어려우니까. 왜 우리는 다리를 구부릴 때 무릎의 오목한 안쪽으로 굽힐 뿐 그 반대쪽으로 젖히지 못하는 것일까? 왜냐하면 다리가 그렇게 반대쪽으로 굽히게 되어 있다면 비행기가 긴급 착륙을 하는 경우에 매우 위험한 상황이 발생할 수 있으니까. 왜 콜럼버스는 스페인의 항구에서 서쪽으로 항해했을까? 왜냐하면 이탈리아 제노바 출신 콜럼버스가 동쪽으로 항해해서 이탈리아를 발견할 이유가 없으니까. 왜 손가락 끝에는 손톱이 붙어 있을까? 왜냐하면 그 대신 동공이 붙어 있으면 손가락들이 다 눈이 되니까.」

바야흐로 경쟁에 불이 붙었고, 프레시아가 다시 나섰다. 「왜 아스피린 정제는 이구아나랑 다른가? 왜냐하면 아스피린 정제를 삼키듯 이구아나를 삼키려고 해봤다면 차이를 분명히 알 수 있으니까. 왜 개는 주인의 무덤 위에서 죽을까? 왜냐하면 거기에는 개가 한쪽 다리를 들어 올리고 쉬를 할 만한 나무가 없어서 사흘 지나면 방광이 터져 버리니까. 왜 직각은 90도인가? 이는 하나마나 한 질문이다. 원이 360도라서 직각이 90도이니까, 왜 원은 360도인가라고 물어야 한다.」

「그 정도면 됐어요.」시메이가 말했다. 말은 그렇게 했지만 얼굴에 번지는 미소를 거두지는 않았다. 「그건 대학생들이 즐기는 말장난입니다. 우리 독자들은 지식인이 아니라는 점을 잊지 말아요. 그들은 초현실주의자들이 〈우아한 시체〉[30]라고 부르며 공동으로 만들어 냈던 문장을 읽어 본 적이 없어요. 그래서 모든 것을 문자 그대로 받아들일 것이고 우리가 미쳤다고 생각할 겁니다. 자 여러분, 재미있게 노는 것은 이 정도로 하고, 다시 진지한 제안을 하기로 합시다.」

그리하여 우문우답을 싣는 난은 포기되었다. 안타깝다, 재미있어 보였는데. 그래도 이날 회의를 계기로 해서 나는 마이아 프레시아를 더 주의하여 바라보게 되었다. 그렇게 재치가 있으니 사랑도 많이 받았을 법했다. 하긴 그녀 나름대로 매력이 있었다. 나름이란 각자가 가지고 있는 고유의 방식인데, 왜 내가 〈그녀 나름대로〉라고 말했을까? 그녀 나름이라는 게 어떤 나름인지 아직 확신할 수가 없었다. 하지만 내가 그녀에게 호기심을 느끼는 것은 분명했다.

---

30 프랑스의 초현실주의자들인 시인 자크 프레베르, 화가 이브 탕기, 번역가 마르셀 뒤아멜 등이 1925년에 함께 발명한 공동 창작 게임. 여럿이 함께 문장을 만들거나 그림을 그리는데, 다른 사람이 무엇을 하는지 모르는 채 저마다 한 부분을 맡아 작품을 완성한다. 그들은 저마다 주어와 동사와 목적어를 따로따로 맡아서 〈우아한 시체가 새 포도주를 마실 것이다*Le cadavre exquis boira le vin nouveau*〉라는 첫 문장을 만들었고, 이 문장의 주어를 자기들이 하는 놀이의 기이한 명칭으로 삼았다.

그런데 프레시아는 분명 일이 뜻한 대로 돌아가지 않아서 아쉬움을 느끼는 듯했다. 그래서 자기가 잘할 수 있는 무언가를 제안하려고 애썼다. 「스트레가 문학상[31]의 1차 후보작들이 곧 발표돼요. 우리도 그 책들에 관해서 말해야 되지 않을까요?」 그녀가 물었다.

「당신네 젊은이들은 언제나 교양을 내세우며 말하죠. 그나마 다행인 것은 당신이 대학을 졸업하지 않았다는 거예요. 만약 졸업을 했더라면 50페이지에 달하는 평론을 쓰겠다고 나한테 제안했을지도 모르죠.」

「제가 졸업은 안 했지만, 책은 읽습니다.」

「우리는 교양에 공을 들일 수가 없어요. 우리 독자들은 책을 읽지 않습니다. 고작해야 스포츠 신문을 읽는 정도죠. 그래도 나는 신문에 문화와 관련된 면이 있어야 한다는 데 동의해요. 문화면이라고 부르기보다는 문화·예능 면이라 부르는 게 좋겠고, 문화계의 사건을 다루되 인터뷰 형식을 취하는 게 바람직합니다. 어떤 책의 저자를 인터뷰할 때는 그 저자와 평화롭게 소통할 수 있어요. 어떤 저자도 자기 책을 나쁘게 말하지 않으니까요. 따라서 우리 독자들은 악의적이고 너무 거만한 혹평을 접하지 않을 겁니다. 그리고 인터뷰할 때는 질문을 어떻

31 이탈리아 문학상 가운데 가장 품격이 높은 것으로 인정받는 상. 1947년 작가이자 번역가인 마리아 벨론치와 스트레가(〈마녀〉라는 뜻)라는 리큐어 제조 회사의 사장 귀도 알베르티가 제정했다. 움베르토 에코는 1981년에 『장미의 이름』으로 이 상을 받았다.

게 하느냐가 중요해요. 책에 관해서 너무 많은 말을 하지 말고, 작가의 사람됨을 부각시켜야 합니다. 작가가 남자든 여자든 그의 기벽이나 약점을 들춰낼 수도 있어요. 시뇨리나 프레시아, 당신은 유명인들의 로맨스를 보도하면서 좋은 경험을 쌓았어요. 스트레가 문학상 후보에 오른 작가들 중의 한 사람과 인터뷰하는 것을 생각해보세요. 물론 가상의 인터뷰예요. 만약 그 작가의 작품이 사랑에 관한 이야기라면, 작가가 남자이든 여자이든 첫사랑에 관한 회상을 하게 하세요. 경우에 따라서는 다른 후보들에 대한 가시 돋친 말을 이끌어 낼 수도 있어요. 설령 책이 고약하더라도 그것을 가정주부라도 이해할 수 있는 인간적인 것으로 만드세요. 책이 무슨 내용인지 이해하게 되면 나중에 책을 읽지 않더라도 후회하지 않게 되리라는 겁니다. 책을 읽지 않는다는 얘기가 나왔으니 하는 말인데, 사실 신문에 실린 서평을 읽고 난 사람들은 책을 읽지 않고도 읽은 것처럼 굴기가 십상이죠. 비평가조차 책을 읽지 않고 서평을 쓰는 판국인데, 누가 책을 읽겠어요? 그 책을 지었다는 사람이 비록 대필 작가를 시켜서 썼더라도 책을 제대로 읽고 말한다면 감사할 일이죠. 어떤 책들을 보면 저자 자신도 이 책을 읽지 않은 게 아닐까 하는 의심이 들 때가 있어요.」

「세상에, 이럴 수가!」 마이아 프레시아가 창백해진 얼굴로 말했다. 「저는 끝내 저주에서 풀려나지 못하겠어요.

유명인들의 로맨스라는 저주에서…….」

「잘못 생각하시면 안 됩니다. 내가 경제나 국제 정치에 관한 기사를 쓰라고 당신을 여기로 부른 게 아닙니다.」

「그럴 거라고 짐작은 했습니다. 그래도 제 짐작이 틀리기를 바랐죠.」

「자, 진정하시고 무언가를 만들어 내세요. 우리 모두 당신에게 아주 큰 기대를 걸고 있어요.」

6

4월 15일 수요일

한번은 캄브리아가 이렇게 말했다. 「라디오에서 들었는데, 어떤 연구에 따르면 대기 오염이 심해지면서 젊은 세대에게 이상한 현상이 나타난다고 합니다. 음경의 크기가 달라지고 있다더군요. 제가 보기에 문제는 아들들에게만 나타나는 게 아니라 아버지들에게도 나타나요. 아버지들은 언제나 자기네 아들의 고추 크기를 놓고 자랑스럽게 말하죠. 제 아들이 태어났을 때 제가 했던 말도 기억이 나요. 병원 신생아실의 간호사들이 제 아기를 보여 주었을 때, 나는 그 애의 불알 한 쌍이 참 멋지다고 말했고, 나중에 동료들을 만나서도 그것을 자랑삼아 말했어요.」

「남성 신생아들은 누구나 고환이 커요.」 시메이가 말했다. 「그리고 아버지들은 누구나 그런 소리를 하죠. 게다가 당신도 알겠지만, 병원에서는 이름표를 붙일 때 종종 실수를 하기 때문에 그 아기가 당신 아들이 아니었을

지도 몰라요. 당신의 부인을 최대한 존중하는 뜻에서 하는 말입니다만.」

캄브리아가 반박했다. 「하지만 이 뉴스는 특히 아버지들과 관련이 있어요. 오염이 성인의 생식 기관에도 해로운 효과를 미친다고 하니까요. 우리가 세계를 자꾸 오염시키면 고래뿐만 아니라 고추[32](이 말의 선택을 양해해 주십시오)에도 해를 입힌다는 생각이 널리 퍼져 나가면, 사람들이 갑작스럽게 환경 보호주의로 전향하지 않을까 싶습니다.」

「흥미롭군요.」 시메이는 평했다. 「그러나 콤멘다토레가 대기 오염 감소에 관심을 가지고 있다는 말을 들은 적이 있어요? 콤멘다토레가 아니면 그 측근 중에라도 그런 사람이 있어야 하지 않겠어요?」

「하지만 그런 기사는 하나의 경보가 될 거예요. 그것도 아주 중요한 경보죠.」 캄브리아가 말했다.

「아마 그럴 겁니다. 하지만 우리는 경보를 발해서 불안을 조성하는 사람들이 아닙니다.」 시메이가 대꾸했다. 「그건 테러리즘이나 다름이 없어요. 천연가스 파이프라인이나 석유나 우리 나라의 철강업을 문제 삼고 싶어요? 우리 신문은 녹색당의 기관지가 아니에요. 우리 독자들은 경고를 받을 게 아니라 안도하며 살아야 합니다.」

---

32 원문에는 *uccello*라고 되어 있는데, 이는 보통 〈새〉를 뜻하지만 음경을 비속하게 이르기도 한다.

그러더니 시메이는 잠깐 더 생각하고 나서 말을 이었다. 「만약 음경에 유해하다는 얘기가 어떤 제약 회사에서 나온 것이고, 우리가 경보를 발해도 콤멘다토레가 싫어하지 않는다면 얘기는 달라지죠. 하지만 그것은 경우를 따져서 검토해야 합니다. 어쨌거나 어떤 아이디어가 있으면 나에게 알려 주세요. 그러면 우리가 그 아이디어를 발전시킬지 말지 내가 결정하겠어요.」

그 이튿날, 루치디가 거의 다 써놓은 기사를 가지고 편집실에 들어왔다. 그의 이야기는 이러했다. 그의 한 지인이 어떤 단체로부터 편지를 한 통 받았다. 그 단체는 예루살렘 성 요한 군사 주권 수도회 겸 몰타의 기사들 겸 빌디외 성삼위일체 보편 기사 수도회 겸 라 발레트 총본부 겸 퀘벡 기사 수도회였는데, 그 지인에게 몰타 기사단의 기사가 되기를 권하고 있었다. 상당히 높은 경비를 내면 액자에 넣은 자격증과 메달과 휘장과 갖가지 소품들을 받게 되리라는 것이었다. 루치디는 그 기사단의 실상을 조사하기로 했고, 그 결과 놀라운 사실을 발견했다.

「자, 이걸 들어 보세요. 어딘가에 보관되어 있는 경찰 보고서에서 얻은 정보예요. 제가 그 보고서를 어떻게 보게 되었는지는 말씀드릴 수 없지만, 거기에 여러 사이비 몰타 기사단의 비리가 적혀 있더라고요. 사이비 몰타 기사단은 16개가 있어요. 그것들과 진짜 몰타 기사단을 혼동하시면 안 돼요. 진짜 몰타 기사단의 정식 명칭은 〈예루살렘에서 생겨나 로도스와 몰타를 거친 성 요한 군사·구호 주권 수도회〉[33]이고, 그 본부는 로마에 있어요. 이름이 서로 조금 다르긴 하지만, 어느 쪽이든 자기들이야말로 진짜 몰타 기사단이라고 주장합니다. 그 기사단들 모두가 서로 인정하기도 하고 서로 무시하기도 하죠. 1908년에 러시아인들이 미국에서 기사단 하나를 창설합니다. 최근 몇 해 동안 그 기사단을 이끈 사람은 로베르토 파테르노 아예르베 아라고나 전하입니다. 그는 페르피냥 공작이기도 하고, 아라곤 왕실의 수장으로서 아라곤·발레아레스 왕국의 왕위 복권 요구자이자 파테르노 성녀 아가타 옷깃 기사단과 발레아레스 왕관 기사단의 그랜드 마스터이기도 합니다. 그런데 1934년에 이 기사단에서 덴마크 사람 하나가 이탈하여 다른 기사단을 세우고 그 총재 자리를 그리스 왕자이자 덴마크 왕자인 페트로스에게 맡겼어요. 1960년대에 들어서자 러시아

33 우리말 번역으로는 그 차이를 드러내기 어렵지만, 원문에는 가짜 기사단과 진짜 기사단 명칭의 표기법에 차이가 있다. 앞에 나온 가짜 기사단 이름은 프랑스어로 표기되어 있고, 로마에 본부가 있는 진짜 기사단 이름은 이탈리아어로 되어 있다. 진짜 몰타 기사단은 11세기 말에 예루살렘의 성 요한 구호소에서 창설된 구호 기사단의 전통을 잇고 있다는 점에서 세계에서 가장 오래된 기사단이라고 할 수 있다. 국가 주권을 가진 단체가 아님에도 이름에 〈주권〉이라는 말을 넣은 것은 한때 몰타를 지배했었고 현재도 국제 구호 단체를 운영하고 있다는 점 등을 들어 스스로 그렇게 천명하는 것이다.

인들이 만든 기사단에서 탈퇴한 폴 드 그라니에 드 카사냐크가 프랑스에 기사단을 세우고, 유고슬라비아의 전(前) 국왕 페타르 2세를 보호자로 선택합니다. 1965년에는 유고슬라비아의 전 국왕 페타르 2세가 카사냐크와 결별하고 뉴욕에서 또 다른 기사단을 창설하고 그리스 왕자이자 덴마크 왕자인 페트로스를 그 단장으로 내세웁니다. 1966년에는 로베르트 바사라바 폰 브란코반 킴차크빌리라는 인물이 이 기사단의 총재가 되지만, 그는 결국 제명되어 몰타 보편 기사단이라는 것을 만들고, 엔리코 3세 코스탄티노 디 비고 라스카리스 알레라미코 팔레올로고 델 몬페라토 왕자라는 인물을 제국과 왕국의 보호자로 맞아들이죠. 이 인물은 자기가 비잔티움 제국 황제의 후계자이자 테살리아의 왕자라고 자칭하고, 나중에는 또 다른 몰타 기사단을 창립합니다. 그다음에 나타난 기사단은 루마니아의 카롤 왕자가 카사냐크의 기사단에서 떨어져 나온 뒤에 만든 비잔틴 보호령입니다. 그리고 토나 바세트라는 인물이 총재를 맡은 기사단도 있고, 유고슬라비아의 안드레이 공(페타르 2세가 만든 기사단의 그랜드 마스터였던 인물)이 러시아 기사 수도회(나중에는 몰타와 유럽의 왕립 기사 수도회의 그랜드 마스터)가 되기도 합니다. 1970년대에도 다른 기사단들이 생겨납니다. 우선 슈아베르 남작과 비토리오 부사(즉 비아위스토크 메트로폴리탄 정교회 대주교이자

동서 디아스포라 총주교이고 단치히 공화국과 벨라루스 민주 공화국의 대통령이면서 타타리아와 몽골의 위대한 칸이기도 한 빅토르 티무르 2세)가 창립한 기사단이 있습니다. 그다음에는 앞서 말한 로베르토 파테르노 전하가 1971년에 알라로 남작 후작과 함께 창립한 국제 기사 수도회가 있죠. 이 수도회의 대보호자는 1982년에 파테르노 가문의 또 다른 인물로 바뀝니다. 콘스탄티노플의 레오파르디 토마시니 파테르노라는 그 인물은 황실의 수장으로서 비잔틴 전례의 사도 정교 가톨릭교회의 인정을 받은 동로마 제국의 후계자이자 몬테아페르토 후작이며 폴란드 왕실의 궁중 백작입니다. 1971년에 생겨난 기사단이 또 있습니다. 바로 제가 이 조사 작업을 시작하게 만든 기사단, 즉 예루살렘 성 요한 군사 주권 수도회입니다. 몰타에서 창립된 이 기사단은 바사라바의 기사단에서 분리된 것입니다. 이 단체의 최고 보호자로 나선 사람은 알레산드로 리카스트로 그리말디 라스카리스 콤네노 벤티밀리아인데, 그는 라 샤스트르의 공작이자 데올의 군주 겸 후작입니다. 그리고 오늘날 이 기사단의 그랜드 마스터를 맡고 있는 사람은 플라비니의 카를로 스티발라 후작인데, 이 인물은 최고 보호자이던 리카스트로가 죽은 뒤에 피에르 파슬로와 연합했고, 그 피에르 파슬로는 리카스트로의 모든 칭호를 자기 것으로 삼았을 뿐만 아니라, 벨기에 가톨릭 정교회 대주교 겸 총주교, 예루살렘 성전 주권 기사단의 그랜드 마스터, 멤피스와 미스라임의 통합 본원 의례와 고대 동방 의례를 따르는 보편 메이슨 기사단의 그랜드 마스터와 대(大)신관이라는 칭호도 사용합니다. 이것저것을 섞어서 별의별 칭호를 다 만들어 내고 있는 것이죠. 이런 사람들의 세계에서 유행의 첨단을 걷고자 한다면, 시온 수도회의 회원이 될 수도 있어요. 마리아 막달레나와 결혼하여 메로빙거 왕조의 시조가 되었다는 예수 그리스도의 후손 행세를 할 수 있다는 것이죠.」

「그 인물들의 이름만으로도 뉴스거리가 되겠는걸.」시메이가 홀린 듯이 메모를 하면서 말했다.「다들 그런 이름을 그냥 생각만 해보세요. 폴 드 크라니에 드 카사냐크, 리카스트로, 그다음에 뭐라고 했죠? 리카스트로 그리말디 라스카리스 콤네노 벤티밀리아, 그리고 플라비니의 카를로 스티발라……」

「로베르트 바사라바 폰 브란코반 킴차크빌리.」루치디는 의기양양하게 되뇌었다.

나는 한마디 하는 게 좋겠다고 생각했다.「내 생각에는 우리 독자들 가운데 다수가 때때로 그런 식의 주장에 속아 넘어갑니다. 우리는 독자들이 그런 투기꾼들에게 속지 않도록 도와주어야 합니다.」

시메이는 잠시 머뭇거리더니 더 생각해 보고 싶다고 말했다.

이튿날, 무언가 조사를 벌인 것이 분명해 보이는 시메이가 우리에게 알려 주었다. 우리 발행인이 콤멘다토레라고 불리는 이유는 그가 베들레헴 성모 마리아 기사단으로부터 콤멘다토레라는 칭호를 얻었기 때문이라는 것이었다. 「그런데 알고 보니 베들레헴 성모 마리아 기사단은 사기꾼들이 만들어 낸 가짜 기사단이에요. 진짜 기사단은 예루살렘 성모 마리아 기사단, 다시 말해서 교황청 연감에 나와 있는 〈오르도 프라트룸 도무스 오스피탈리스 산크타이 마리아이 테우토니코룸 인 예루살렘〉입니다. 물론 교황청 연감에 나왔다고 해서 그것을 액면 그대로 믿지는 않아요. 바티칸에서 벌어지고 있는 온갖 사건들을 고려하지 않을 수가 없지요. 하지만 베들레헴 성모 마리아 기사단의 콤멘다토레라는 것은 칭호만 그럴싸해 보일 뿐, 벤고디[34]의 시장이라는 소리나 다를 게 없어요. 여러분은 우리 콤멘다토레가 그런 칭호를 얻은 것에 의심의 그림자를 던지고 심지어는 그것을 우스꽝스럽게 만드는 기사를 실었으면 좋겠어요? 사람은 누구나 자기 나름의 환상을 품게 마련이니, 그냥 그렇게 살도록 내버려 둡시다. 루치디, 미안하지만 우리는 당신의 멋진 기사를 쓰레기통에 버려야 해요.」

34 벤고디는 보카치오의 『데카메론』 여덟 번째 날 세 번째 이야기에 나오는 상상의 땅. 이상향을 가리키는 지명은 많지만, 이 벤고디는 마을의 허풍쟁이들이 어수룩한 칼란드리노를 속이기 위해 지어낸 것이다. 아마도 그래서 작가가 이 말을 선택했을 법하다.

「그 말씀은 우리가 어떤 기사를 쓸 때마다 콤멘다토레가 좋아하는지 싫어하는지 알아야 한다는 뜻인가요?」 캄브리아의 질문이었다. 역시 어리석은 질문의 전문가다웠다.

「물론입니다.」 시메이가 대답했다. 「그는 우리의 운명을 결정하는, 이른바 지배 주주이거든요.」

바로 그때 마이아가 용기를 내어 자기가 취재하고 싶어 하는 것에 관해 말했다. 그 이야기는 이러했다. 나날이 관광객이 늘어나는 포르타 티치네세 방면의 한 구역에 〈팔리아 에 피에노〉[35]라는 피자 가게 겸 레스토랑이 있다. 마이아는 그쪽의 운하 근처에 살기 때문에 몇 해 전부터 그 앞을 지나다녔다. 워낙 큰 식당이라서 창문 너머로 들여다보면 좌석이 적어도 1백 석은 될 터인데, 몇 해가 지나도록 식당 안은 늘 어이가 없을 정도로 비어 있었고, 고작해야 테라스에서 커피를 마시는 몇몇 관광객이 보일 뿐이었다. 그럼에도 그곳은 계속 식당으로 운영되고 있었다. 마이아는 어느 날 호기심에 이끌려 식당에 들어갔다. 안에는 손님이 그녀밖에 없었고, 식탁 스무 개쯤 건너의 밖에는 단출한 가족이 앉아 있었다. 마이아는 〈팔리아 에 피에노〉라는 노란색과 초록색의

---

35 〈밀짚과 건초〉라는 뜻. 두 종류의 파스타, 즉 밀가루에 달걀을 넣은 노란색 파스타와 시금치를 더 넣은 초록색 파스타를 가리킨다.

파스타와 백포도주 4분의 1리터와 사과 타르트를 주문했다. 모든 게 맛이 좋았고, 가격은 적당했으며, 웨이터들은 아주 친절했다. 그런데 그런 인력과 조리 시설을 갖추고 그런 규모의 식당을 운영하는 사람은 몇 해가 지나도록 손님이 모이지 않는다면 어떻게 할까? 그가 합리적인 사람이라면 식당을 팔아 치우려고 할 것이다. 하지만 〈팔리아 에 피에노〉는 아마도 10년 전부터, 그러니까 거의 3,650일 동안 매일매일 영업을 계속하고 있었다.

「거기엔 어떤 미스터리가 있군요.」 코스탄차가 평했다.

「미스터리라고 할 정도는 아니에요.」 마이아가 대꾸했다. 「그 이유는 간단명료하게 설명할 수 있어요. 그 식당은 삼합회나 마피아나 카모라 같은 범죄 조직에 딸린 가게예요. 범죄 조직이 더러운 돈으로 가게를 내서 백일하에 투자를 하고 있는 것이죠. 하지만 여러분은 이렇게 말씀하실 거예요. 그들이 사들인 건물 가격이 올랐으면 이미 투자를 통해 수익을 올린 셈이니까, 가게에 더 돈을 들이지 않고 문을 닫는 게 낫지 않을까 하고 말이에요. 그런데 천만의 말씀이에요. 이 식당은 여전히 열려 있고 영업을 하고 있어요. 왜일까요?」

「왜인가요?」 캄브리아가 어리석은 질문의 달인답게 물었다.

마이아의 대답은 그녀의 두뇌가 영민하다는 것을 보여 주고 있었다. 「이 가게는 끊임없이 밀려드는 더러운 돈을 매일매일 세탁할 수 있게 해줍니다. 식당을 찾아오는 손님은 별로 없지만, 그들은 그 손님들을 이용합니다. 마치 백 명의 손님이 왔다 간 것처럼 가짜 판매액을 금전 등록기에 기록하는 겁니다. 그러고는 기록된 판매액을 은행에 입금합니다. 아마 그들은 스무 개쯤 되는 서로 다른 은행에 계좌를 열었을 겁니다. 그도 그럴 것이 신용 카드로 지불하는 손님들이 없으니 현금의 액수가 클 수밖에 없고, 그러면 의심을 살 수도 있으니까요. 그렇게 모인 돈은 이제 합법적인 자산이 됩니다. 그들은 운영비와 재료비(가짜 청구서를 구하는 것은 어려운 일이 아니죠)를 넉넉하게 공제하고 나서, 그 돈으로 세금을 냅니다. 더러운 돈을 세탁하자면 50퍼센트쯤 잃는 것을 각오해야 한다는 게 정설이죠. 그런 식으로 하는 게 손실이 더 적다는 겁니다.」

「하지만 그렇게 돈세탁이 벌어지고 있음을 어떻게 증명하죠?」 팔라티노가 물었다.

「간단합니다.」 마이아가 대답했다. 「재무 경찰[36]이 나서야 합니다. 가능하다면 남자 경관과 여자 경관이 마치

---

36 이탈리아의 경찰 기구는 복잡하다. 우선 국가 차원의 경찰과 지방 경찰의 구분이 있고, 국가 차원의 경찰에는 소속 부서가 서로 다른 다섯 가지 조직이 있다. 국방부 소속으로 역사가 가장 오래되고 인원이 가장 많은 카라비니에리(국가 치안 경찰대)가 있는가 하면, 내무부 소속의 국가 경찰이 있고, 경제 재무부 소속으로 탈세와 밀수와 마약 거래 등을 중점적으로 수사하는 재무 경찰이 있으며, 법무부 소속의 형무 경찰과 농업 식료 삼림부 소속의 삼림 경비대도 있다.

신혼부부처럼 짝을 지어 거기에 가는 겁니다. 그런 다음 저녁을 먹으면서 다른 손님이 몇 명인지 살펴봅니다. 예를 들면 다른 손님이 두 명밖에 안 된다는 사실을 확인하는 거죠. 이튿날 재무 경찰이 가서 조사를 벌이고, 전날 영수증이 백 장이나 발급되었다는 것을 밝혀냅니다. 그런 상황에서 식당 사람들이 뭐라고 변명을 하는지 보고 싶네요.」

「일이 그렇게 간단하지는 않아요.」 나는 이의를 달았다. 「재무 경찰의 두 경관이 저녁 8시쯤 식당에 간다고 치면, 9시 이후에는 의심을 사지 않도록 자리를 떠야 해요. 그렇다면 9시에서 자정 사이에 손님 백 명이 오지 않았다는 것을 누가 증명하죠? 해질 무렵부터 자정까지 계속 지켜보려면 적어도 재무 경찰의 남녀 경관들 서너 쌍을 보내야 해요. 그리고 이튿날 오전에 재무 경찰이 조사에 나서면 무슨 일이 벌어질까요? 경관들은 판매액을 신고하지 않는 사람들을 잡을 때 희열을 느끼죠. 하지만 판매액을 너무 많이 신고하는 사람들을 상대로 무슨 일을 할 수 있겠어요? 식당 지배인은 금전 등록기가 고장 나서 똑같은 것을 계속 찍어 댔다고 할 겁니다. 그러면 어떻게 하죠? 다시 현장 조사를 벌일까요? 그들은 어리석지 않습니다. 재무 경찰에서 일하는 사람들의 면면을 알아낼 겁니다. 그래서 경관들이 다시 오면 금방 알아차릴 것이고, 그런 날에는 가짜 영수증을 찍지 않겠죠. 결국 재무 경찰은 저녁마다 감시를 계속해야 하고, 그러자면 전체 인원의 반쯤을 보내어 피자를 먹게 해야 합니다. 아마 1년쯤 그렇게 해나가면 식당이 문을 닫을 수도 있을 겁니다. 하지만 그보다는 재무 경찰이 그 식당을 그냥 내버려 둘 공산이 크죠. 다른 할 일이 많으니까요.」

마이아는 자존심에 상처를 입은 표정으로 반박했다. 「어쨌거나 재무 경찰이 방책을 찾아낼 거예요. 우리는 그 문제를 그들에게 알려 주기만 하면 됩니다.」

그러자 시메이가 상냥하게 말했다. 「우리 고운 님, 우리가 그것을 취재해서 보도하면 무슨 일이 벌어질지 말해 줄게요. 먼저 우리는 재무 경찰과 등지게 됩니다. 당신의 기사가 그런 사기 행각을 알아차리지 못한 재무 경찰을 비판하는 셈이니까요. 재무 경찰 사람들이 복수에 능하다는 점도 잊지 마세요. 그들은 우리를 상대로 하지 않는다면 콤멘다토레를 상대로 꼭 복수를 할 겁니다. 다른 한편으로 당신이 말했듯이 우리는 삼부회나 코사 노스트라나 카모라나 은드란게타[37] 같은 범죄 조직에 맞서 싸우는 것입니다. 그들이 팔짱을 긴 채 가만히 있을 거라고 생각합니까? 그들이 우리 사무실에 폭탄을 설치할지도 모르는데 우리는 여기에 얌전히 앉아서 그냥 기다

---

37 마피아 조직의 이름은 본거지에 따라 다르다. 시칠리아에는 코사 노스트라(〈우리 것〉이라는 뜻)가 있고, 나폴리에는 카모라, 칼라브리아에는 은드란게타, 풀리아에는 사크라 코로나 우니타가 있다.

려야 하는 건가요? 내가 하고 싶은 말이 한 가지 더 있는데, 그게 뭔 줄 알아요? 우리 독자들은 추리 소설에 나올법한 레스토랑에서 괜찮은 가격에 식사를 할 수 있다고 하면 스릴을 느끼며 좋아할 거예요. 그러면 〈팔리아 에피에노〉는 바보들로 넘쳐 날 것이고, 우리는 결국 그 식당 사람들의 재산을 불려 주는 셈이에요. 그러니 그 식당을 취재하겠다는 생각을 접어 버립시다. 마음을 가라앉히시고 별자리 운세를 다루는 일로 돌아가세요.」

7

4월 15일 수요일, 저녁

나는 마이아가 너무 의기소침해진 듯해서 퇴근하는 그녀를 따라나섰다. 그러고는 나도 모르는 사이에 그녀의 팔을 잡았다.

「오늘 일로 괜히 기죽지 마세요, 마이아. 자, 갑시다, 댁까지 바래다드릴게요. 도중에 무언가를 마셔도 좋고요.」

「저는 나빌리오 지구의 운하 변에 살고 있어요. 거기에는 작은 선술집들이 많죠. 제가 아는 선술집에서는 기막힌 벨리니[38]를 마실 수 있어요. 제가 아주 좋아하는 칵테일이죠. 고맙습니다.」

우리는 운하를 따라 나 있는 포르타 티치네세라는 운하 길로 들어섰다. 내가 밀라노의 운하를 본 것은 그때

---

38 베네치아의 레스토랑 〈해리스 바〉에서 20세기 중반에 개발한 칵테일. 백도 퓌레에 프로세코라는 스파클링 와인을 섞어서 만든다. 벨리니라는 이름은 르네상스 시대 베네치아파를 대표하는 화가 조반니 벨리니에서 따온 것.

가 처음이었다. 물론 밀라노의 운하들에 관한 얘기는 들어 본 적이 있었다. 하지만 나는 운하들이 모두 복개되었으리라 확신하고 있었다. 막상 거기에 가보니 암스테르담에 와 있는 기분이 들었다. 마이아가 약간의 자부심을 내비치며 들려준 말에 따르면, 옛날에는 운하들이 밀라노 도심까지 연결되어 있었다. 밀라노는 대단히 아름다웠고, 그래서 스탕달 같은 작가의 사랑을 받았다. 그런데 나중에 시민의 공중위생을 개선한다는 명목으로 운하들이 복개되었고, 이 지구에만 몇 개의 운하가 예전 모습 그대로 남아 있었다. 옛날에는 운하의 둑을 따라서 빨래터들이 있었지만, 오늘날에는 물이 썩어 가는 듯했다. 운하를 따라 난 길의 안쪽으로 들어가 보면 오래된 집들이 아직 모여 있는 구역을 볼 수 있었다. 층층이 난간을 둘러친 공동 주택도 여러 채 보였다.

〈층층이 난간을 둘러친 공동 주택〉이라는 것도 실제로 보기는 이번이 처음이었다. 얘기는 들어 봤지만 내가 실상을 모르는 것, 그러니까 라틴어로 표현하면 〈플라투스 보키스〉, 즉 〈목청이 내는 바람 소리〉처럼 헛된 것이었다. 그나마 떠오르는 게 있다면, 백과사전을 편찬하던 시절에 보았던 1950년대의 사진들이 고작이었다. 한편으로는 밀라노의 피콜로 테아트로에서 베르톨라치의 연극「엘 노스트 밀란」이 상연될 때 무대에서 서민들이 모여 사는 공동 주택을 보긴 했지만, 내가 알기로 그 연극은 19세기 말을 배경으로 한 작품이었다.

내가 그런 이야기를 하자 마이아는 웃음을 터뜨렸다. 「밀라노에는 층층이 난간을 둘러친 공동 주택이 아직도 많아요. 하지만 예전에는 그 주택들이 가난한 사람들을 위한 것이었지만, 이제는 그렇지 않아요. 이리 오세요, 제가 보여 드릴게요.」 마이아는 두 주택에 딸린 안마당으로 나를 데리고 가서 말을 이었다. 「여기 1층은 완전히 개축되었어요. 그런 뒤에 소규모 골동품 가게들 ── 사실은 가격을 비싸게 매기는 중고품 가게들 ── 이며 명성을 구하는 화가들의 아틀리에가 들어섰어요. 이제는 가게든 아틀리에든 어느 곳이나 관광객들이 드나드는 곳이 되었어요. 그래도 저기 위쪽의 두 층은 옛날 모습과 똑같아요.」

그녀가 가리키는 층들을 보니 층마다 철제 난간을 둘러쳐 놓았고, 각각의 발코니로 문이 나 있었다. 나는 사람들이 아직도 밖으로 빨래를 너느냐고 물어보았다.

마이아는 웃으면서 대답했다. 「여기는 나폴리가 아니에요. 이 건물의 거의 모든 것이 개축되었어요. 옛날에는 바깥 계단이 직접 발코니로 연결되어 있어서 거기에서 각자 자기 집으로 들어갔어요. 그리고 발코니 안쪽에는 몇 가족이 공동으로 사용하는 화장실이 하나 있었죠. 좌변기가 있는 화장실이 아니라, 바닥에 구멍을 내놓은 이른바 터키식 변소 말이에요. 샤워기나 욕조 같은 것은 그야말로 꿈이었죠. 그런데 이제는 모든 게 부자들이 살 만한 공간으로 개축되었어요. 어떤 층에는 자쿠지 욕조까지 갖춘 아주 비싼 집도 있어요. 제가 사는 집은 그렇게 비싸지 않아요. 값이 싼 대신, 두 칸짜리 작은 집이고 벽에서는 물이 새죠. 그래도 집주인이 작은 공간을 찾아내서 변기와 샤워기를 설치해 주었어요. 비록 내가 사는 집은 초라하지만, 저는 이 동네가 좋아요. 아마도 얼마 지나지 않아서 모든 게 개축될 거예요. 그러면 저는 이곳을 떠나야 해요. 집세를 내기가 어려워질 테니까요. 우리 신문『도마니』가 이른 시일 내에 본격적으로 운영된다면 얘기는 달라지겠지요. 그런 날이 오면 제가 상근으로 정식 채용될 수 있으리라고 봐요. 그래서 제가 그 모든 굴욕을 참아 내는 거예요.」

「오늘 일로 괜히 기죽지 마세요, 마이아. 지금은 시운전 기간이에요. 이 단계에서는 우리가 무슨 기사를 쓸 수 있고 무슨 기사를 쓸 수 없는지 파악해야 한다는 게 당연해요. 게다가 시메이는 신문에 대해서뿐만 아니라 발행인에 대해서도 책임을 져야 해요. 아마도 당신이 유명 인사들의 로맨스를 다루던 시절에는 이런 기사든 저러 기사든 매일반이었을 겁니다. 하지만 지금 우리가 하는 일은 그와 달라요. 우리는 하나의 일간지를 준비하고 있어요.」

「그래요, 일간지 창간을 준비하는 팀에서 일하게 되면

유명 인사들의 그 쓰레기 같은 애정 행각에서 벗어날 수 있으리라 생각했죠. 저는 진지한 저널리스트가 되고 싶었어요. 그런데 저는 실패자가 아닌가 싶어요. 저는 학사 학위를 받지 못했어요. 부모님을 도와야 했거든요. 두 분이 돌아가실 때까지 그랬죠. 그다음에는 너무 늦어서 공부를 계속할 수 없었어요. 지금은 변변하지 못한 미니 아파트에 살고 있어요. 특파원이 되어서 걸프전 같은 것을 취재하고 싶었는데, 그런 기회는 절대로 오지 않을 거예요. 이제 제가 뭘 하고 있나요? 별자리 운세를 끄적거리는 것, 그건 잘 속아 넘어가는 사람들을 이용하는 것이죠. 그야말로 실패가 아닌가요?」

「우리는 이제 겨우 시작했어요. 일이 본격적으로 돌아가면 당신 같은 분에게는 다른 기회들이 올 거예요. 이제까지 당신은 반짝반짝 빛나는 아이디어를 내놓았어요. 나는 그것들이 마음에 들었고, 시메이 역시 그랬으리라 생각해요.」

내가 그녀에게 거짓말을 하고 있다는 느낌이 들었다. 그런 말을 할 것이 아니라, 그녀가 지금 막다른 길을 걷고 있으며, 그들은 절대로 그녀를 페르시아만에 파견하지 않을 것이고, 더 늦기 전에 도망치는 것이 상책이라는 말을 해야 하지 않을까 싶었다. 하지만 그녀를 더 의기소침하게 만들 수는 없었다. 문득 대안이 떠올랐다. 그녀에 관해서 진실을 말하는 대신, 나 자신에 관해서 진실을 말하고 싶었다.

　바야흐로 한 사람의 시인처럼 내 영혼을 발가벗기려
고 해서 그랬는지, 나도 모르게 더 친근한 느낌이 들도
록 말을 놓았다.

　「자네도 알다시피, 나 역시 학사 학위를 받지 않았네.
그동안 이것저것 변변치 않은 일을 해왔고, 쉰 살이 넘어
서야 일간지에 들어왔어. 나도 실패자인 셈이지. 그런데
내가 언제부터 진짜 실패자가 되었는지 아나? 나 스스로
실패자라고 생각하기 시작한 그때부터였네. 그 생각을
곱씹으며 시간을 허비하지 않았더라면, 인생이라는 게
임의 여러 판 가운데 적어도 한 판은 승리했을 거야.」

　「쉰 살을 넘기셨다고요? 그래 보이지 않아요. 아, 나도
말을 놓을게, 전혀 그래 보이지 않아.」

　「쉰 살을 넘기지는 않았지만 마흔아홉 살로 보인다는
뜻이지?」

　「아냐, 내 말이 그렇게 들렸다면 미안해. 그쪽은 멋진
남자이고, 우리 기자들한테 무언가를 가르쳐 줄 때 보면
유머 감각이 있다는 느낌이 들어. 그쪽에게서 어떤 징후
가 보이느냐 하면, 신선함과 젊음과…….」

　「내가 어떤 분위기를 풍기는지 모르지만, 정말 그런
게 있다면 현명하다는 느낌, 그러니까 늙었다는 느낌이
겠지.」

　「아냐, 말은 그렇게 해도 정말로 그렇게 믿고 있지는

않을 거라고 생각해. 어쨌거나 분명한 건 그쪽이 스스로의 뜻에 따라 이 모험에 뛰어들었다는 것이고, 이 일을 약간 냉소적으로······ 뭐랄까······ 아주 발랄한 냉소주의에 젖은 채 하고 있다는 사실이야.」

아주 발랄하다고? 마이아 그녀야말로 발랄함과 우울함을 아울러 보이는 사람이었다. 그리고 나를 바라보는 그녀의 눈매는(얼치기 작가라면 그것을 무엇에 비유했을까?) 아기 사슴을 생각나게 했다.

아기 사슴? 이건 그냥 그렇다는 얘기다. 내가 그녀보다 크기 때문에 우리가 함께 걸을 때면 그녀는 나를 올려다보았다. 그게 다이다. 그렇게 아래에서 위쪽으로 당신을 바라보는 경우에는 어느 여자라도 아기 사슴처럼 보인다.

그러는 사이에 우리는 그녀가 자주 가는 자그마한 술집에 도착했다. 마이아는 자기가 말한 대로 벨리니를 마셨고, 나는 내가 즐겨 마시는 위스키를 앞에 놓고 편안한 기분을 느꼈다. 나는 그녀를 다시 살펴보았다. 그 여자는 내가 어쩌다 만나던 매춘부가 아니었다. 나는 더 맑아지고 젊어지는 기분이 들었다.

술기운 탓이었을까, 나는 그녀에게 속내를 털어놓고 싶어졌다. 내가 누군가에게 속마음을 털어놓았던 적이 있었던가? 있다면 그게 언제였을까? 나는 옛날에 한 여자를 만나서 함께 산 이야기, 그리고 나중에 그 여자가 나를 버리고 떠난 사연을 마이아에게 들려주었다. 「나는 한때 그 여자에게 매료되었어. 그 이유가 뭔 줄 알아? 처음 만나서 사귀던 시절에 내가 잘못해서 난처한 상황에 봉착하게 되자, 나는 내가 어리석은 탓이라면서 그 여자한테 미안하다고 했어. 그런데 그 여자가 이렇게 대답했어. 〈네가 어리석어도 난 널 사랑해.〉 그런 말을 들으면 남자는 열렬한 사랑에 빠지지. 하지만 나중에 그 여자는 내가 너무 어리석어서 자기가 감당할 수 없다는 것을 깨달았던 모양이야. 일은 그렇게 끝났어.」

「멋진 사랑 고백이야. 네가 어리석어도 난 널 사랑해라니!」 마이아는 웃었다. 그러고는 말을 이었다. 「내가 그쪽보다 더 젊고 나 스스로 어리석다고 생각한 적이 없어. 하지만 나 역시 불행한 일들을 겪었어. 그 이유는 아마도 남의 어리석음을 참아 내지 못했기 때문일 거야. 아니면 내 나이 또래들이나 조금 더 나이가 많은 사람들이 미숙하다고 여겼기 때문일 수도 있어. 마치 나는 성숙한데, 내 또래들은 미숙하다고 생각했던 거지. 그래서 보다시피 서른 살이 다 되었는데도 아직 짝이 없어. 자기가 가진 것에 만족할 수 있으면 좋으련만, 그쪽이나 나나 그게 안 되는 모양이야.」

서른 살이라고? 『서른 살의 여자』라는 소설을 쓴 발자크는 서른 살이 여자의 삶을 시적인 절정으로 끌어올리는 아름다운 나이라고 찬사를 썼지만, 이 소설이 여성

해방을 예고하는 혁명적인 소설로 비쳤을 만큼, 그 시대에는 여자가 서른 살이 되면 벌써 시든 꽃이 되는 것으로 여겼다. 마이아는 발자크가 찬미한 서른 살보다 훨씬 젊은 스무 살의 여자로 보였다. 그래도 눈가에 약간의 자잘한 주름이 잡혀 있기는 했다. 많이 울었던 탓일까? 아니면 빛에 너무 민감해서 햇살이 비치면 눈살을 찌푸렸기 때문일까?

「두 실패자가 만나 유쾌한 시간을 갖는다면 그보다 멋진 성공은 없지.」내가 말했다. 그 말을 하자마자 거의 공포에 가까운 감정이 밀려왔다.

「멍청이.」그녀가 우아하게 말했다. 그러더니 자기가 너무 친근하게 굴었다면서 사과했다. 「아냐, 사과할 것 없어. 오히려 고마운걸.」나는 대답했다. 「내가 멍청하다는 소리는 전에도 들어 봤지만, 그렇게 매력적으로 멍청이라고 부르는 소리는 처음 들었어.」

내가 너무 멀리 나간 셈이었다. 다행히도 마이아는 즉시 화제를 바꾸었다. 「이 가게 사람들은 베네치아에 있는 해리스 바와 비슷해지려고 무척 애를 쓰고 있어. 하지만 아직 술을 어떻게 진열해 놓아야 하는지도 모르지. 보다시피 여러 가지 위스키들 사이에 고든스 진이 있는가 하면, 사파이어 진과 탄카레이 진은 다른 쪽에 있어.」

「뭐가 어디에 있다고?」나는 앞을 바라보면서 물었다. 내 앞에는 다른 탁자들밖에 보이지 않았다. 「아니, 거기

말고 카운터에!」 그녀가 말했다. 나는 몸을 돌렸다. 그녀가 말한 대로였다. 보아하니 자기 눈에 띈 것은 내 눈에도 보였을 거라고 생각하는 모양이었다. 마이아는 어떻게 그런 생각을 할 수 있었을까? 그때는 몰랐지만 그것은 어떤 것의 전조였다. 내가 나중에 뒷공론하기 좋아하는 브라가도초의 말을 들으면서 마이아에게 특이한 점이 있다는 것을 깨닫게 되는데, 그것을 미리 알려 주는 게 바로 그런 태도였다. 나는 그것에 주의를 기울이지 않고 좋은 기회를 놓쳐 버렸다. 그저 계산서를 요구하는 데에 마음을 썼을 뿐이었다. 나는 몇 마디 위로의 말을 더 해주고, 그녀를 건물의 현관문까지 바래다주었다. 거기에서는 현관홀에 있는 매트리스 공방이 보였다. 텔레비전에서 용수철 매트리스에 관한 광고를 봤는데, 옛날식 매트리스를 만드는 사람들이 아직 있는 모양이다. 그녀가 나에게 감사를 표시했다. 「이제 기분이 한결 편안해졌어.」 마이아는 내게 손을 내밀었다. 그 손은 따뜻했고, 고맙다는 뜻이 담겨 있었다.

마이아가 안내해 준 오래된 밀라노는 브라가도초의 밀라노보다 더 따뜻하고 너그러웠다. 나는 그 밀라노의 운하를 따라서 집으로 돌아왔다. 밀라노는 놀라운 것들을 참으로 많이 간직하고 있다. 이 도시를 더 잘 알아야 한다는 생각이 들었다.

8

4월 17일 금요일

그 뒤로 며칠 동안, 우리는 우리에게 주어진 일을 〈숙제〉라고 부르면서 저마다 좋은 결과를 내놓으려고 노력했다. 때때로 시메이는 당장 급하게 처리할 일은 아니지만 우리가 미리 생각해 두어야 할 일에 관해서도 이야기했다.

「이 기사를 제0-1호에 실어야 할지, 아니면 제0-2호에 실어야 할지 아직 모르겠어요. 제0-1호에도 아직 채워야 할 면이 많이 남아 있지만, 우리 예비 판의 면수가 결정된 것이 아니거든요. 우리가 『코리에레 델라 세라』처럼 60면으로 시작해야 하는 것은 아니지만, 적어도 24면짜리는 만들어야 하지 않을까 싶어요. 그리고 몇 면은 광고로 채울 수도 있어요. 우리 예비 판에 광고를 낼 사람이 아직 아무도 없지만, 그건 중요하지 않아요. 다른 신문에 실린 광고를 그대로 옮겨 실으면서 마치 광고주가 실제로 있는 것처럼 하는 방법이 있어요. 그러면 광고주들이 우리에 대해서 신뢰감을 갖게 될 것이고, 장차 수익을 올리는 데 활용하겠다는 생각을 가지게 될 것입니다.」

「추도 광고를 실어 주는 난이 있으면 좋을 거예요.」마이아가 제안했다. 「그게 돈이 돼요. 제가 생각해 본 추도 광고를 말씀드릴게요. 우선 이름이 별난 사람들의 죽음을 알리면서 비탄에 빠진 유가족의 추도 광고를 나열하는 방법이 있습니다. 그런데 유명인의 추도 광고에서는 비탄에 빠진 유가족보다 곁다리로 추도에 동참하는 사람들이 흥미롭습니다. 그들은 고인에 대해서도 유가족에 대해서도 이렇다 할 관련이 없지만, 추도 광고를 마치 〈네임 드로핑〉 하듯이 이용하는 사람들이죠. 다시 말하면 추도 광고를 내면서 〈여러분이 보시다시피 나 역시 그 저명인사를 알고 있어요〉라고 넉살을 피운다는 것입니다.」

이번에도 재기 발랄한 제안이었다. 그런데 나는 그날 저녁 함께 산책을 한 뒤로 그녀와 약간 거리를 두던 참이었고, 그녀 역시 자기 나름대로 조심스럽게 굴고 있었다. 내 쪽이나 그녀 쪽이나 상대의 유혹에 저항할 수 없다고 느끼기는 매한가지였다.

「추도 광고를 싣는다는 것은 좋은 생각입니다.」시메이는 말했다. 「하지만 먼저 별자리 운세를 끝내도록 하세요. 그건 그렇고 나는 다른 기사를 생각하고 있었어요.

홍등가에 관한 기사예요. 매음하는 사람들이 모여 사는 곳을 오늘날에는 모두가 별다른 생각 없이 창녀촌이라고 부르지만, 예전에 관청의 허가를 받고 매음을 하던 때에는 그런 곳을 〈관용의 집〉이라고 불렀어요. 공창들이 매음하던 그런 집들이 문을 닫은 게 1958년이었는데, 나는 그때 이미 성인이었기 때문에 그런 곳들을 기억하고 있어요.」

「나도 당시에 이미 성인이었어요.」 브라가도초가 끼어들었다. 「그래서 창녀촌의 몇 집을 가봤죠.」

「나는 비아 키아발레에 있던 집을 말하려는 게 아니에요. 그곳은 그야말로 매음굴이었죠. 입구에 소변기를 설치해서 손님들이 안으로 들어오기 전에 용변을 볼 수 있게 해놓았고…….」

브라가도초가 말을 받았다. 「……체형이 무너진 뚱뚱한 창녀들이 건들건들 지나가면서 병사들과 겁먹은 시골뜨기들에게 혀를 내밀었고, 그 집 안주인은 〈어서 들어와, 젊은이들, 뭘 꾸물거리는 거야〉 하고 소리쳤죠.」

「그 정도만 하세요, 브라가도초. 여기에는 젊은 숙녀가 있잖아요.」

마이아는 스스럼없이 대꾸했다. 「그런 곳에 관한 기사를 써야 한다면, 이렇게 말해야 하지 않을까요? 〈연륜을 자랑하는 고급 매춘부들이 느릿느릿 지나가며 욕망에 불타는 손님들 앞에서 선정적인 몸짓을 보였다〉 하는 식으로…….」

「좋아요, 프레시아. 꼭 그렇게 써야 한다는 것은 아니지만, 더 세련된 언어를 찾아내야 한다는 건 분명해요. 내가 다루고 싶어 하는 집들은 여느 창녀촌이 아니라 더 점잖은 유곽들이라서 더 그래요. 예를 들어 산 조반니 술 무로라는 길에 가보면, 아르누보 양식의 건물이 하나 있는데, 거기에 고급스러운 유곽이 있었어요. 숱한 지식인들이 그곳을 찾아갔죠. 그들 말에 따르면, 섹스를 위해서가 아니라 아르누보 양식에 관한 미술사적인 식견을 높이기 위해서…….」

「비아 피오리 키아리에 있던 유곽을 가기도 했지요. 그곳은 여러 색깔의 타일로 장식된 아르데코 양식의 건물이었죠.」 브라가도초가 노스탤지어를 담뿍 담은 목소리로 말했다. 「우리 독자들 중에서 그런 유곽을 기억하고 있는 사람들이 얼마나 될지 궁금하네요.」

「그 시절에 아직 미성년이었던 사람들은 펠리니의 영화에서 그런 유곽들을 보았을 겁니다.」 내가 말을 보탰다. 「자신의 기억 속에 추억할 것이 없으면, 예술에서 추억을 빌려 오게 마련이죠.」

「브라가도초, 당신에게 그 일을 맡길게요.」 시메이가 결론 삼아 말했다. 「옛날에도 그리 추악하지 않은 시절이 있었다는 식으로 아기자기한 기사를 한번 써봐요.」

「그런데 왜 매음하는 집들을 돌이켜 보자는 건가요?」

내가 의아해하며 물었다. 「그런 기사가 남자 노인들의 흥미를 끌 수 있지만, 여자 노인들의 빈축을 살 염려도 있어요.」

「콜론나, 내가 이야기 하나 해줄게요.」 시메이가 운을 떼었다. 「1958년 공창제가 폐지되고 1960년대가 되었을 때, 어떤 사람이 비아 피오리 키아리의 옛 유곽을 사들여서 레스토랑을 만들었어요. 다색의 타일로 장식된 아주 근사한 레스토랑이었는데, 유곽 시절의 작은방 한두 개를 그대로 보존하고 비데에 금박을 입혀 놓았답니다. 얼마나 많은 부인들이 그 레스토랑에 흥미를 느꼈는지 아신다면 무척 놀랄 겁니다. 예전에 유곽에서 무슨 일이 벌어졌는지 알고 싶어서 그 방을 구경하러 가자고 남편에게 부탁한 부인들이 부지기수였어요. 그러다 보니 당연히 특수가 일어났겠죠. 하지만 그건 오래가지 않았어요. 부인들의 흥미가 시들해진 겁니다. 아니면 요리가 레스토랑의 명성에 걸맞지 않았는지도 모르죠. 레스토랑은 문을 닫았고, 얘기는 그것으로 끝입니다. 하지만 계속 들어 보세요. 내가 보기엔 하나의 테마를 가진 면을 구성해 보는 게 좋겠다 싶어요. 왼쪽에는 브라가도초의 기사를 싣고, 오른쪽에는 밀라노 순환 대로의 타락상을 취재한 기사를 싣겠다는 것입니다. 그 순환 대로는 매춘부들이 돌아다니며 외설적인 불법 거래를 하는 곳이기 때문에 밤에는 아이들을 데리고 지나갈 수 없어요.

어쨌거나 우리는 옛 유곽에 관한 이야기와 오늘날에 벌어지는 현상에 관한 기사를 나란히 게재하되, 그 두 가지를 결합하기 위해 이러저러한 평을 늘어놓지 않습니다. 결론을 맺는 것은 독자들에게 맡긴다는 얘기죠. 결국 독자들은 모두 〈관용의 집〉이 건전하다고 생각하면서 공창제가 부활되는 것에 찬성하지 않을까 싶어요. 아내들이 찬성하는 이유는 남편들이 대로를 따라 빙빙 돌다가 창녀를 차에 태워 차 안에서 싸구려 향수 냄새가 진동하게 하는 짓을 그만둘 것이기 때문일 것입니다. 남자들이 찬성하는 이유는 그 유곽들 가운데 어느 한 곳에 슬쩍 들어갈 수 있고, 설령 남에게 들키더라도 그곳의 분위기를 보러 왔다거나 아르누보 양식에 흥미가 있어서 왔노라고 말할 수 있기 때문이겠지요. 자, 순환 대로의 창녀들에 관한 취재를 누가 맡겠습니까?」

코스탄차가 취재를 자청했고, 모두가 동의했다. 창녀들이 어슬렁거리는 대로를 따라서 며칠 밤을 달리다 보면, 기름값도 많이 들고 풍기를 단속하는 경관들의 순찰에 맞닥뜨릴 우려도 있으니, 코스탄차 말고는 취재를 떠맡고 싶어 하는 기자들이 없었다.

그날 저녁에 나는 마이아의 눈빛에 깊은 인상을 받았다. 그야말로 자기가 뱀들이 우글거리는 구덩이에 떨어졌음을 알아차리기라도 한 기색이었다. 그래서 나는 조

134

심성스럽게 굴던 태도를 버리고 회사 밖에서 그녀가 나오기를 기다렸다. 그녀가 자기네 집 쪽으로 걸어간 뒤에도 나는 몇 분 더 보도에서 뭉그적거렸다. 다른 기자들에게는 약국에 들르기 위해 도심에 가야 한다고 말했다. 그러고는 그녀가 어떤 길로 가는지 알고 있던 터라 그녀가 귀로의 반쯤에 도달했을 때 그녀를 따라잡았다.

「나 그만둘래, 그만둘 거야.」 그녀가 눈물을 머금고 몸을 부들거리며 말했다. 「내가 도대체 어떤 종류의 신문에 들어온 거야? 나는 유명인들의 로맨스를 다루는 기사를 써왔지만, 다른 건 몰라도 그 기사들이 누구에게 해를 끼치지는 않았어. 해를 끼쳤다기보다 미용사들이 돈을 벌도록 도와줬을 뿐이야. 내 기사를 읽으러 미용실에 가는 아주머니들이 있었으니까 말이야.」

「마이아, 기분이 나쁘더라도 속단은 하지 마. 시메이는 그저 이리저리 생각을 굴리고 있을 뿐이야. 그가 자기나 우리가 제안한 모든 것을 기사화하고 싶어 한다고 볼 수는 없어. 우리는 좋은 안을 생각해 내고 또 생각해 내야 하는 초기 단계에 있어. 때로는 과감하게 가정하고, 그럴싸한 시나리오를 짜야 해. 그건 나름대로 훌륭한 경험이야. 아무도 너에게 나쁜 것을 요구하지 않았어. 창녀로 변장하고 대로변에 나가서 어슬렁거리다가 창녀와 인터뷰를 하라는 요구를 누가 하겠어? 오늘 저녁에는 모든 것을 삐딱하게 받아들이는 것 같아. 이제 더 생각하지 마. 영화관에 가는 건 언제?」

「저기 저 영화는 이미 봤는걸.」

「저기라니, 어디?」

「우리가 조금 전에 지나온, 길 건너편의 영화관.」

「하지만 나는 너의 팔을 잡고 너를 보며 말하고 있었어. 그래서 길 건너편을 보지 못했어. 너에겐 특이한 구석이 있다는 것 알고 있어?」

「내가 특이한 것이 아니라, 그쪽이 내가 보는 것을 보지 못하는 거야. 어쨌거나 영화를 보러 가는 건 좋아. 먼저 신문을 하나 사서, 이 근처에서 무슨 영화가 상영되는지 보자고.」

우리는 영화 한 편을 보러 갔지만, 그 내용은 전혀 기억나지 않는다. 그도 그럴 것이 그녀가 계속 떨고 있어서 어느 순간 나는 그녀의 손을 잡아 주었던 것이다. 이번에도 그녀의 손은 따뜻했고, 고맙다는 뜻이 담겨 있었다. 우리는 마치 수줍은 약혼자들처럼 거기에 그러고 있었다. 아니, 수줍은 약혼자들 같았다기보다는 트리스탄과 이졸데의 전설에 나오는 것처럼 자기들 사이에 칼을 놓고 잠을 잤던 연인들 같았다.

마이아를 집에 데려다주고 헤어질 때, 나는 조금 위안을 얻은 것으로 보이는 그녀의 이마에 입을 맞추면서 손가락으로 그녀의 뺨을 톡 쳤다. 연상의 친구가 할 법한 동작이었다. 따지고 보면 나는 그녀의 아버지뻘이라는 생각이 들었다.

아버지뻘은 아닐지라도 작은삼촌뻘이 되는 것은 분명
했다.

9

4월 24일 금요일

그 주에는 일이 쉬엄쉬엄 진행되었다. 누구도 일에 큰 욕심을 내는 것 같지 않았다. 시메이도 마찬가지였다. 하기야 1년에 걸쳐 12호를 내는 것은 나날이 1호를 내는 것과 같을 리가 없었다. 나는 기자들이 처음으로 제출한 초고들을 읽으면서 문체에 통일성을 부여하고 너무 멋을 부린 표현들을 담백하게 고쳤다. 시메이는 내 작업을 승인했다. 「여러분, 우리는 저널리즘을 하는 거지 문학을 하는 게 아닙니다.」

「그런데 말입니다.」 코스탄차가 끼어들었다. 「휴대 전화가 갈수록 유행하고 있어요. 어제 열차를 탔는데, 옆에 앉은 남자가 누군가에게 전화를 걸면서 자기 은행과 어떤 식으로 거래하는지 길게 말하더군요. 아무 상관이 없는 나도 그 남자에 대해서 자세히 알게 될 정도였어요. 내가 보기엔 사람들이 미쳐 가고 있어요. 이런 경향을 다루는 기사를 써야 하지 않을까 싶어요.」

「휴대 전화 사업은 길게 가지 못할 겁니다.」시메이가 반박했다. 「첫째, 그 가격이 엄청 비싼 터라 그것들을 가질 수 있는 사람들이 얼마 되지 않아요. 둘째, 사람들은 얼마 안 가서 이런 점을 알아차리게 될 겁니다. 휴대 전화로 누구하고든 아무 때나 통화한다는 게 꼭 필요한 일은 아니라는 점을 말입니다. 결국 사람들은 얼굴을 맞대고 나누는 내밀한 대화를 그리워하게 될 것이고, 한 달이 지날 때마다 엄청난 전화 요금을 보며 놀라겠지요. 휴대 전화가 유행을 탄다 해도 기껏해야 한두 해 반짝하다 말지 않겠어요? 요즘에 휴대 전화가 누구에게 쓸모가 있는지 생각해 보세요. 그저 바람난 유부남들이나 쓰는 거예요. 그들은 집 전화를 쓰지 않고도 떳떳하지 못한 관계를 유지할 수 있어요. 그 사람들이 아니면 수도를 설치하고 보수하는 기술자들에게도 아마 쓸모가 있을 겁니다. 그런 기술자들은 작업장으로 옮겨 가는 중에도 전화를 받을 수 있으면 좋거든요. 하지만 다른 사람들에게는 쓸모가 없어요. 우리 독자들은 대부분 휴대 전화를 가지고 있지 않으니까, 그것에 관한 기사에 전혀 흥미를 보이지 않을 거예요. 그리고 휴대 전화를 가진 소수의 사람들도 기사에 관심이 없을 겁니다. 그런 기사를 좋게 생각하기는커녕 우리를 상류층 흉내 내는 속물이나 과도하게 앞서가며 잘난 척하는 자들로 여길지도 모르지요.」

「뿐만 아니라 이런 점도 있습니다.」내가 나섰다. 「석유왕 록펠러나 피아트 자동차의 아녤리 같은 거부들, 그리고 미국 대통령 같은 정치 지도자들을 생각해 보세요. 그들에게는 휴대 전화가 필요하지 않아요. 수많은 남녀 비서들의 보좌를 받고 있으니까요. 사람들은 얼마 안 가서 깨닫게 될 겁니다. 그저 한심한 자들만이 휴대 전화를 사용하리라는 것, 이를테면 가난한 사람들은 신용 불량의 문제 때문에 은행의 전화 연락을 계속 받아야 하는 신세에 몰리고, 대단치 않은 회사원들은 상사의 전화를 받으며 자기들이 무엇을 하는지 감독을 받는다는 사실을 알게 되리라는 것입니다. 그렇듯이 휴대 전화는 사회적으로 열등하다는 것을 보여 주는 상징물이 될 것이고, 아무도 그것을 더는 원하지 않게 되겠지요.」

「나는 꼭 그럴 거라고 생각하지 않아요.」마이아가 말했다.「패션 컬렉션에는 주문복을 선보이는 오트쿠튀르와 기성복을 선보이는 프레타포르테가 있죠. 휴대 전화는 프레타포르테와 비슷해요. 대량 생산이 가능하고 상류층뿐만 아니라 일반 서민을 고객층으로 삼을 수 있으니까요. 아니 고급 기성복을 가리키는 프레타포르테에 비교할 것도 없이, 그냥 티셔츠와 청바지를 입고 스카프를 매는 것과 비슷하다고 봐도 돼요. 그런 옷차림은 상류층의 부인도 할 수 있고 노동 계급의 여성도 할 수 있죠. 다만 한 가지 다른 게 있다면, 두 번째 부류의 여성은 옷가지들을 서로 잘 어울리게 입을 줄 몰라요. 때로는 새로 산 청바지가 더 멋있다고 생각하면서 무릎 부위가 해진 청바지 대신 새 청바지를 입어요. 게다가 하이힐을 받쳐 신기까지 하죠. 그런 식으로 옷을 입으니까 상류층 여자가 아니라는 게 금방 표가 나요. 하지만 그것을 알아차리지 못하고 옷들을 서로 어울리지 않게 입고 다녀요. 스스로를 볼품없이 만들면서 그 사실을 깨닫지 못하는 것이죠.」

「그런 여자가 우리『도마니』를 읽을 수도 있을 테니까, 그런 경우를 생각해서 이렇게 말하면 되지 않을까요? 그런 여자는 상류층 부인이 아니라고. 만약 그 여자 남편이 휴대 전화를 사용한다면 그는 한심한 남자이거나 바람피우는 사내라고. 그리고 어쩌면 이런 일이 생길 수도 있어요. 우리의 사주 콤멘다토르 비메르카테가 휴대 전화 회사에 투자할 생각을 할지도 몰라요. 그렇다면 우리는 그 어르신에게 훌륭한 봉사를 해야 합니다. 요컨대, 이 문제는 우리와 상관없는 것일 수도 있고, 열의를 갖고 다뤄야 하는 것일 수도 있어요. 일이 어떻게 돌아가는지 지켜봅시다. 이건 컴퓨터를 둘러싼 우리의 사정과 비슷한 거예요. 콤멘다토레의 허락에 따라 우리는 저마다 컴퓨터를 한 대씩 받았어요. 이것들은 문서를 작성하거나 데이터를 저장하는 데에 유용해요. 비록 나는 구식이라서 그걸 가지고 뭘 해야 할지 도통 모르지만 말이에요. 사실 우리 독자들은 대부분 나랑 비슷할 겁니다. 저장할 데이터가 없으니 컴퓨터가 필요하다는 생각을 못하죠. 우리 독자 대중에게 열등감을 주지는 말자고요.」

그날 우리는 휴대 전화와 컴퓨터에 관한 이야기를 끝내고, 기사 한 편을 다시 읽었다. 내가 적절하게 수정을 가한 기사였다. 브라가도초가 의견을 말했다. 「모스크바의 분노라고요? 이렇게 과장된 표현을 으레 사용하는 것은 진부하지 않아요? 최고 책임자의 분노라든가 연금 생활자들의 격분 같은 표현들 말입니다.」

「그렇지 않아요.」 내가 말했다. 「독자는 바로 그런 표현들을 기대합니다. 모든 신문이 그런 식으로 써대면서 독자를 길들인 거죠. 무슨 일이 벌어지고 있는지 독자가 알아차리게 하자면 신문들은 그저 이렇게 말합니다. 이판사판 맞붙기로 치닫는 정국, 피와 눈물을 예고하는 정부, 이제 남은 길은 오르막길, 대통령 관저 퀴리날레궁은 전쟁도 불사할 태세, 크락시 총리 지근거리에서 공격, 시간은 촉박한데 악마 만들기로 소일, 지금은 배 아프다는 핑계가 통하지 않는다, 물이 턱에 차오르는 상황, 우리는 지금 태풍의 눈 속에 있다 하는 식으로요. 사람들은 정치인들의 말을 이해하지 못해요. 정치인들은 말을 제대로 하지도 않고 열정에 차서 확실하게 말하지도 않아요. 그저 요란하게 짖어댈 뿐이죠. 공공의 질서를 잡아 주기로 되어 있는 공권력은 임무를 수행하기는 하지

143

만 흔히 말하듯 프로답게 행동합니다.」

「요즘 사람들이 프로답다는 말을 즐겨 하던데 우리도 정말 그런 표현을 자꾸 써야 하는 걸까요?」 마이아가 물었다. 「여기에서는 모두가 프로 의식을 갖고 일합니다. 담 쌓는 공사를 할 때 현장 감독은 일꾼들을 이끌어서 쓰러지지 않는 담을 쌓게 합니다. 이건 현장 감독으로서 당연히 할 일이기 때문에 굳이 프로답다는 식의 말을 하지 않아요. 만약 십장 노릇을 제대로 하지 않아서 일꾼들이 담을 쌓자마자 무너져 버리는 경우라면 프로 의식에 관한 말을 할 수 있겠죠. 싱크대가 막혀 수도 기술자를 부르면 그가 막힌 것을 뚫어 줍니다. 그러면 우리는 기쁜 마음으로 그에게 감사를 표시하죠. 그렇다고 프로답게 일했다는 식으로 그 기술자를 칭찬하지는 않아요. 칭찬이 지나치면 미키마우스에 나오는 악당 조 파이퍼 같은 프로를 만나게 될지도 모르죠. 도둑질을 하기 위해 수도 기술자로 위장한 자들을 만날 수도 있다는 거예요. 프로답다는 것이 뭔가 특별한 일이라도 되는 양 자꾸 말하다 보면, 보통 사람들은 스스로 일을 형편없이 한다고 생각하게 되죠.」

「사실 그 점이 중요해요.」 내가 말을 받았다. 「독자는 사람들이 대체로 일을 형편없이 한다고 생각해요. 그래서 프로답게 일했다는 것을 강조해야 하는 겁니다. 일을 잘했다고 말하고 싶을 때는 그게 더 효과적이죠. 경찰관들이 닭 도둑을 잡았다면 뭐라고 하겠어요? 그들은 프로 답게 행동했다, 이렇게 말하는 겁니다.」

「하지만 그건 요한 23세를 〈착하신 교황〉이라는 애칭으로 불렀던 것과 비슷해요. 한 교황을 그렇게 부르면, 이전 교황들은 나빴으리라는 생각이 들게 마련이죠.」

「아마도 사람들이 실제로 그렇게 생각했을 겁니다. 〈착하신 교황〉이라는 애칭이 괜히 나오진 않았겠죠. 그분의 선임 교황이었던 비오 12세의 사진을 본 적 있어요? 만약 007 제임스 본드 영화에 출연했다면 범죄 조직 〈스펙터〉의 두목으로 나왔을 법한 상이죠.」

「하지만 요한 23세를 〈착하신 교황〉이라고 부른 것은 신문들이고, 사람들은 그 뒤를 따른 거예요.」

「맞아요. 신문들은 사람들이 어떻게 생각해야 하는지를 가르칩니다.」 시메이가 그녀의 말을 잘랐다.

「그렇다면 신문들은 사람들 사이에 오가는 평판을 따라가는 건가요, 아니면 세평을 만들어 내는 건가요?」

「두 가지를 다 합니다, 시뇨리나 프레시아. 처음에 사람들은 어느 편을 들어야 할지 모릅니다. 그러다가 우리가 말해 주면 자기들의 생각이 어떤 쪽으로 흐르고 있었는지 깨닫게 되죠. 언론 철학을 너무 따지지 말고 프로답게 일합시다. 자, 계속하세요, 콜론나.」

「네, 제가 독자들이 기대하는 표현이라고 말한 것들의 예를 더 나열해 보겠습니다.」 나는 말을 이었다. 「염소는

배추를 먹고 배추는 염소에게 먹히지 않는 길을 찾아야
한다, 우리 사령탑이 누를 버튼, 격투의 조짐, 수사관들
의 표적, 고약한 난관에 봉착, 터널 빠져나오기, 달걀이
깨져야 오믈렛이 만들어지는 법, 성 밖에도 적이요 성
안에도 적이다, 눈을 부릅뜨고 지켜보자, 뽑아내기 어려
운 개밀 같은 인물, 바람의 방향이 바뀐다, 텔레비전이
사자 사냥을 하고 나면 우리에게 남는 건 그저 부스러기
뿐, 우리는 본궤도로 되돌아간다, 시청률 급락, 강력한
신호 보내기, 시장에 한 귀를 대고 엿듣기, 역경 돌파,
360도 파노라마, 옆구리를 아프게 찌르는 바늘, 역방향
집단 이주 시작…… 그리고 무엇보다 많은 것은 용서 구
하기의 예들입니다. 성공회는 다윈에게 사과하고, 버지
니아주는 노예 제도의 참극을 회상하며 용서를 비는가
하면, 이탈리아 전력 공사는 단전 사태를 놓고 잘못을
인정하며 용서를 구하고, 캐나다 정부는 이누이트들을
상대로 공식적으로 사과했어요. 로마 가톨릭교회가 지
구의 자전에 관한 옛날의 입장을 수정했다고 말할 수는
없지만, 교황이 갈릴레이에게 사과한다는 말은 할 수 있
을 겁니다.」

    마이아가 손뼉을 탁 치며 말했다. 「사실, 저는 도무지
이해를 못 하겠더라고요. 용서를 구하는 게 하나의 유행
처럼 널리 퍼지고 있는데, 그게 겸허함의 세태를 반영하
는 것인지 아니면 뻔뻔스러움을 드러내는 것인지 모르

겠어요. 언뜻 보기에는 잘못을 인정하고 용서를 비는 것 같아도, 알고 보면 속임수일 수도 있어요. 해서는 안 될 짓을 저지르고 나서 이제 손을 씻었으니 벌하지 말고 덮어 달라는 말일 수도 있지 않겠어요? 그리고 보니 옛날에 들은 우스갯소리가 생각나네요. 카우보이가 벌판에서 말을 달리다가, 하늘에서 문득 들려오는 목소리가 이르는 대로 수천 명의 카우보이들이 소를 몰고 모이는 애빌린으로 갑니다. 목소리가 계속 들려옵니다. 카우보이는 들은 대로 술집에 들어가서 도박을 하죠. 하늘의 목소리가 이끄는 대로 5번에 자기 돈을 몽땅 겁니다. 그런데 5번이 아니라 18번이 나오고 목소리가 속삭이죠. 〈애석하게도 우리가 잃었네〉라고요.」

우리는 웃음을 터뜨렸다. 그런 다음 주제를 바꾸어 루치디의 기사를 꼼꼼하게 읽고 토론했다. 밀라노 노인 요양원에서 벌어진 사건에 관한 이 기사를 놓고 우리는 반시간 넘게 의견을 나누었다. 얘기가 끝나자 시메이는 갑자기 선심을 쓰겠다는 듯 다 같이 커피를 마시자며 아래층 바에 주문을 넣었다. 그때 마이아가 브라가도초와 나 사이에 앉아 있다가 중얼거렸다. 「그런데 저라면 반대로 하겠어요. 제 말씀은, 만약 우리 신문이 더 수준 높은 독자들을 겨냥한다면, 저는 그와 반대되는 말을 하는 칼럼을 내고 싶어요.」

「루치디와 반대가 되는 말을 하겠다고요?」 브라가도초가 의아하다는 표정으로 물었다.

「아뇨, 말뜻을 못 알아들으셨군요. 제 말은 상투적인 표현들을 안 쓰겠다는 뜻이에요.」

「우리가 반 시간 넘게 얘기한 것들이 상투성에서 벗어나지 못했군요.」

「그래요, 저는 그런 얘기를 들으면서 계속 반대로 말하는 방식을 생각했어요.」

「우리는 그러지 못했군요.」 브라가도초가 퉁명하게 말했다.

마이아는 그 트집에 마음을 다치지 않은 것처럼 보였고, 오히려 마치 건망증 환자를 대하듯 우리를 보고 있었다. 「저는 태풍의 눈이라는 표현이나 장관이 요란하게 짖어 댄다는 식의 말을 하고 싶지 않아요. 그보다는 상투적인 표현을 뒤집어 놓은 말을 하고 싶어요. 예를 들면 이런 식이에요. 암스테르담을 유럽 서북부의 베네치아라고 말하는 것에 식상한 독자들을 생각해서 베네치아가 남유럽의 암스테르담이라고 말합니다. 현실이 상상을 뛰어넘는다는 자극적인 표현을 피하고 그냥 상상이 현실을 초월한다고 말합니다. 보통 사람들이 흔히 그러듯이 인종 차별주의자가 아니라고 스스로 전제한 다음에 논리를 전개하기보다는 인종 차별주의자라는 비판을 받더라도 할 말은 하겠다는 태도를 보이겠습니다. 대마초에 익숙해지면 그보다 중독성이 강한 마약에 손대기 쉽다는 상투적인 표현을 쓰기보다 중독성이 강한 마약은 대마초의 예비 단계라는 식으로 뒤집어서 말하고 싶어요. 네 집에 와 있는 것처럼 편하게 있으라고 말하는 대신 네가 내 집에 와 있는 것처럼 처신하라고 말하겠어요. 서로 말을 낮추자며 허물없이 다가가는 대신 서로 말을 높이는 게 좋겠다며 거리를 둘 것이고, 만족하는 사람이 즐긴다는 속담 대신 즐기는 사람이 만족한다고 뒤집어 보겠어요. 늙어서 정신이 흐리다는 표현을 쓰기보다는 정신은 흐려도 늙지는 않았다는 말을 쓰겠어요. 남이 무슨 말을 하는데 알아듣기 어렵다면 우리는 무슨 말을 하나요? 그 사람이 아랍어를 한다고 비꼬지 않나요? 저는 그런 낡아빠진 표현을 피하고 〈나에겐 아랍어가 수학이다〉라고 말하겠어요. 또 흔히 쓰는 표현들을 이런 식으로 뒤집으면 어떤가요? 그는 사람이 달라지더니 성공했다고 말하지 않고, 성공하더니 딴사람이 되었다고 말하거나, 따지고 보면 무솔리니는 좋은 일도 했다고 말하기보다 무솔리니는 비열한 짓도 많이 벌였다고 말하는 겁니다. 또 파리는 아름답지만 파리 시민들은 친절하지 않다고 말하는 대신, 파리는 아름답지 않지만 파리 시민들은 아주 상냥하다고 말하는 거예요. 리미니는 해수욕의 명소이지만 모두가 해수욕장에 죽치지 않고 클럽에도 많이 간다라고 말하는 대신, 모두가 해수욕장에서 노느라고 아무도 클럽에 발을 들이지 않는다고 할 겁니다. 그는 자기의 모든 자산을 북부에서 남서부의 작은 도시 바티팔리아로 옮겼다는 말도 해보고 싶어요.」

「그렇군요. 그런 식이라면 한 가족이 독버섯을 먹었다고 말하는 대신, 버섯 한 송이가 한 가족 때문에 치명적인 맹독을 지닌 것으로 밝혀졌다고 하겠군요. 그런 바보 같은 표현들을 어디에서 모은 겁니까?」 브라가도초가 물었다. 마치 페라라의 추기경 이폴리트가 자신이 후원하던 시인 루도비코 아리오스토를 상대하는 듯한 모습이었다.

「어떤 것들은 몇 달 전에 출간된 작은 책에 나와 있어요.」 마이아가 말했다. 「하지만 죄송하게도 우리 신문 『도마니』하고는 잘 어울리지 않네요. 저는 제대로 눈치를 못 채고 자꾸 빗나가고 있어요. 이제 퇴근할 시간이 아닌가 싶네요.」

「이보게, 나랑 같이 나가세.」 브라가도초가 조금 뒤에 내게 말했다. 「자네한테 꼭 얘기하고 싶은 게 있어. 얘기를 안 하면 내 속이 터져 버릴 지경이야.」

반 시간 뒤에 우리는 다시 타베르나 모리지를 향해 발길을 옮기고 있었는데, 브라가도초는 자기가 털어놓고 싶어 하는 것에 대해서 한 마디도 하지 않았다. 그 대신 이런 말을 했다. 「자네도 알아차렸겠지만 마이아에게는 어떤 병이 있네. 그 여자는 자폐증 환자일세.」

「자폐증 환자라고? 자폐증 환자들은 자기 내면세계에
틀어박혀서 남과 소통하지 않네. 마이아가 왜 자폐증 환
자라는 거지?」

「어떤 글을 읽었는데, 자폐증의 초기 증상에 관한 실
험을 이렇게 이야기하더라고. 나와 자네가 피에리노라
는 아이와 한방에 있다고 하세. 피에리노는 자폐증에 걸
린 소년이야. 자네는 나한테 이렇게 말해. 작은 공 하나
를 어딘가에 감춰 놓고 방에서 나가라고. 나는 공을 꽃
병 속에 숨겨 놓네. 내가 밖으로 나가면, 자네는 꽃병에
서 공을 꺼내어 서랍에 넣어. 그러고 나서 피에리노를
보며 이렇게 물어. 〈브라가도초 아저씨가 돌아오면, 그
이는 어디에서 공을 찾아낼까?〉 그러면 피에리노는 대
답하지. 〈서랍에서 찾아내지 않을까요?〉라고. 공을 숨겨
놓고 나간 나는 공이 꽃병 속에 들어 있다고 생각하지만,
피에리노는 그 생각을 못 한다는 걸세. 소년의 머릿속에
서는 공이 이미 서랍 속에 있거든. 피에리노는 남의 입
장에 설 줄을 몰라. 자기 머릿속에 있는 것이 우리 모두
의 머릿속에 있다고 생각하지.」

「하지만 그건 자폐증이 아니야.」

「그런 증상을 무어라 불러야 할지 모르겠네만, 아마도
정도가 심하지 않은 자폐증의 한 형태일 걸세. 말하자면
사소한 것에 짜증을 잘 내는 사람들을 초기 단계의 편집

증 환자로 보는 것과 비슷하지. 어쨌거나 마이아는 그런 식이야. 남의 관점에 서서 보는 능력이 없으니까, 남들 모두와 자기가 같은 생각을 하리라 생각하지. 어느 날인가 이런 일이 있었는데 기억나지 않나? 마이아는 회의 도중에 불쑥 〈하지만 그 사람은 아무 관계가 없어요〉라고 말했네. 〈그 사람〉이란 우리가 한 시간 전에 말했던 어떤 사람일세. 마이아는 계속 그 사람 생각을 하고 있었거나 바로 그 순간에 그 사람을 다시 떠올렸겠지만, 우리가 다른 얘기를 하느라고 그 사람을 더는 생각할 수 없으리라는 것을 생각하지 못한 거야. 아무리 좋게 봐주어도 마이아는 미쳤어. 내가 장담하네. 그런데 자네는 그녀가 말할 때 그녀를 계속 바라봐. 마치 그녀가 신탁을 전하는 무녀라도 되는 듯이⋯⋯.」

나는 바보 같은 소리를 듣는다 싶어 농담으로 그의 말을 잘랐다. 「신탁을 전하는 사람들은 언제나 미치광이지. 마이아가 누구의 후예냐고 묻는다면, 나는 쿠마이의 시빌라[39]라고 대답하겠네.」

39 시빌라는 그리스·로마 신화에 나오는 무녀. 신의 매개자가 되어 그의 뜻을 인간에게 전하기도 하고 예언자가 되기도 한다. 쿠마이의 시빌라는 그 무녀들 가운데 가장 유명하며 중요한 고전 문학과 회화의 소재가 되었다. 베르길리우스의 서사시 『아이네이스』에서는 이승과 저승을 연결하는 안내자로서 주인공이 저승의 아버지를 만날 수 있도록 도와준다. 오비디우스의 『변신 이야기』에는 천 년을 살았던 무녀로 나오는데, 아폴로 신의 구애에 응하는 조건으로 모래알을 한 줌 움켜쥐고 그 모래알 수만큼 해를 이어 가며 살게 해달라고 했지만, 젊음을 유지하고 사는 것을 요구

주점에 다다르자, 브라가도초는 원래 하려던 이야기를 시작했다.

「내가 특종을 하나 잡았는데, 만약 『도마니』가 이미 발매되고 있다면 10만 부를 팔리게 할 만한 기사일세. 그런데 조언이 필요해. 지금 내가 조사하고 있는 것을 시메이에게 주어야 할까? 아니면 다른 신문, 그러니까 진짜 신문에 팔아야 할까? 그건 다이너마이트야. 무솔리니에 관한 것일세.」

「내가 보기에 그건 사람들의 흥미를 끌 만큼 시사성이 강한 얘기는 아닌걸.」

「시사성이 강하지. 어떤 사람이 이제껏 우리를 속였다는 사실, 많은 사람을 아니 모든 사람을 속였다는 사실을 폭로하는 것이니까.」

「무슨 뜻으로 하는 말이야?」

「얘기하자면 길어. 그리고 지금은 내가 한 가지 가설만 세우고 있어. 살아남은 증인들에게 물어보러 가야 하는데, 자동차가 없어서 그럴 수가 없네. 아무튼 우리 모두가 알고 있는 사실들을 바탕으로 시작하세. 그러고 나서 내 가설이 왜 이치에 맞는지 설명하겠네.」

브라가도초는 자기 얘기의 요점을 간추렸다. 그가 자부한 대로라면 〈교회가 공인한 라틴어역 성경 불가타〉

_____

하지 않은데다 나중에는 아폴로의 구애를 거부함으로써 나이가 들면서 점점 몸집이 작아지다가 종당에는 그저 목소리만 남는 불행을 겪었다.

153

나 다름없는 얘기였고, 너무 단순해서 진위를 따질 필요도 없는 것이었다.

그러니까 그의 얘기는 이러하다. 제2차 세계 대전의 이탈리아 전선에서 연합군은 독일이 구축한 방어선 〈고딕 라인〉을 돌파하고 밀라노를 향해서 북상한다. 바야흐로 독일과 이탈리아의 패전이 예상되는 상황이다. 1945년 4월 18일, 무솔리니는 이탈리아 사회 공화국의 실질적인 수도로 삼고 있던 가르다 호반의 살로를 버리고 밀라노로 옮겨 가서 도청을 본부로 삼는다. 그는 장관들을 다시 모아 놓고 발텔리나 계곡의 보루에서 저항할 수 있는지 의견을 묻는다. 하지만 한편으로는 최후를 준비하고 있기도 하다. 이틀 뒤에 그는 마지막 남은 충신 가에타노 카벨라에게 생애 최후의 인터뷰를 허락한다. 이 카벨라는 마지막 파시스트 신문 『포폴로 디 알레산드리아』를 이끌던 인물이다. 4월 22일, 무솔리니는 사회 공화국 경비대의 장교들 앞에서 최후의 연설을 한다. 〈조국을 잃으면, 사는 게 부질없다〉라는 식으로.

그 뒤로 며칠 동안, 파르마에 연합군이 다다르고 제노바가 해방된다. 운명의 4월 25일에는 노동자들이 밀라노 교외 산업 지대인 세스토 산 조반니의 공장들을 점령한다. 그날 오후에 무솔리니는 휴전을 바라는 밀라노 대주교 슈스테르 추기경의 주선을 받아, 그라치아니 장군을 비롯한 부하 몇 사람을 데리고 대주교관에 가서 레지스탕스 운동의 지도 기관인 해방 위원회의 대표단을 만난다. 이 회담이 끝날 무렵, 반파시스트 레지스탕스 운동의 영웅인 산드로 페르티니가 늦게 도착하여 계단을 오르다가 무솔리니와 마주쳤다는 얘기가 있지만, 이는 아마도 전설일 것이다. 해방 위원회는 독일군조차 이미 자기들과 교섭하고 있다는 것을 알리면서 무조건 항복을 요구한다. 파시스트들은 치욕스럽게 항복하는 것을 받아들이지 않고(마지막으로 남은 자들은 절망에 빠진 나머지 그저 될 대로 되라는 식으로 나오는 법이다), 생각할 시간을 달라고 하면서 떠나간다.

날이 저물자, 레지스탕스 지도자들은 회담 상대가 마음을 정할 때까지 마냥 기다릴 수가 없어서 민중의 대규모 봉기를 지시한다. 때를 같이하여 무솔리니는 충실한 부하들의 호위를 받으며 코모 쪽으로 탈출한다.

무솔리니의 아내 라켈레 역시 코모에 도착해 있는 상황이다. 아들 로마노와 딸 안나 마리아도 데리고 왔지만, 어찌된 일인지 무솔리니는 가족과 만나는 것을 피한다.

그 이유가 무엇일까? 무솔리니는 자기 연인 클라레타 페타치와 다시 만날 참이었을까? 하지만 애인이 아직 도착하지 않았다면, 가족을 만나 10분을 보낸다 한들 그가 잃을 게 무엇이었을까? (브라가도초는 자기의 의혹이 바로 여기에서 출발했다면서 이 점을 기억하라고 당부했다.)

무솔리니는 애초에 코모가 안전한 기지라고 여겼다. 주위에 빨치산들이 별로 없어서 연합군이 올 때까지 숨어 있을 수 있다는 말을 들었기 때문이다. 사실 이것은 무솔리니에게 아주 중요한 문제였다. 빨치산의 손아귀에 떨어지기보다 연합군에게 항복하면, 정식 재판을 받을 것이고 그러면 사정이 달라질 수도 있다고 본 것이다. 아니면 그는 이렇게 생각했을지도 모른다. 코모를 떠나면 발텔리나에 갈 수 있고, 거기에서 알레산드로 파볼리니 같은 충실한 추종자들의 도움을 받으면 수천 명의 부하들을 거느리고 강력하게 저항할 수 있으리라고.

하지만 무솔리니는 결국 코모를 떠난다(이 대목에서 브라가도초는 그 한심스러운 호위대가 여기저기로 어떻게 옮겨 다녔는지 말하지 않는 것을 이해해 달라면서, 자기도 그것을 정확히 알지 못할 뿐만 아니라 그들이 어디에서 오고 어디로 갔는지가 자기의 취재에는 유용하지 않다고 말했다). 그들은 메나조를 향해 코모 호수를 따라 올라간다. 아마도 스위스로 넘어가고자 한 것이리라. 그들이 코모 인근의 카르다노에 다다르자, 무솔리니의 애인이 합류한다. 그리고 히틀러의 명령을 받은 독일군 호위대가 나타난다. 이 호위대의 임무는 히틀러의 친구 무솔리니를 독일로 데려가는 것이다(무솔리니를 바이에른으로 안전하게 모시기 위해 비행기 한 대가 스위스 국경 근처의 키아벤나에서 기다리고 있었던 모양이다). 그런데 키아벤나에 가는 게 불가능하다는 보고가 올라오자, 무솔리니 일행은 메나조로 돌아간다. 그날 밤 파볼리니가 도착하는데, 그는 원군을 이끌고 오기로 되어 있었음에도 그저 일곱 또는 여덟 명의 사회 공화국 경호대 부하들을 데리고 왔을 뿐이다. 두체(총통) 무솔리니는 적의 추격을 따돌리기 어렵다고 느낀다. 그가 보기에는 바텔리나에서 저항하기보다 파시스트당 고위 간부들과 그 가족들을 데리고 독일군 대열에 합류하여 알프스를 넘어가는 수밖에 없다. 독일군은 기관총을 장착한 스물여덟 대의 군용 트럭에 나누어 타고 나아간다. 이탈리아인들은 장갑차 한 대와 민간인 차량 여덟 대로 대오를 지어 그 뒤를 따라간다. 하지만 이 대열은 코모 호수의 북서쪽 기슭 돈고에 다다르기 전에 무소라는 소읍에서 빨치산 부대인 제52 가리발디 여단의 푸에케르 분견대와 마주친다. 이 소수의 빨치산들을 이끄는 분견대장은 〈페드로〉라 불리는 피에르 루이지 벨리니 델레 스텔레 백작이고, 정치위원은 〈빌〉이라는 애칭을 가진 우르바노 라차로. 페드로는 무모하다 싶을 만큼 배짱이 두둑한 사람이라서 독일군을 상대로 허풍을 치기 시작한다. 그는 주위의 산 속에 빨치산들이 우글거린다며 독일군에게 허세를 부린다. 그리고 그 빨치산들에게 박격포 발사 명령을 내리겠노라고 독일군을 위협한다. 실제로 박격포를 가진 쪽은 독일군이지만 빨치산 분견대장이 거꾸로 겁을 주는 형국이다. 페드로가 보기에 독일군 지휘관은 저항하려고 하지만 독일 병사들은 이미 겁을 먹은 채로 그저 목숨을 건져 집으로 돌아가기만을 바랄 뿐이다. 페드로의 어조는 갈수록 높아지고 독일군의 미적거림이 이어진다. 결국 페드로는 지루한 협상을 벌인 끝에 독일군을 설득한다. 독일군은 항복하는 것에 그치지 않고 데려가던 이탈리아인들을 포기한다. 그럼으로써 독일군의 행로는 돈고로 이어진다. 독일군은 돈고에 다다르자 전반적인 수색을 받는다. 말하자면 그들은 동맹국 이탈리아 사람들을 저버리고 매정하게 행동한 것이다. 하지만 목숨이 목숨인 것을 어찌하랴.

페드로는 이탈리아인들을 자기 관할로 넘겨 달라고 요구한다. 그가 보기에 그 이탈리아인들은 파시스트 고위층 인사들인 게 분명하다. 게다가 그들 중에 무솔리니도 있을 거라는 소문이 돌고 있다. 페드로는 그 소문을 반신반의하면서 장갑차의 지휘관과 협상을 벌인다. 그 지휘관은 이미 망해 버린 사회 공화국 내각에서 정무 차관을 지낸 바라쿠인데, 왕년의 전쟁에서 한쪽 눈을 잃은 모습으로 금제 훈장을 과시하고 있지만, 페드로의 눈에는 그의 인상이 나빠 보이지 않는다. 바라쿠는 동북부의 트리에스테 쪽으로 가고 싶어 한다. 거기에서 유고슬라비아의 침략에 맞서 도시를 구하겠다는 것이다. 그러자 페드로는 그게 터무니없는 생각이라는 것을 정중하게 이해시킨다. 트리에스테에 결코 도착하지 못할 것이고, 설령 도착한다 해도 극소수의 부하들만 거느린 채 티토의 군대와 맞서게 되리라고 경고한 것이다. 바라쿠는 그렇다면 뒤로 돌아가서 그라치아니 장군과 합류하게 해달라고 요구한다. 사실 그라치아니가 어디에 있는지는 하느님만 아시는 상황이다. 페드로는 결국 장갑차를 뒤져 보고 무솔리니가 차 안에 없는 것을 확인한 뒤에, 그들을 되돌아가게 하는 것에 동의한다. 그러지 않고 그들과 총격전을 벌인다면 독일군을 돌아오게 할 염려가 있기 때문이다. 그래도 페드로는 다른 일을 보러 떠나기 전에 부하들에게 명령을 내린다. 장갑차가 정말 오던 길로 돌아가는지 확인하고, 만약 돌아가지 않고 2미터라도 전진한다면 사격을 가하라고 말이다. 그런데 그들의 장갑차가 돌진하면서 빨치산들에게 사격을 가한다. 아니 어쩌면 돌진을 했다기보다 그냥 후진을 제대로 하기 위해 앞으로 나아간 것일 수도 있다. 진상이 무엇인지는 아무도 알지 못한다. 어쨌거나 빨치산들은 화가 나서 총을 쏘아 댄다. 짤막한 총격전 끝에 파시스트 두 명이 죽고 빨치산 두 명이 다친다. 그리고 장갑차와 민간 승용차에 타고 있던 자들이 체포된다. 그들 가운데 하나인 파볼리니는 도망칠 생각으로 호수에 뛰어들지만, 다시 낚이는 신세가 되어 물에 흠뻑 젖은 병아리 꼴로 다른 자들과 함께 붙잡힌다.

바로 그때 페드로는 돈고에 있는 빌에게서 다음과 같은 소식을 듣는다. 빌 일행이 독일군 대열의 트럭들을 수색하고 있는데, 주세페 네그리라는 빨치산이 빌을 부르더니 사투리로 〈게 키 엘 크라푼*ghè chi el Crapun*〉이라고 했다. 대갈장군이 여기에 있다는 뜻이다. 그 빨치산이 덧붙인 말에 따르면, 철모에 선글라스를 끼고 외투 깃을 올리고 있는 이상한 군인이 있는데 그건 다름 아닌 무솔리니이다. 빌이 확인하러 가보니 그 이상한 군인은 처음엔 무슨 영문인지 모르겠다는 식으로 굴더니, 결국에는 자기가 바로 두체 무솔리니임을 밝힌다. 그래서 빌은 어찌해야 좋을지 잠시 생각하다가, 그 역사적 순간에 걸맞게 할 양으로 소리친다. 「이탈리아 국민의 이름으로 당신을 체포하겠소.」 그러고 나서 빌은 무솔리니를 시청으로 데려간다.

　　그러는 동안 무소에서는 이탈리아인들의 일반 차량들을 수색하다가 한 차에서 여자 두 명과 아이들 두 명, 그리고 스스로 스페인 영사라고 주장하는 남자를 찾아낸다. 이 남자는 스위스에서 신원 불명의 영국 정보원과 중요한 약속이 있다고 했지만, 신분증명서가 위조된 것처럼 보임에 따라 체포된다. 목청을 높여 항의해도 소용이 없다.

　　바야흐로 페드로 일행에게 역사적인 사건이 닥치고 있지만 처음에 그들은 그 사실을 알아차리지 못한 듯하다. 그들의 관심사는 그저 공공질서를 유지하고 공판 절차에 의하지 않은 폭력 행위를 피하는 것, 그리고 머리카락 한 올 건드리지 않겠다고 포로들을 안심시키면서 연락이 닿는 대로 그들을 이탈리아 정부에 넘겨주는 것이다. 실제로 페드로는 4월 27일 오후에 밀라노에 전화를 걸어 무솔리니 체포 소식을 알리는 데 성공한다. 바로 이 시점에서 해방 위원회가 무대에 등장한다. 해방 위원회는 연합국 측에서 보내온 전보를 이제 막 받은 터다. 무솔리니와 사회 공화국 정부 인사들을 모두 연합군 쪽에 인계하라는 요구가 담긴 전보이다. 그렇게 인계하는 것이 1943년 9월 바돌리오 정권이 연합국과 맺은 휴전 협정의 한 조항(베니토 무솔리니, 그의 주요한 파시스트 협력자들은…… 지금 또는 장차 연합군 사령부나 이탈리아 정부가 관할하는 영토에 있을 경우 즉각 체포될 것이고 연합군에게 인도될 것이다)에 맞는다는 것이다. 게다가 독재자 무솔리니를 데려가기 위해 비행기 한 대가 곧 브레소 공항에 착륙하리라는 말도 있었다. 해방 위원회는 무솔리니가 연합군의 수중에 들어가면 몇 년쯤 요새에 갇혀서 지내다가 기어코 궁지에서 벗어나 무대에 다시 나타나리라 확신한다. 공산당을 대표하여 해방 위원회에 들어온 루이지 론고는 무솔리니를 가차 없이 처형해야 한다고 주장한다. 재판도 거치지 말고 역사적 최후 진술을 남길 시간도 주지 않은 채로 즉각 제거

해야 한다는 것이다. 해방 위원회의 대다수는 이탈리아에 당장 하나의 상징, 파시즘의 20년 세월이 끝났음을 알리는 구체적인 상징이 필요하다는 것을 직감하고 있다. 두체 무솔리니의 죽은 몸뚱이가 바로 그 상징이다. 무솔리니가 연합군의 수중에 넘어가는 것, 그들의 걱정은 그것에 그치지 않는다. 만약 무솔리니가 어떤 운명을 맞이했는지 사람들에게 널리 알리지 않으면 그의 이미지가 오래 남아 실체는 없으면서도 다루기 곤란한 존재가 되리라 직감한다. 바르바로사(붉은 수염)라는 별명으로 불렸던 신성 로마 제국의 황제 프리드리히 1세의 전설을 생각해 보라. 이 황제는 제3차 십자군 전쟁에 참여하여 대군을 이끌고 예루살렘을 향해 원정을 가다가 살레프강에서 익사하고 말았지만, 독일 어딘가의 동굴에 잠들어 있다가 때가 되면 다시 깨어나 독일을 위대한 제국으로 만들 거라는 웅대한 전설의 주인공이 되지 않았는가. 무솔리니가 그런 전설의 주인공이 되어 이탈리아 국민을 과거로 회귀하도록 환상을 불러일으키면 안 되는 것이다.

「그 밀라노 사람들의 생각이 옳았을까? 그것은 곧 알게 될 거야.」브라가도초가 이야기를 이어 갔다.「모두가 생각이 같았던 것은 아닐세. 해방 위원회 구성원들 가운데 하나였던 카르도나 장군은 연합군의 뜻에 따르자고 주장했지만, 그건 소수파의 생각이었고 해방 위원회는

무솔리니를 처형하기 위해 코모에 파견대를 보내기로
결정했네. 세간에 널리 퍼진 설에 따르면, 이 파견대를
지휘한 사람은 발레리오 대령이라 불리던 강고한 공산
주의자와 알도 람프레디라는 정치위원이었어. 일일이
다 말하기는 어렵지만 다른 가설들도 있네. 예를 들면
처형을 집행하러 간 사람이 발레리오가 아니라 그보다
더 중요한 인물이었다는 가설 말일세. 진짜로 무솔리니
를 죽인 사람은 파시스트들에게 암살당한 사회당 정치
인 마테오티의 아들이라는 소문도 있고, 파견대의 진짜
두뇌인 람프레디가 방아쇠를 당겼다는 설도 있네. 하지
만 1947년에 밝혀진 바가 사실이라면, 발레리오라 불리
던 사람은 회계사 출신 공산당원 발테르 아우디시오였
네. 나중에 영웅이 되어 공산당 소속의 국회 의원으로
활동한 인물이지. 무솔리니를 죽인 사람이 발레리오이
든 아니든 나한테는 중요하지 않네. 그러니까 그 사람을
계속 발레리오라고 부르세. 발레리오와 그의 부하들은
작은 무리를 지어 돈고로 향하네. 그러는 사이에 돈고의
페드로는 발레리오 일행이 곧 도착하리라는 것을 모르
고, 두체를 숨겨 놓기로 결정하지. 인근을 배회하는 파
시스트 부대가 무솔리니를 구하려 할지도 모른다고 생
각한 걸세. 무솔리니를 잡아서 숨겨 놓았다는 사실을 비
밀로 유지하기 위해서 페드로는 무솔리니를 이송하는
데 신중을 기하네. 처음엔 그 소식이 빠르게 퍼질 것에

대비하여 호반에서 더 안쪽으로 들어간 제르마시노의 세관 경비대 영내로 데려갔지. 그다음에는 야음을 틈타서 두체를 또 다른 장소로 이송하기로 하네. 극소수의 사람만 아는 가운데 코모 쪽으로 말일세.」

다시 이어진 브라가도초의 이야기를 정리하면 이러하다. 제르마시노에서 페드로는 기회를 보아 무솔리니와 몇 마디 말을 나눈다. 무솔리니는 스페인 영사의 차를 타고 있던 숙녀에게 자기 인사를 전해 달라고 부탁하더니, 약간의 망설임 끝에 그 여자가 바로 자기 애인 페타치임을 인정한다. 페드로는 페타치를 만나서 그 말을 전해 준다. 여자는 처음에 딴 여자 행세를 하더니, 결국 태도를 바꾸어 두체와 함께 어떻게 살았는지 이야기하면서 속마음을 털어놓고, 마지막 부탁이라며 자기가 사랑하는 남자와 함께 있게 해달라고 청한다. 페드로는 그 부탁에 당황하지만, 동지들의 의견을 들어 보기도 하고 그런 인간적인 우여곡절에 마음이 짠해지기도 해서 부탁을 들어준다. 그리하여 페타치는 야간에 무솔리니를 이송하던 행렬에 합류한다. 코모 인근으로 옮겨 가던 이 행렬은 결국 목적지에 다다르지 못한다. 연합군이 벌써 코모에 도착해서 파시스트들의 마지막 아지트를 소탕하고 있다는 소식을 들었기 때문이다. 두 대의 차량으로 이루어진 작은 호송 행렬은 다시 방향을 북쪽으로 돌려 메체그라라는 행정 구역의 아차노 마을에 다다른다. 일행은 짧은 거리를 도보로 이동하여 데 마리아라는 믿을 만한 사람의 집에 들어간다. 그리하여 무솔리니와 페타치는 부부 침대가 있는 작은 방을 쓰게 된다.

페드로는 아직 모르고 있지만, 그가 무솔리니를 보는 것은 그때가 마지막이다. 그가 돈고에 돌아왔더니, 트럭 한 대가 광장에 도착한다. 무장한 사람들이 트럭에서 내리는데, 다들 신품 제복을 입고 있어서 페드로네 빨치산들이 임시변통으로 이것저것 남루하게 꿰어 입은 것과는 그 차림새가 자못 대조적이다. 새로 도착한 그 부대원들은 돈고 청사 앞에 정렬한다. 지휘관은 자기가 발레리오 대령이고 자유 의용대 총사령부로부터 전권을 받아 파견된 장교라고 밝힌다. 그러고는 의심할 바 없는 자격증을 제시하고 자기는 포로들을 모두 총살하기 위해 파견되었다고 말한다. 페드로는 정식 재판을 실시할 수 있는 사람들에게 포로들을 인도해야 한다면서 이의를 제기하지만, 발레리오는 자기 계급이 높다는 점을 내세우며 포로 명단을 요구하고 각 이름 옆에 검은색 가새표를 친다. 페드로는 클라레타 페타치 역시 사형에 처해지리라는 것을 알아차리고, 그 여자는 그저 독재자의 애인일 뿐이라고 이의를 달지만, 발레리오는 밀라노 사령부의 명령이라서 그대로 따라야 한다고 대답한다.

브라가도초는 이 대목에서 내가 주의할 점을 일러 주었다. 「페드로가 이 사건을 회고하면서 아주 분명하게 밝힌 것이 하나 있어. 다른 사람들의 증언에 따르면, 발레리오가 나중에 이런 말을 한 모양이야. 페타치가 애인의 품에 달라붙어 있을 때, 발레리오는 그녀에게 그 품에서 떨어져 멀리 가라고 말했네. 그런데 그 여자는 말을 듣지 않았고, 그래서 죽음을 당했다는 거야. 말하자면 그 여자가 잘못 생각했거나 열정이 너무 지나쳐서 죽었다는 거지. 그 여자가 총살당할 사람들의 명단에 있었던 것은 사실이겠지. 하지만 그건 중요하지 않아. 발레리오가 이런 얘기도 하고 저런 얘기도 했기 때문에 우리가 그를 믿을 수 없다는 게 중요하지.」

브라가도초는 이후에 벌어진 사건들에 관한 이야기를 계속 들려주었다. 다소 혼란스러운 이야기이지만 그 맥락을 정리하면 이러하다. 발레리오는 스페인 영사를 자칭하는 사람이 있다는 말을 듣고, 그를 만나고 싶어 한다. 그를 대면하고 스페인어로 말을 걸지만, 상대는 스페인어로 대답하지 못한다. 자칭하는 것과는 달리 스페인과는 별로 상관이 없다는 증거이다. 발레리오는 그 남자의 뺨을 세차게 후려치고 그를 두체의 아들 비토리오 무솔리니로 여기면서 빌에게 호숫가로 그를 끌고 가서 총살시키라고 명령한다. 그런데 호숫가로 가는 도중에 어떤 사람이 그 남자가 클라레타의 오라비인 마르첼로 페타치임을 알아본다. 그러자 빌은 그를 발레리오에게 도로 데려간다. 마르첼로는 자기가 조국을 위해 봉사했

166

으며 히틀러에게 숨겨진 비밀 무기를 자기가 발견했노라고 횡설수설한다. 발레리오는 그런 소리를 들으며 마르첼로를 처형할 사람들의 명단에 포함시킨다.

조금 뒤에 발레리오와 그의 부하들은 데 마리아 가문의 집에 도착하여 무솔리니와 클라레타를 데리고 나간다. 그러고는 그들을 자동차에 태워 메체그라의 줄리노마을에 있는 좁다란 길로 데려간 다음, 차에서 내리게 한다. 무솔리니는 처음에 발레리오가 자기를 풀어 주러온 거라고 믿었던 듯하다. 그러다가 그때가 되어서야 자기에게 무슨 일이 벌어질지 깨닫는다. 발레리오는 그를 어느 집 철책 문 쪽으로 밀어 놓고 판결문을 읽는다. 그러는 사이에 클라레타는 자기 애인에게서 떨어지지 않으려고 필사적으로 매달리는 터라, 그녀를 떼어 놓느라애를 쓴다(발레리오가 나중에 한 말에 따르면 그렇다는 것이다). 발레리오가 판결문을 다 읽고 무솔리니에게 사격을 가하려고 하는데, 그의 기관총이 갑작스럽게 고장을 일으킨다. 그는 정치위원 람프레디의 기관총을 빌려무솔리니에게 다섯 발을 쏜다. 그가 나중에 말한 바에따르면, 클라레타 페타치는 갑자기 탄도로 뛰어드는 바람에 과실 치사를 당한다. 때는 1945년 4월 28일이다.

「하지만 이 모든 일은 발레리오의 증언을 통해서 알려진 거야.」브라가도초가 힘주어 말했다. 「발레리오의 얘기대로라면, 무솔리니는 누더기 같은 인간이 되어 맥없이 죽은 거야. 그런데 나중에 생겨난 다른 전설들에 따르면, 무솔리니는 외투의 앞깃을 열어젖히며 〈내 심장을 쏴라〉 하고 소리쳤다 하네. 실제로 그 좁다란 길에서 무슨 일이 벌어졌는지는 아무도 몰라. 그저 사형을 집행했던 사람들만이 진실을 알고 있는데, 그들은 나중에 이탈리아 공산당의 조종을 받았을 거야.」

발레리오는 돈고로 돌아가서 다른 파시스트 지도자들의 총살을 지휘한다. 바라쿠는 등 뒤에서 날아오는 총알에 맞고 싶지 않다고 따로 부탁을 하지만 다른 지도자들과 똑같은 운명을 겪는다. 발레리오는 마르첼로 페타치도 처형하기로 했는데, 총살에 처해질 다른 자들은 그를 배신자로 여기면서 항의한다. 그 페타치가 실제로 무슨 일을 벌였는지 누가 알 수 있으랴. 발레리오의 파견대는 그를 따로 총살하기로 결정한다. 다른 사람들이 총살되자, 페타치는 도망을 쳐서 호수 쪽으로 달아난다. 그러다가 붙잡혔지만, 다시 도망을 쳐서 물속으로 뛰어들더니 필사적으로 헤엄을 친다. 파견대는 기관총으로 일제사격을 가하고 소총을 쏘아 대어 그를 죽인다. 부하들이 총살에 참가하는 것을 바라지 않았던 빨치산 분견대장 페드로는 나중에 그 수습을 건져내어 트럭에 싣는다. 발레리오가 이미 다른 시체들을 실어 놓은 그 트럭은 줄리노 마을에 가서 두체와 클라레타의 주검을 거두어들인다. 그러고 나서 트럭은 밀라노로 향한다. 이튿날인 4월

29일에 모든 시체가 밀라노의 로레토 광장에 부려진다. 이 광장은 거의 9개월 전에 근처에서 총살당한 빨치산들의 주검이 버려졌던 곳이다 — 빨치산들을 총살한 파시스트 민병대원들은 그 주검들을 온종일 햇볕이 쨍쨍한 곳에 놓아두고, 유가족들이 시신을 거두어 가지 못하게 했다.

바로 이 대목에서 브라가도초는 내 팔을 잡았다. 그 손아귀가 어찌나 우악스럽던지 나는 세차게 뿌리치고 나서야 풀려날 수 있었다. 「미안하네.」 그가 말했다. 「하지만 이제 내 문제의 핵심을 말할 참이야. 잘 듣게나. 무솔리니가 자기를 알아보는 사람들에게 마지막으로 모습을 보인 것은 4월 25일 오후 밀라노 대주교관에서였네. 그 뒤로 무솔리니는 가장 충성스러운 측근들하고만 돌아다녔어. 그런데 그가 독일군의 퇴각 대열에 합류했다가 빨치산들에게 체포된 뒤에는 그를 상대했던 사람들 중에서 이전에 개인적으로 그를 만나 본 사람이 하나도 없어. 그들은 그저 사진이나 프로파간다 영화에서만 무솔리니를 보았어. 그리고 무솔리니가 마지막 2년 동안 남긴 사진들에는 그가 여위고 지친 모습으로 나와 있기 때문에 예전의 그와 다르다는 소문이 돌고 있었네. 무솔리니는 4월 20일에 마지막 파시스트 신문을 이끌던 카벨라의 인터뷰에 응하고 22일에 그 기록을 읽어 본 다음 그것을 발표하는 것에 동의했어. 내가 그 마지막 인터뷰에 관해서 얘기했는데, 기억나지? 카벨라는 그날 본 무솔리니의 모습을 이렇게 말하고 있어. 〈내가 살펴본 바에 따르면, 무솔리니는 소문으로 듣던 것과 달리 아주 건강했다. 앞서 그를 마지막으로 본 것은 1944년 12월, 그가 밀라노 리리코 극장에서 연설하던 때였는데, 그때보다 훨씬 건강해 보였다. 더 앞서 1944년 2월, 3월, 8월에도 무솔리니와 면담했지만, 어느 때에도 이토록 건강해 보이지는 않았다. 그는 혈색이 좋고 얼굴이 구릿빛으로 그을린 듯했으며, 눈에 생기가 돌고 거동이 편안했다. 체중도 조금 늘었음 직했다. 어쨌거나 지난해 2월에는 무솔리니의 여윈 모습을 보고 충격을 받았는데, 이번에는 적어도 그런 모습은 아니었다. 너무 살이 빠져서 수척해 보이던 얼굴이 듬직한 용모로 바뀌어 있었다.〉 카벨라는 프로파간다의 일환으로 인터뷰를 했으니까, 두체의 능력에 아무 문제가 없다는 것을 보여 주고 싶었을지도 모르지. 그런 점에서 카벨라의 증언을 액면 그대로 받아들일 수는 없을 거야. 하지만 계속 들어 봐. 페드로의 회상록을 읽어 볼 필요가 있어. 두체가 체포되고 나서 그를 처음 만났을 때의 인상을 이렇게 적어 놓았거든. 〈그는 문 오른쪽의 커다란 탁자 옆에 앉아 있었다. 그 사람이 무솔리니인지 알고 보았으니 망정이지, 그것을 몰랐다면 나는 그를 알아보지 못했을 것이다. 늙고 여윈 모습으로 겁먹은 표정을 짓고 있었으니 말이다. 그는 눈을 휘둥그렇게 뜬 채로 시선을 고정시키지 못했다. 그저 고개를 이리저리 돌리면서 주위를 살필 뿐이었다. 영락없이 겁에 질린 얼굴로……〉 그래, 페드로 말대로 무솔리니가 겁을 먹은 건 당연한 일이야. 조금 전에 체포되었으니 얼마든지 그럴 수 있어. 하지만 카벨라가 그를 인터뷰한 지는 일주일밖에 지나지 않았어. 그리고 페드로가 그를 만나기 몇 시간 전만 해도 그는 국경을 넘을 수 있으리라 확신하고 있었어. 자네가 보기엔 어때? 일주일 사이에 한 남자가 그렇게 살이 빠질 수 있을까? 카벨라가 말하는 남자가 페드로가 말하는 남자와 동일한 인물이었을까? 그건 아닐 거야. 유의할 것은 발레리오조차 무솔리니를 개인적으로 알지 못했다는 사실일세. 발레리오는 하나의 신화, 하나의 이미지를 총살한 셈이야. 국민들에게 밀을 수확하는 모습을 보여 주고 이탈리아를 전쟁으로 이끌었던 남자를 죽인 것이지.」

「그러니까 자네 얘기는 무솔리니가 한 명이 아니라 두 명이었다는…….」

「얘기를 더 해보세. 총살당한 파시스트들의 시체가 도착했다는 소식이 밀라노 전역으로 퍼져나가자 로레토 광장에 환희와 분노로 격앙된 군중이 몰려들어 시체를 짓밟고 훼손하고 모독하고 시체에 침을 뱉거나 발길질을 해댔어. 어떤 여자는 전쟁터에 끌려갔다가 죽임을 당한 다섯 아들의 원수를 갚겠다며 무솔리니의 주검에 권

총 다섯 발을 쏘았고, 다른 여자는 클라레타 페타치의 시신에 대고 오줌을 누었네. 이윽고 누군가 나서서 주검들이 마구잡이로 파괴되는 것을 막기 위해 그 주검들의 발목을 묶어 어느 주유소 차양의 철골에 매달았지. 그 장면은 당시의 사진들에 나와 있어. 여기 이 사진들은 당시의 신문에서 스크랩한 것일세. 이것은 로레토 광장에 거꾸로 매달렸던 주검들의 사진이고, 여기 이것은 그 이튿날 빨치산의 한 부대가 주검들을 고리니 광장 쪽의 시체 안치소로 옮겨 놓은 뒤에 찍은 무솔리니와 클라레타의 사진이라네. 사진들을 잘 보게나. 시체들의 얼굴이 흉하게 훼손되어 있어. 처음엔 총알들을 맞았고, 그다음엔 마구 짓밟힌 거야. 게다가 거꾸로 매달린 채로 촬영된 사람의 얼굴을 본 적이 있어? 입이 있어야 할 자리에 눈이 있고, 눈이 있어야 할 자리에 입이 있게 되면, 아는 얼굴도 알아볼 수 없게 돼.」

「그러니까 로레토 광장의 남자, 발레리오가 죽인 그 남자는 무솔리니가 아니었다는 얘기로군. 하지만 클라레타 페타치는 그 남자와 같이 있게 해달라고 했고, 결국 같이 있다가 총살당했어. 그건 그 남자가 무솔리니임을 알아보았다는 얘기가 아닌가…….」

「그 여자에 대해서는 나중에 다시 얘기하세. 지금은 내 가설을 자네한테 들려주고 싶어. 독재자에게는 자기를 빼닮은 대역이 있어야 하네. 독재자가 공식적인 퍼레이드에 자기와 비슷하게 생긴 사람을 대신 내보내는 경우가 얼마나 많았을지 누가 알겠어? 자동차에 꼿꼿이 선 채로 병사들 앞을 멀리 지나가는 열병식 같은 것을 생각해 보게. 암살 기도를 피하기 위해 대역을 이용했을 법하지 않아? 이제 두체가 아무 방해를 받지 않고 도망칠 수 있도록 하기 위해 그 대역이 무슨 일을 했을지 상상해 보게. 그 남자는 진짜 무솔리니 행세를 하면서 코모를 향해 떠나가네.」

「그럼 진짜 무솔리니는 어디에 있는 거지?」

「조금만 기다리게. 그 얘기는 나중에 하겠네. 무솔리니를 닮은 대역은 여러 해 동안 세간에 노출되지 않고 보호를 받으며 살았어. 높은 보수를 받고 좋은 음식을 먹으며 드문드문 대역으로 활동했어. 그러다 보니 스스로 무솔리니나 다름이 없다는 생각을 하게 되지. 그때 무솔리니 행세를 마지막으로 한 번 더 하라는 요구가 들어와. 측근들의 설명을 들어 보니 자기가 잘 해낼 수 있으리라는 확신이 들어. 설령 국경을 넘기 전에 잡힌다 해도 감히 두체를 해치겠다고 덤빌 사람은 없을 것 같아. 자기는 그저 연합군이 도착하기 전까지만 무솔리니 행세를 하면 되는 거야. 연합군의 포로가 되면 자기가 진짜 무솔리니가 아니라는 사실을 밝힐 수 있어. 자기는 그저 대역일 뿐, 큰 죄를 짓지 않았으니까, 최악의 경우에도 강제 수용소에서 몇 달만 고생하면 풀려날 거야.

그 대가로 남몰래 모아 둔 거금이 스위스 은행에서 그를 기다리고 있어.」

「하지만 파시스트당의 고위층 인사들이 그와 끝까지 동행하잖아. 그들은 어떻게 그럴 수 있지?」

「그들은 자기네 우두머리가 도망치는 것을 도와주기 위해 그 대역 연기에 동참하기로 했을 거야. 무솔리니를 닮은 대역은 연합군의 수중에 들어가면 그들의 목숨을 구해 볼 생각이었겠지. 그게 아니라면 아주 광신적인 지도자들이라서 끝까지 저항하는 모습을 보여 주려고 하지 않았을까? 마지막 남은 지지자들을 열광시켜서 더 싸우게 하려면 그들의 신뢰를 받은 만한 이미지가 필요하니까. 그것도 아니라면, 이런 상황이 벌어진 것일 수도 있어. 무솔리니는 이미 심복 두세 명을 대동한 채 어딘가로 떠났고, 다른 고위층 인사들은 그 대역을 진짜 무솔리니로 여기고 있어. 대역이 선글라스를 쓰고 있는데다, 줄곧 멀리서 그를 보아 왔기 때문이지. 어느 게 진실인지 나는 몰라. 하지만 어느 쪽이 진실이든 별로 다를게 없어. 무솔리니를 닮은 사람이 있다는 가설을 세울 때만 코모에서 무솔리니를 자칭한 사람이 왜 가족과 만나는 것을 피했는지 설명할 수 있네. 가짜가 진짜 행세를 했다는 비밀을 가족에게까지 알릴 수는 없었겠지.」

「그럼 클라레타 페타치의 행동은 어떻게 설명할 수 있을까?」

「이 얘기에서는 그 대목이 가장 비장해. 클라레타는 진짜 무솔리니를 다시 만나게 되리라 기대하면서 그가 있는 곳으로 가지만, 곧바로 누군가의 귀띔을 듣고 아무도 눈치채지 못하도록 그 대역이 진짜 무솔리니인 것처럼 굴어야 한다는 것을 알게 되네. 국경을 넘을 때까지 자기 역할을 잘 하면 자유를 얻게 되리라 생각했겠지.」

「그러나 마지막 장면에서 그 남자에게 매달리며 함께 죽고 싶어 하잖아?」

「그건 발레리오 대령이 우리에게 들려준 얘기일세. 나는 이런 가설을 세우고 있어. 대역은 담벼락에 부딪히도록 떼밀리는 처지가 되자 바지에 오줌을 지릴 만큼 겁을 잔뜩 집어먹고 자기는 무솔리니가 아니라고 소리치네. 발레리오는 〈비겁한 놈, 살려고 별짓을 다 하는군〉 하고 생각하지. 그러고는 총격을 가해. 클라레타는 그 남자가 자기 애인이 아니라고 해봐야 도움이 될 게 없으니까, 그 장면이 더 그럴싸하게 보이도록 그를 끌어안으려고 달려들어. 빨치산들이 자기에게 총을 쏘리라고는 생각하지 못했을 거야. 아니면 히스테리가 심한 여자라서 분별을 잃었는지도 모르지. 발레리오는 여자가 그렇게 흥분하는 것을 보았으니, 한바탕 총알을 퍼부어 침묵시키는 것 말고는 달리 방법이 없었어. 아니면 다른 가능성도 있지. 발레리오는 그때가 되어서야 사람이 바뀌었다는 사실을 알아차려. 하지만 그는 무솔리니를 죽이기 위해 파견되었어. 모든 이탈리아인 중에서 특별히 선택된 인물이라는 거지. 영광이 자기를 기다리고 있는데, 그것을 포기하고 싶었을까? 결국 발레리오 역시 자기 연기를 한 셈이지. 대역을 맡은 복사판이 살아 있을 때 그 모델과 비슷해 보였다면, 그가 죽었을 때는 어떻게 될까? 훨씬 더 닮아 보이지 않았어? 해방 위원회가 원하던 시체, 그것이 수중에 들어왔어. 혹시 나중에 진짜 무솔리니가 나타난다 해도 걱정할 게 없어. 그 진짜를 한낱 복사판이라고 주장하면 되니까.」

「그러면 진짜 무솔리니의 행방은?」

「내 가설에서 그 대목은 더 다듬어야 해. 그가 어떻게 도망쳤는지, 그리고 누가 그를 도왔는지 설명해야 하거든. 대충 줄거리만 추려서 얘기하자면 이래. 연합군은 무솔리니가 빨치산들에게 잡히는 것을 원하지 않아. 그가 감추고 있던 비밀을 털어놓을 수 있고, 그러면 빨치산들이 충격을 받을 수도 있거든. 예컨대 처칠과 주고받은 서신에 관한 얘기를 한다든가, 연합국들의 결함을 드러내는 갖가지 비밀을 털어놓으면 빨치산들이 얼마나 황당해하겠어? 그것만으로도 무솔리니를 빨치산들에게 맡기면 안 된다는 생각을 할 만하지. 그런데 무엇보다 중요한 것은 밀라노가 해방되면서 진정한 냉전이 시작된다는 거야. 러시아인들은 이미 유럽의 반을 점령한 마당에 베를린에 접근하는 중이야. 게다가 이탈리아 빨치산들의 대다수는 공산당원이고 단단히 무장되어 있어. 이 빨치산들은 러시아인들 편에서 보면 이탈리아를 자기들에게 넘겨줄 준비가 되어 있는 제5열 같은 존재들이야. 상황이 그러하니 연합국 사람들은, 특히 미국인들은 친소련 혁명에 대비해야 해. 그런 혁명이 일어나지 않도록 하자면 파시스트로 활동했던 자들을 이용할 필요가 있어. 사실, 미국인들은 폰 브라운 같은 나치 과학자들의 목숨을 구해 주고, 우주 정복을 준비하기 위해 그들을 미국으로 데려가지 않았는가? 미국의 정보 요원들은 그런 일에 너무 까다롭게 굴지 않는다네. 무솔리니는 적으로서 해를 끼치는 것이 불가능해질 것이고, 나중에는 친구로서 미국에 도움을 줄 수 있어. 그러니까 그를 이탈리아 밖의 어딘가로 몰래 내보내서, 얼마 동안 마치 동면을 하듯이 잠잠하게 지내도록 만들어야 해.」

「그걸 어떻게 하지?」

「한번 생각해 보게. 이 일에 개입해서 상황이 최악으로 돌아가지 않도록 해줄 만한 사람은 누구였을까? 밀라노의 대주교라면 바티칸의 지시를 충실히 따르면서 그런 임무를 수행했을 거야. 그리고 숱한 나치스트와 파시스트를 아르헨티나로 도망갈 수 있도록 도와준 세력이 있다면, 그건 바로 바티칸일세. 이제 한번 상상해 보게. 무솔리니를 닮은 대역이 대주교관을 나와 무솔리니의 고급 자동차에 타는 동안, 진짜 무솔리니는 평범해 보이는 자동차에 몸을 싣네. 이 자동차는 카스텔로 스포르체스코[40]로 가네.」

「왜 그 성관으로 가지?」

「왜냐하면 대주교관에서 거기로 갈 때, 자동차를 타고 대성당을 따라 곧장 나아가서 코르두시오 광장을 지나 비아 단테를 타고 달리면 5분 만에 도달할 테니까. 코모로 가는 것보다 더 쉽지 않아? 그리고 이 성관에는 오늘날에도 지하 통로와 지하실이 많아. 잘 알려진 지하 공간은 잡동사니를 보관하는 창고로 이용되지. 어떤 공간은 전쟁 말기에 방공호로 쓰이기도 했어. 그런데 여러 문헌에 따르면, 지난 몇 세기 동안 거기에 많은 지하 통로가 있었어. 이 성관과 밀라노의 여러 지점을 연결하는 진짜 지하도가 있었다는 거야. 그 지하도 중의 하나는 여전히 존재하고 있는데, 몇 군데 천정이 무너져 내려서 이제는 어떻게 접근하는지 모른다고 하더군. 예전에는 성관에서 그 지하도를 따라가면 산타 마리아 델레 그라치에 성당의 수도원에 닿았던 모양이야. 내 가설에 따르면, 무솔리니는 바로 그 통로를 이용해서 수도원에 도착한 뒤에 거기에서 며칠 동안 숨어 있어. 그 사이에 사람

40 〈스포르차의 성관〉이라는 뜻. 15세기 중반에 밀라노 공작 프란체스코 스포르차가 옛 성터에 성관을 짓고 공작의 주거지로 삼았으며, 이후 몇 세기 동안 증축과 개축, 재건을 거듭하면서 밀라노를 상징하는 건물이 되었다. 현재는 몇 개의 미술관과 박물관 및 도서관이 들어가 있다. 2016년 2월 23일에는 이곳에서 움베르토 에코의 장례식이 열렸다.

들은 밀라노 북쪽에서 그를 찾다가, 그의 대역을 총살한 뒤에 로레토 광장에서 그 시신을 흉측하게 훼손하지. 밀라노에서 사람들의 흥분이 가라앉자마자 바티칸 시국의 번호판을 단 승용차 한 대가 와서 밤에 무솔리니를 태우고 길을 떠나. 당시의 도로는 상태가 좋지 않았지만, 사제관들과 수도원들을 거쳐 가면서 마침내 로마에 도착해. 무솔리니는 바티칸 시국의 성벽 안으로 사라져. 그 뒤에 나올 수 있는 결과는 둘 중 하나일 거야. 어느 쪽이 더 좋은지는 자네가 선택하게. 우선 무솔리니는 늙고 몸이 불편한 성직자로 변장하고 바티칸에 계속 머무는 거야. 그게 아니면, 바티칸에서 발급해 준 여권을 가지고 아르헨티나로 가는 배를 타는 걸세. 사람들과 어울리기 싫어하는 병든 수도승 행세를 하면서, 후드 달린 수도복을 입고 수염을 길게 기른 모습으로 말일세. 그리고 거기에서 기다리는 거지.」

「무엇을 기다려?」

「그건 나중에 말해 줄게. 이번에는 내 가설을 여기까지만 들려줄게.」

「그런데 가설을 발전시키려면 증거들이 필요해.」

「며칠 뒤에 증거들을 얻게 될 거야. 몇몇 문서와 당시의 신문들을 검토하고 나면 말이야. 내일은 4월 25일,[41]

41 우리나라의 광복절에 해당한다. 23년에 걸친 파시스트 독재와 5년간의 전쟁이 끝난 것을 경축하기 위해 제정된 국경일이다. 국민의 합의에

운명의 날일세. 나는 그즈음의 며칠에 관해서 잘 아는 사람을 만나러 갈 거야. 로레토 광장의 시체가 무솔리니의 주검이 아니었다는 것을 증명할 수 있지 않을까 싶어.」

「하지만 자네는 당장 해야 할 일이 있어. 옛날의 유곽에 관한 기사를 쓰기로 되어 있잖아?」

「유곽에 대해서는 기억이 아주 생생해. 단숨에 쓸 수 있으니까, 일요일 저녁에 한 시간만 들이면 될 거야. 내 얘기 들어 줘서 고맙네. 누군가에게 꼭 얘기하고 싶었어.」

그는 음식값 지불하는 것을 또 나에게 맡겼다. 하기야 이번에는 그럴 자격이 있었다. 우리는 술집 밖으로 나갔다. 그는 주위를 살피고 나서 걷기 시작했다. 마치 미행당하는 것을 두려워하듯 벽에 바싹 붙어서.

따라, 밀라노와 토리노가 해방된 4월 25일을 이탈리아 해방 기념일로 정했다.

10

5월 3일 일요일

　브라가도초의 주장에는 터무니가 없었다. 그래도 더 그럴싸한 얘기를 들려준다고 했으니 기다려 보는 게 좋을 법했다. 그의 얘기는 아마 지어낸 것이겠지만, 소설 같은 묘미가 있었다. 어쨌거나 두고 볼 일이었다.

　그런데 터무니없기로 말하면 비단 그것만이 아니었다. 그는 마이아를 두고 자폐증 환자라는 말을 하기도 했다. 나는 그 말이 자꾸 마음에 거슬렸다. 그녀의 심리를 더 주의 깊게 연구해 보고 싶다는 생각이 들었다. 하지만 이제 와서 생각해 보니 나는 다른 것을 원하고 있었다. 그날 저녁, 마이아를 데려다주러 갔다가, 나는 건물의 입구에서 멈추지 않고 그녀와 함께 안마당을 가로질렀다. 작은 차양 아래에 상태가 별로 좋지 않은 빨간 피아트 500 한 대가 주차되어 있었다. 「이 작은 차가 나한테는 재규어야.」 마이아가 말했다. 「나온 지 20년이 다 되어 가는 낡은 차이지만, 아직 잘 달려. 1년에 한 번

181

정비를 받으면 아무 문제가 없어. 오래된 차이지만 부품을 교체하는 데에도 어려움이 없어. 근처에 예비 부품들을 갖추고 있는 정비소가 있거든. 돈을 많이 들여서 제대로 수리를 하면 고풍스러운 자동차로 바뀌어 수집가들에게 비싼 값으로 팔릴 수도 있을 거야. 하지만 나는 그저 오르타 호반에 갈 때만 사용하고 있어. 내가 아직 얘기를 안 해서 모르겠지만, 나한테는 물려받은 재산이 있어. 할머니가 그곳의 언덕에 있는 작은 집을 내게 물려주셨어. 오두막보다 작은 집이라서, 판다고 해도 돈이 별로 들어오지 않을 거야. 나는 그 집을 팔기보다 거기에 조금씩 가구를 들여놓았어. 그 집에는 벽난로가 있고, 오래된 흑백텔레비전이 있어. 창밖으로는 오르타 호수와 산 줄리오섬이 보여. 그 집은 마드리드의 부엔 레티로 공원 같은 나의 휴식처야. 나는 거의 모든 주말을 거기에서 보내. 일요일에 같이 가볼까? 아침 일찍 출발하고, 점심을 간단하게 요리해서 먹으면 — 내가 요리를 좀 하거든 — , 우리는 저녁 식사 때 밀라노로 돌아올 수 있어.」

일요일 아침, 자동차를 타고 가던 중에, 운전을 하던 마이아가 불쑥 말했다. 「봤지? 이제 조각조각 무너지고 있어. 몇 해 전만 해도 아주 예쁜 벽돌색으로 되어 있었는데 말이야.」

「뭐가?」

「도로 관리소[42] 건물 말이야. 우리가 방금 지나왔잖아, 왼쪽에 있었어.」

「쳇, 건물이 왼쪽에 있었다면, 네 눈에만 그것이 보였겠지. 내 자리에서는 오른쪽에 있는 것만 보여. 갓난아이 관처럼 옹색한 이 차 안에서 내가 네 왼쪽으로 지나가는 것을 보기 위해서는 네 위쪽으로 지나가서 머리를 차창 밖으로 내밀어야 한다고. 세상에, 무슨 말인지 모르겠어? 나는 그 집을 볼 수 없었다고.」

「그럴 수도 있겠네.」 그녀가 말했다. 말투로 보면 마치 내가 별난 사람이라는 식이었다.

나는 이때다 싶어서 그녀의 결점이 무엇인지 말해 주었다. 그러자 마이아는 웃으면서 대답했다. 「그것 참, 그쪽이 갑자기 나를 지켜 주는 영주가 된 것 같아. 신뢰감이 생기니까 이런 생각도 들어. 내가 생각하는 것을 당신도 생각하리라는 생각.」

나는 당황스러운 기분이 들었다. 그녀가 생각하는 것을 나도 생각한다고 그녀가 생각하는 것, 나는 정말이지

---

42 작가는 길게 말하지 않지만, 이 〈도로 관리소〉라는 말에는 이탈리아 독자들의 노스탤지어가 담겨 있을 법하다. 이탈리아에는 예전에 모든 국도를 온전히 유지하고 관리하기 위해 국도변 곳곳에 도로 관리소를 세우고, 도로 공사가 그 건물들을 운영했다. 그런데 〈폼페이의 붉은색〉이라 불리는 벽돌색으로 지은 그 건물들은 1980년대에 대부분 문을 닫았다. 그것들을 유지하는 데에 비용이 너무 많이 들었기 때문이다.

그것을 바라지 않았다. 그건 둘 사이가 너무나 친밀하다는 뜻이었다.

그런데 그와 동시에 나는 일종의 애정을 느꼈다. 마이아가 상처받기 쉬운 사람이라는 느낌이 들었다. 마이아는 스스로 무방비한 상태에 있다는 것을 알기에 자신의 내면세계로 도피하고 있었다. 남들의 세계가 자기에게 상처를 줄지도 모르기 때문에, 그 세계에서 벌어지는 일을 보고 싶지 않은 모양이었다. 그나마 다행인 것은 그녀가 나를 신뢰하고 있다는 사실이었다. 내 세계로 들어오지 못하는 것일 수도 있고, 들어오고 싶지 않은 것일 수도 있었지만, 그녀는 상상하고 있었다. 내가 자기 세계로 들어올 수 있기를.

그녀를 따라 그 작은 집에 들어가 보니, 분위기가 조금 어색했다. 아담하기는 한데 실내 장식이 간소했다. 때는 5월 초인데 실내가 아직 쌀쌀했다. 마이아는 벽난로에 불을 피우고, 불길이 올라오자마자 몸을 일으키며 행복한 표정으로 나를 바라보았다. 얼굴은 막 타오르기 시작한 불꽃을 쐬어 아직 발그레했다. 「나는…… 행복해.」 그녀가 말했다. 그녀의 행복감은 나를 도취시켰다.

「나도…… 행복해.」 그러고 나서 나는 그녀의 두 어깨를 잡고, 거의 무심결에 그녀에게 입을 맞추었다. 그리고 그녀가 작고 가녀린 굴뚝새처럼 나에게 달라붙는 것을 느꼈다. 그런데 브라가도초의 생각과는 달리 그녀에게 젖가슴이 있었다. 내가 느끼기에 그 젖가슴은 작지만 야무졌다. 「아가」에 나온 대로, 두 젖가슴은 나리꽃 가운데에 있는 한 쌍의 새끼 사슴 같았다.

「나는 행복해.」 그녀가 되뇌었다.

나는 마지막 저항을 시도했다. 「그런데 내가 그쪽 아버지뻘인 거 알고 있지?」 그러자 그녀가 말했다. 「아주 아름다운 근친상간이네.」

마이아는 침대에 앉더니 발끝과 뒤꿈치를 잽싸게 움직여 구두를 멀리 날려 버렸다. 브라가도초 말대로 그녀가 미쳤는지는 알 수 없지만, 그 몸짓에 나는 항복하지 않을 수 없었다.

우리는 점심을 걸렀다. 날이 저물도록 그녀의 보금자리에 머물렀고, 밀라노로 돌아가는 것은 생각조차 하지 않았다. 나는 덫에 걸려 있었다. 내가 갑자기 젊어진 기분이 들었다. 스무 살 나이로, 아니 그 정도는 아니더라도 그녀와 동갑인 서른 살 나이로 돌아간 것 같았다.

이튿날 아침 밀라노로 돌아가는 길에 나는 그녀에게 말했다.

「마이아, 우리는 당분간 시메이와 함께 계속 일을 해야 해. 내가 돈을 조금 더 모으면, 너를 그 해충 같은 인간들이 득시글거리는 소굴에서 멀리 떨어진 곳으로 데려갈게. 조금만 더 버텨. 그리고 나서 생각해 보자고. 우리는 남쪽의 섬으로 떠날 수도 있을 거야.」

「나는 그런 것을 믿지 않아. 하지만 그런 것을 생각하면 기분이 좋아, 투시탈라.[43] 지금은 그쪽이 내 곁에 있으니까, 시메이가 고약하게 굴어도 견딜 수 있어. 나는 별자리 운세를 맡아서 할 거야.」

43 〈이야기꾼〉을 뜻하는 사모아 말. 『보물섬』과 『지킬 박사와 하이드 씨』를 쓴 영국 작가 로버트 루이스 스티븐슨이 남태평양 사모아섬에서 말년을 보낼 때, 사모아 주민들은 그를 〈투시탈라〉라고 불렀다.

11

5월 5일 오전에 시메이가 흥분한 기색을 보였다. 「여러분 중의 한 사람이 맡아야 할 일이 있어요. 현재 일거리가 없는 사람이 팔라티노 당신이니까, 당신이 맡으면 되겠군요. 지난 몇 달에 걸쳐서 — 특히 뉴스가 갓 나왔던 2월에, 리미니의 한 수사 판사가 몇몇 노인 요양원의 운영 실태에 관한 수사를 벌이고 있다는 소식을 읽었을 겁니다. 밀라노 노인 요양원 사건이 터진 뒤에 그야말로 특종으로 다뤄졌죠. 수사를 받고 있는 요양원들 중에서 어느 곳도 우리 발행인의 소유로 되어 있지 않습니다. 하지만 우리 발행인 역시 아드리아 해안에 위치한 같은 종류의 요양 기관들을 소유하고 있습니다. 조만간 그 수사 판사가 우리 콤멘다토레의 사업에 참견하지 말라는 법이 없어요. 그러니까 꼬치꼬치 캐기 좋아하는 그 수사 판사에게 의혹의 그림자가 어른거리게 할 만한 무언가를 찾아내야 해요. 그러면 우리 발행인이 좋아할 겁니다.

아시다시피 오늘날에는 누군가에게 고발을 당하거나 기소를 받게 되었을 때 그것에 응수하기 위해서는, 그것이 옳지 않다는 것을 증명할 필요가 없어요. 그저 그 고발인이나 기소인의 정당성을 떨어뜨릴 만한 것을 찾아내면 됩니다. 자, 팔라티노, 이게 그 수사 판사의 성명입니다. 녹음기와 카메라를 챙겨 가지고 리미니에 내려가세요. 그런 다음 청렴하고 공정하다는 그 수사 판사의 뒤를 밟으세요. 아무리 청렴하고 공정하다고 해도 백 퍼센트로 그런 사람은 없어요. 그는 아마 소아 성애증에 걸린 사람도 아닐 것이고, 자기 할머니를 살해한 적도 없을 것이며, 뇌물을 받은 적도 없을 겁니다. 하지만 뭔가 수상쩍은 일을 한 가지쯤은 했을 거예요. 그것도 아니라면, 이런 표현을 써도 될지 모르지만, 그가 매일같이 하는 일을 수상해 보이게 만드는 겁니다. 팔라티노, 당신의 상상력을 발휘하세요. 무슨 말인지 알겠지요?」

리미니에 내려갔던 팔라티노는 사흘 뒤에 제법 먹음직스러운 정보를 가지고 돌아왔다. 팔라티노는 그 수사 판사의 사진을 찍어 왔다. 수사 판사가 자그마한 공원의 벤치에 앉아서 줄담배를 피우고 있을 때, 그의 발치에 흩어져 있는 열 개쯤의 담배꽁초를 함께 담은 사진이었다. 팔라티노는 그런 사진이 쓸모가 있을지 모르겠다고 했지만, 시메이는 쓸모가 있다고 말했다. 절제할 줄 알고 객관성을 지녔을 것으로 기대되는 사람이 신경증 환자 같은 인상을 주고 있을 뿐만 아니라, 산적한 서류 앞에서 일에 몰두해 있기보다 공원에서 시간을 허비하는 한산인처럼 보이게 한다는 점에서 그렇다는 것이었다. 팔라티노는 수사 판사가 중화요리를 파는 식당에 있는 모습도 사진에 담았다. 수사 판사는 젓가락으로 무언가를 먹고 있었다.

「훌륭해요.」 시메이가 칭찬했다. 「우리 독자들은 중국집에 가지 않아요. 어떤 독자들이 사는 동네에는 아예 중국집이 없을 수도 있어요. 그리고 우리 독자들은 젓가락으로 무언가를 먹는 야만적인 행위는 꿈에도 생각지 못할 겁니다. 결국 그들은 이렇게 물을 것입니다. 〈왜 저 사람은 차이나타운을 자주 드나들까? 저 사람이 성실한 법조인이라면 왜 우리 모두처럼 파스티나를 넣은 수프나 스파게티를 먹지 않는 것일까?〉 하고.」

팔라티노가 동을 달았다. 「그뿐만이 아닙니다. 그의 양말 색깔이 특이했습니다. 에메랄드빛 또는 완두콩 빛깔의 양말이었거든요. 게다가 테니스화를 신고 다녔어요.」

「엘 푸르타바 이 스카르프 델 테니스!⁴⁴ 게다가 에메랄

---

44 〈그는 테니스화를 신고 다닌다〉는 뜻의 밀라노 사투리이다. 밀라노에서 태어나 밀라노에서 죽은 록 가수이자 작곡가이자 배우이자 피아노 연주자인 엔초 얀나치가 1964년에 발표한 노래의 제목이기도 하고 가사의 일부이기도 하다.

드빛 양말[45]이라니!」 시메이는 환희에 차서 소리쳤다.
「그 남자는 멋을 많이 부리는 사람이에요. 아니면 예전
에 영어로 플라워 차일드라고 불렀던 히피족의 일원일
지도 모르죠. 그가 마리화나를 피운다고 상상해도 크게
무리는 없을 거예요. 하지만 우리가 직접 그렇게 말하면
안 돼요. 독자들이 스스로 그런 결론을 내야 합니다. 팔
라티노, 그런 점들에 신경을 써서 어두운 분위기가 강한
초상을 만들어 보세요. 그러면 그 남자도 무엇이 무서운
줄 알게 될 겁니다. 우리는 뉴스가 없는 상태에서 뉴스
를 만들어 냈어요. 거짓말을 하지 않고 말입니다. 콤멘
다토레는 분명 당신을 만족스럽게 생각할 겁니다. 그건
당연히 우리 모두에게 도움이 되겠지요.」

그때 루치디가 다른 화제를 들고 나왔다. 「제대로 된
신문이라면 인물 파일을 갖추고 있어야 합니다.」

---

45 여기에서 작가가 〈에메랄드빛 양말〉을 강조하는 것은 이탈리아에
서 실제로 벌어진 우스꽝스러운 일을 풍자하기 위한 것이다. 소설의 시간
적 배경으로 되어 있는 1992년보다 훨씬 뒤인 2009년에 베를루스코니
총리는 자기 방송사에 지시를 내려 악의적인 보도를 하게 했다. 베를루스
코니는 이탈리아 최대의 출판업체인 몬다도리의 최대 주주가 되기 위해
중재를 맡은 판사에게 뇌물을 주었던 일이 드러남으로써 재심에서 경쟁
주주에게 거액의 배상금을 지불하라는 판결을 받았다. 그는 자기가 소유
하고 있는 〈카날레 5〉라는 TV 방송에 지시하여 그 판결을 내린 라이몬도
메시아노 판사를 미행하면서 몰래 촬영하게 했다. 이 몰래카메라 장면을
방송하면서 내레이터는 판사의 행동이 〈기이하다〉고 말했다. 담배 피우
는 장면에서는 〈몇 개비째인지 모를〉 담배를 잇따라 피운다고 했고, 터키
옥 빛깔의 양말을 보여 줄 때는 그 취향이 〈이상하다〉고 말하기도 했다.

「그게 무슨 뜻으로 하는 말이죠?」시메이가 물었다.

「예를 들어 유명인들이 사망하기 전에 사망 기사를 미리 써두어야 한다는 겁니다. 어떤 유명 인사가 밤 10시에 사망했다는 소식이 들어와서 30분 안에 그 인물에 관한 정보를 모아 사망 기사를 써야 하는데, 당장 그 일을 해낼 기자가 없다고 칩시다. 신문이라면 그런 경우에도 위기에 빠지면 안 됩니다. 사망 기사들을 미리 써놓고 그런 상황에 대처해야 합니다. 어떤 저명한 인물이 급사를 하더라도 이미 만들어 놓은 기사에 사망 시간만 적어 넣으면 되는 것이죠.」

「하지만 우리 창간 예비 판은 일간 신문과는 다릅니다. 내일 발행하기 위해 오늘 기사를 써둘 필요가 없죠. 우리가 어떤 날짜에 예비 판을 하나 내고자 한다면, 해당 날짜의 신문들을 보면 됩니다. 거기에 이미 사망 기사가 나와 있으니까요.」내가 말했다.

「그리고 우리는 정계나 재계의 거물에 대해서만 사망 기사를 실을 거예요.」시메이가 설명을 보탰다.「우리 독자들이 들어 본 적도 없는 무명의 엉터리 시인의 죽음에 대해서는 말하지 않을 겁니다. 그런 사람들의 사망 소식은 매일 쓸데없는 뉴스와 코멘트를 싣는 대형 일간지의 문화면을 채우는 데 쓰일 뿐이죠.」

〈아무튼 파일의 중요성을 다시 강조하고 싶어요〉하고 루치디가 말했다.「사망 기사를 미리 써서 모아 두는 것은 하나의 예로 말씀드린 것입니다. 사망 기사를 싣지 않더라도, 인물들에 관한 파일은 중요합니다. 어떤 인물에 관해서 오고가는 온갖 비밀스러운 정보를 모아 두면 여러 종류의 기사를 쓰는 데 유용합니다. 막판에 정보를 구하려고 뛰어다닐 필요가 없어지죠.」

「무슨 뜻인지 알겠어요.」시메이가 말했다.「하지만 그건 큰 신문이 누리는 사치예요. 인물들에 관한 파일을 만들자면 조사를 벌여야 해요. 그러자면 여러분 가운데 어느 누군가를 시켜서 온종일 파일을 만들게 해야 하는데, 나는 그럴 수가 없어요.」

루치디가 미소를 지으며 대꾸했다.「아뇨, 그렇게 하지 않아도 돼요. 파일을 작성하는 일은 대학생 한 사람이 맡아서 할 수 있어요. 그에게 돈을 조금 주면 신문·잡지 자료실들을 돌아다니며 정보를 모을 거예요. 혹시 인물 파일에 미공개 정보가 포함되어 있을 거라 생각하시는 건 아니죠? 신문뿐만 아니라 정보기관의 파일도 마찬가지입니다. 정보기관이라고 해도 그런 일에 시간을 낭비할 수 없어요. 파일이란 출판물이나 신문 기사의 스크랩이라고 볼 수 있습니다. 거기에서 말하고 있는 것은 이미 모두가 알고 있습니다. 다만 그 파일의 당사자인 장관이나 야당 지도자는 신문을 읽을 시간이 없어서 그 정보들을 국가 기밀로 여기죠. 인물 파일에는 이러저러한 정보들이 잡다하게 모여 있어서, 나중에 그 인물에 관심을 가진 사람이 교묘하게 정보들을 엮으면 의혹이나 암시가 퍼져 나갈 수 있습니다. 어떤 사람에 관한 신문 기사들의 스크랩이 있다고 칩시다. 한 기사는 그 사람이 몇 해 전에 과속을 해서 벌금을 물었다고 알려 줍니다. 두 번째 기사는 그 사람이 지난달에 보이스카우트 캠프를 방문했다고 말합니다. 또 다른 기사는 그 사람을 전날에 디스코텍에서 보았다는 사람들의 증언을 전해 줍니다. 이런 정보에서 출발하여, 사람들은 그를 교통 법규를 위반하면서 술을 마시는 곳으로 달려가는 무모한 사람이라는 식으로 암시할 수 있어요. 그리고 아마도 — 저는 분명히 〈아마도〉라고 했지만, 이건 사실일 가능성이 많아 보입니다 — 그는 소년들을 좋아한다고 넌지시 말할 수 있죠. 그 정도의 암시만으로도 그에 대한 신용을 떨어뜨리기에 충분합니다. 그저 단순한 진실을 말하는 것으로 그런 일을 해낸 것이죠. 하기야 인물 파일의 강점은 그것을 보여 주지 않아도 힘을 발휘한다는 데에 있어요. 그것이 존재하고 그 안에 흥미로운 정보가 담겨 있다는 소문을 내는 것으로 충분합니다. 소문이 나면 파일의 당사자는 자기에 관한 정보들이 당신에게 있다는 것을 알게 됩니다. 그 정보들이 어떤 것인지는 모르죠. 하지만 누구나 자기네 벽장에 시체 하나쯤은 있다는 속담에서 보듯, 백일하에 드러내기 곤란한 비밀은 누구에게나 있는 법이에요. 결국 그는 덫에 걸리게 되어서, 당신이 그에게 무언가를 요구하면 고분고분하게 따를 것입니다.」

「인물 파일을 활용하자는 그 아이디어가 마음에 들어요.」 시메이가 평했다. 「우리 발행인도 자기를 좋아하지 않거나 자기가 좋아하지 않는 사람들을 통제할 수 있는 수단을 갖게 되어 기뻐하실 겁니다. 콜론나, 부탁 하나 들어주세요. 우리 발행인과 다툼을 벌일 가능성이 있는 사람들의 명단을 작성하세요. 그리고 대학생을 한 사람 구하세요. 강의를 잘 빼먹고 돈에 쪼들리는 학생으로. 그에게 열 사람쯤의 파일을 만들어 보게 하세요. 지금은 그걸로 충분합니다. 제안도 훌륭해 보이고, 비용도 적게 먹히니 좋군요.」

「정치계에서는 다들 그런 식으로 합니다.」 루치디가 아퀴를 지었다. 그의 표정에는 세상이 어떻게 돌아가는지 잘 알고 있다는 자부심이 배어 있었다.

「그리고 시뇨리나 프레시아, 그렇게 충격을 받은 표정을 짓지 마세요.」 시메이가 냉소를 지었다. 「당신이 일하던 가십 잡지들은 자기들 나름의 인물 파일을 가지고 있지 않을 것 같아요? 당신은 아마 편집장의 지시를 받고 남녀 배우 한 쌍의 사진을 찍으러 나간 적이 있을 겁니다. 남녀 배우가 아니면 여자 아나운서와 남자 축구 선수가 함께 있는 사진을 찍으러 나갔을 수도 있겠지요. 그들은 서로 손을 잡고 포즈를 취하는 데 동의했어요.

하지만 그들이 그렇게 군말 없이 부탁에 응한 것은 편집장이 미리 그들에게 무언가를 알려 줬기 때문이에요. 그들에 관한 파일을 갖고 있는데, 거기에는 훨씬 더 은밀한 정보들이 담겨 있다고 일러준 거죠. 여자한테는 이렇게 말했을지도 모르죠. 몇 해 전에 어느 러브호텔에서 마주친 적이 있노라고.」

루치디는 마이아를 바라보다가 측은한 마음이 들었는지 화제를 바꾸었다.

「오늘은 그거 말고 다른 뉴스거리도 가져왔어요. 두 해 전인 1990년 6월 5일 알레산드로 제리니 후작이 자기 재산의 큰 부분을 제리니 재단에 넘겨주었어요. 제리니 재단은 살레시오 수도회의 감독을 받는 종교 법인입니다. 그런데 오늘날까지 그 돈이 어떻게 되었는지 알려지지 않았어요. 어떤 사람들은 살레시오 수도회가 돈을 받았는데 세금 문제 때문에 비밀에 부치고 있다고 넌지시 말합니다. 그보다 더 그럴싸한 얘기는 수도회가 아직 돈을 받지 않았다는 것입니다. 한 소문에 따르면, 정체 불명의 중개인이 재산의 양도를 맡고 있는데, 변호사로 추정되는 그 인물이 요구하는 수수료가 뇌물로 보일 만큼 거액이랍니다. 그런가 하면 중개인이 그렇게 수수료를 요구하는 것은 살레시오 수도회 내부의 어떤 그룹과 짜고 벌이는 일이라서, 나중에 가면 그 돈을 불법적으로 나눠 갖는 사태가 벌어지리라는 얘기도 나옵니다. 현재로서는 그 모든 게 다 소문일 뿐이지만, 저는 다른 누군가를 만나 더 알아볼 수 있지 않을까 싶습니다.」

「해봐요, 취재를 계속하세요.」 시메이가 말했다. 「하지만 살레시오회나 바티칸과 갈등을 벌이면 안 돼요. 살레시오회가 사기를 당한 것이 드러나더라도, 기사의 제목에는 〈살레시오회, 사기 피해?〉라는 식으로 물음표를 붙이는 게 좋습니다. 그들과 우리 사이에 마찰이 생기는 것은 어떻게든 피해야죠.」

「그럼 〈살레시오회, 태풍의 눈 속에 진입?〉이라는 제목을 붙이면 어떤가요?」 캄브리아가 평소의 버릇대로 계제에 맞지 않게 물었다.

나는 따끔하게 일침을 놓았다. 「전에 내가 분명하게 말하지 않았나요? 태풍의 눈 속에 있다는 말을 우리 독자들은 곤경의 한복판에 있다는 뜻으로 받아들입니다. 어떤 사람들은 그런 상황을 자기네 탓으로 돌리며 스스로 궁지에 빠질 수도 있어요.」

「맞아요.」 시메이가 말했다. 「우리는 그저 의혹을 널리 퍼뜨리기만 하면 됩니다. 누군가가 수상한 짓을 하고 있습니다. 우리는 그가 누구인지 모르지만, 그자에게 겁을 줄 수 있어요. 그것으로 충분합니다. 나중에 우리에게 이익이 돌아올 겁니다. 때가 되면 우리 발행인이 이익을 볼 수도 있겠지요. 훌륭해요, 루치디, 계속하세요. 살레시오 수도회에 극진한 경의를 표하세요. 하지만 그들 역시 조금은 불안을 느끼게 해야 한다는 점을 잊지 마세요. 그래도 해가 될 게 없어요.」

「죄송하지만 한 가지 궁금한 게 있어요.」 마이아가 쭈뼛쭈뼛 말문을 열었다. 「우리 발행인은 그런 방책, 그러니까 인물 파일을 만들고 암시를 통해 의혹을 확산하는 전략에 찬성하시거나 찬성하실까요? 그냥 알고 싶어서 물어보는 겁니다.」

「우리는 신문 기사를 어떤 방식으로 쓰는가를 놓고 발행인에게 보고할 의무가 없어요.」 시메이는 성난 기색으로 대꾸했다. 「콤멘다토레는 어떤 식으로든 나한테 영향을 미치려고 한 적이 없어요. 자, 일합시다, 일하자고요.」

그날 나는 또다시 시메이와 아주 사적인 면담을 나누었다. 당연한 얘기지만 그의 회상록을 대신 집필해야 한다는 것을 잊지 않았고, 이미 〈내일을 알려면 어제를 보라〉라는 책의 몇 장(章)을 대략적으로 써놓은 바 있었다. 나는 실제로 벌어진 편집 회의 장면을 어느 정도 묘사하되, 참가자들의 역할을 뒤집었다. 다시 말하면 시메이는 어떠한 비판이나 검열에도 당당히 맞서는 언론인으로 그리는 대신, 기자들은 그에게 더 신중한 방식을 권한다는 식으로 그렸다. 나는 한 장을 더 써야겠다는 생각을 하던 참이었다. 그 장에서는 살레시오 수도회와 가까운 고위 성직자(예를 들면 베르토네 추기경 같은 이?)가 시메이에게 전화를 걸어서 달콤한 목소리로 제리니 후작의 불행한 사건에 더 신경을 쓰지 말라고 살살 권유하더라는 얘기를 할 생각이었다. 시메이가 받은 것으로 할 전화는 그것 말고도 더 있었다. 예를 들면 어떤 사람이 그에게 전화를 걸어 노인 요양원에 먹칠을 하는 것은 좋은 일이 아니었다고 친절하게 경고를 했다는 얘기를 할 수 있었다. 내친김에 그런 전화를 받았을 때, 시메이가 멋진 반박을 하는 것으로 묘사하면 좋을 듯했다. 험프리 보가트가 저널리즘에 관한 영화에서, 〈이보게 어린 친구, 저건 윤전기 돌아가는 소리야. 자넨 이 일과 관련해서 아무것도 할 수가 없어. 아무것도 할 수가 없지!〉[46]라고 말한 것처럼.

「아주 훌륭해요.」 시메이는 매우 흥분한 기색으로 평했다. 「당신은 정말 소중한 협력자예요. 계속 그런 식으로 하세요.」

당연한 얘기지만, 나는 마이아가 별자리 운세를 맡았을 때보다 더 심한 모욕감을 느꼈다. 하지만 이왕 춤판에 들어왔으니 춤을 추어야 했다. 그리고 남쪽 바다도 생각해야 했다. 그 바다가 남쪽 어디에 있든 나 같은 실패자에게는 아주 중요했다. 남쪽 바다라고 해보았자 리

46 정의와 진실을 추구하다가 일자리를 잃게 된 신문 기자들이 범죄 조직에 맞서 마지막으로 벌이는 싸움을 그린 리처드 브룩스 감독의 영화 『데드라인 — USA』(1952)에서 주인공 허치슨으로 나온 험프리 보가트가 자신을 위협하는 갱 두목과 전화 통화를 하면서 마지막으로 한 말.

구리아 해안에 있는 로아노 앞바다에 지나지 않을지라
도, 가기로 했으면 가야 하는 것이었다.

12

5월 11일 월요일

　그다음 주 월요일에 시메이는 우리를 불러 모아서 말문을 열었다. 「코스탄차, 당신이 쓴 매춘부들에 관한 기사에 이런 표현들이 나옵니다. 소란을 피우거나 난장판을 만든다는 뜻으로 〈논다니 장사판을 벌이다〉라는 말을 쓰고, 남성의 성기를 비속하게 이르는 〈카초(좆)〉에 뿌리를 둔 단어들, 예를 들면 격분이라는 뜻의 〈인카차투라〉, 바보 같은 말이나 행동을 하며 빈둥거린다는 뜻의 〈카체조〉를 사용합니다. 그런가 하면 기사에 등장하는 한 매음녀는 꺼지라는 뜻으로 소리칠 때 똥구멍 속으로 가라는 뜻으로 〈바판쿨로〉라는 말을 쓰더군요.」

　「하지만 그럴 수밖에 없습니다.」 코스탄차가 이의를 제기했다. 「요즘엔 모두가 상스러운 말을 씁니다. 텔레비전에서도 그래요. 그리고 숙녀들조차 〈좆〉이라는 비속어를 쓰는 판이죠.」

　「상류 사회의 숙녀들이 무얼 하든 우리가 상관할 바는

아닙니다. 우리는 상스러운 말을 탐탁지 않게 여기는 독자들을 생각해야 해요. 완곡한 표현을 쓰자는 거예요. 콜론나, 당신 생각은 어때요?」

내가 데스크로서 말할 차례였다. 「코스탄차의 기사에 나오는 표현들을 좋은 방식으로 다르게 말할 수 있어요. 〈논다니 장사판〉이라는 말보다는 소란이나 난장판이라는 말이 낫고, 남성 성기를 가리키는 비속어를 섞지 말고 그냥 격한 분노라든가 쓸데없는 수다 같은 표현을 쓰면 돼요. 그리고 눈앞에서 안 보이게 없어지라고 할 때는 그냥 〈꺼져 버려〉라는 말을 쓰면 되지, 〈똥구멍 속으로 가라〉라는 식으로 말할 필요는 없어요.」

「원 세상에, 갈 만한 데를 가라고 해야지. 그런 데에 가서 뭘 하라는 소리야?」 브라가도초가 냉소를 흘렸다.

「그런 데에 가서 무얼 하든 우리가 따질 필요는 없어요.」 시메이가 통을 놓았다.

그러고 나서 우리는 다른 문제를 다루었다. 한 시간 뒤에 회의가 끝나자, 마이아는 나와 브라가도초를 한쪽으로 데려갔다. 「다들 이러고저러고 말하는데, 나는 무슨 말을 해야 할지 모르겠어요. 내가 잘못 생각한다 싶어서 말이 나오지 않아요. 나 같은 사람을 위해서 어떻게 바꿔야 하는지 안내하는 책을 내주면 좋겠어요.」

「무엇을 바꾼다는 건가요?」 브라가도초가 물었다.

「상스러운 말을 바꿔야 한다고 우리가 얘기했잖아요.」

「그 얘기는 조금 전이 아니라 한 시간 전에 했거든요!」 브라가도초가 역정을 냈다. 그러면서 마치 〈보라고, 이 여자가 늘 이런 식이라니까〉라고 말하듯이 나를 바라보았다.

나는 둘을 화해시키는 말투로 그에게 말했다. 「그냥 두게나. 마이아가 계속 그 문제를 생각했다 한들 뭐라고 할 수 없잖아. 자, 마이아, 그 깊은 생각을 우리에게 들려주세요.」

「말하자면, 우리에게 이런 방안을 제시해 주면 좋지 않을까 싶어요. 예를 들어 우리가 놀라움이나 실망스러운 기분을 나타내고자 할 때, 〈좆같다〉는 말을 쓰지 않고, 〈아이고, 회음부 앞쪽 부위에 붙어 있는 원통형 돌기 모양으로 생긴 남성 비뇨 생식기의 바깥 기관 같은 일이 벌어졌어. 내 지갑을 도둑맞았다고!〉 하는 식으로 말해야 한다는 것을 일러 주면 좋겠다는 거예요.」

「남들이 들으면 미친 암말처럼 군다고 하겠어요.」 브라가도초가 대꾸했다. 「콜론나, 내 책상으로 와주겠어? 자네한테 보여 주고 싶은 게 있어.」

나는 혼자서 브라가도초의 자리로 갔다. 그러면서 마이아에게 윙크를 했다. 그녀가 정말 자폐증에 걸렸는지는 알 수 없지만, 그녀의 태도가 갈수록 매력을 더해 가고 있었다.

　다른 사람들은 모두 퇴근했고, 날이 어두워지기 시작했다. 브라가도초는 전기스탠드 불빛 아래로 사진 몇 장을 늘어놓았다.

　「콜론나, 이 기록들을 보게나. 내가 기록 보관소에서 찾아낸 것들이야.」 브라가도초는 마치 자기 서류를 남들이 보지 못하게 가리려는 듯 두 팔로 둘러싸면서 말문을 열었다. 「무솔리니의 시신은 로레토 광장에 내걸렸다가, 그다음 날 부검을 위해 대학의 법의학 연구소로 옮겨졌어. 이게 부검 의사의 보고서일세. 읽어 볼게. 〈왕립 밀라노 대학교 법의학·보험 의학 연구소, 마리오 카타베니 교수, 시체 부검 결과 보고서 제7241호, 1945년 4월 28일 사망한 베니토 무솔리니의 시체를 상대로 1945년 4월 30일 실행. 주검은 의복이 벗겨진 채로 해부대에 놓여 있었음. 체중 72킬로그램. 신장은 외상에 의해 두부가 심하게 변형되었기 때문에 어림값으로만 측정하여 166센티미터. 안면은 화기에 의한 손상과 타박상을 복합적으로 입은 탓에 외관상의 특징을 거의 판별할 수 없음. 머리의 크기를 측정하고자 하나, 두개골과 안면골의 분쇄 골절에 의한 변형 때문에 측정이 불가하다……〉 여기서 건너뛰고, 〈두부는 골격이 완전히 무너져 내리면서 변형이 일어났고, 왼쪽 마루뼈와 뒤통수뼈 부위가 깊이 함몰되었으며, 같은 쪽의 안와 부위가 뭉개졌고, 안구는 파열되어 물렁물렁한 상태가 되어 있으며, 유리체가 완전히 유출되어 있음. 안와의 지방 조직은 커다란 열상 때문에 넓은 범위에 걸쳐 노출되어 있고, 혈액은 스며들지 않았다. 가운데 이마 부위, 그리고 왼쪽 이마와 정수리 사이에는 두피가 선형으로 파열된 두 개의 상처가 나 있는데, 가장자리가 너덜너덜한 상처들의 너비가 둘 다 6센티미터쯤 되기 때문에 거기로 두개골이 들여다보인다. 후두부에는 정중선의 오른편으로 두 개의 구멍이 서로 근접한 자리에 나 있는데, 구멍들의 가장자리는 바깥쪽으로 불규칙하게 말려 있다. 최대 직경이 약 2센티미터인 그 구멍들 위로 죽처럼 흐물흐물해진 뇌 물질이 비어져 나와 있고 혈액이 스며든 흔적은 보이지 않는다.〉 무슨 뜻인지 알겠어? 죽처럼 흐물흐물해진 뇌 물질이 비어져 나왔다고 하잖아!」

브라가도초는 땀을 흘릴 듯이 열을 올렸다. 두 손은 떨리고 아랫입술에는 침이 방울방울 맺혔다. 그 표정만 놓고 보면, 먹보가 뇌 튀김이나 맛있는 내장 요리나 헝가리 전통 음식 굴라시의 냄새를 맡고 흥분한 기색이었다. 그가 말을 이었다.

「계속 읽어 보자고. 〈목덜미에는 정중선에서 오른쪽으로 조금 떨어진 자리에 지름 3센티미터에 가까운 커다란 구멍이 나 있다. 구멍의 가장자리는 바깥쪽으로 말려 있고 혈액은 스며들지 않았음. 오른쪽 관자뼈 부위에 서로 근접한 동그란 구멍이 두 개 나 있는데, 구멍들의 가장자리는 가늘게 찢어져 있고 혈액이 스며들지 않았다. 왼쪽 관자뼈 부위에 커다란 구멍이 나 있는데, 구멍 가장자리는 바깥쪽으로 말려 있고 죽처럼 흐물흐물해진 뇌 물질이 노출되어 있음. 왼쪽 귓바퀴 아래쪽에도 커다란 사출 구멍이 뚫려 있음. 이 두 상처 역시 사후 손상의 전형적인 양상을 보이고 있음. 코가 시작되는 미간 바로 아래에 작은 구멍이 나 있는데, 분쇄된 뼈의 작은 조각들이 뒤섞여 있는 이 구멍의 가장자리는 바깥쪽으로 말려 있고 혈액이 조금 스며들었음. 오른쪽 뺨에는 세 개의 구멍이 모여 있다. 이 구멍들은 각각 심부의 후방이나 약간 비스듬한 후방이나 약간 비스듬한 위쪽을 향한 길로 이어진다. 이 구멍들의 가장자리는 내부를 향하는 깔때기 모양이며, 혈액의 침투는 없다. 위턱뼈의 분쇄골절과 그에 따른 연구개와 경구개의 열상은 사후 손상의 특징을 보인다.〉 여기에서 다시 건너뛸게. 상처 부위에 관한 자세한 설명이거든. 그가 어디를 어떻게 다쳤는가는 우리에게 별로 중요하지 않아. 우리는 그저 그들이 그에게 총을 쏘았다는 것을 알면 되는 거야. 〈분쇄 골절 때문에 두개골이 무수한 단편으로 나뉘고, 그 단편들을 움직여 일부를 제거하자 두개골 내부를 직접 보는 것이 가능해진다. 두개골의 두께는 정상. 뇌경질막은 전반부에 열상이 심해서 물렁물렁해진 것처럼 보인다. 경질막 위나 아래에 출혈의 흔적은 없다. 뇌를 떼어 낼 수는 있으나, 온전하게 적출하는 것은 불가능하다. 소뇌와 다리뇌와 중간뇌와 뇌엽 하부가 죽처럼 흐물흐물해졌기 때문이다.〉이 말이 인상적이지 않아?」

브라가도초는 카타베니 교수가 자주 사용한 〈흐물흐물해진〉이라는 말을 매번 되뇌었다. 시체가 그런 상태로 변했다는 사실에 충격을 받았음이 분명하다. 그는 일종의 쾌감을 느끼며 그 말을 되풀이했고, 때로는 〈흐물〉을 〈흐흐물〉로 발음하기도 했다. 나는 그를 보면서 다리오 포의 연극 『우스꽝스러운 신비』를 떠올렸다. 다리오 포는 직접 연극에 출연하여 한 농부의 모습을 보여 주었다. 늘 어떤 음식을 꿈꾸던 농부가 배가 터지도록 그것을 먹게 되리라 상상하는 모습을 말이다.

「계속 읽어 보세.〈대뇌 반구들의 볼록면과 뇌들보와 뇌줄기의 일부분, 그것들만이 손상되지 않은 온전한 부위들이다. 뇌저 동맥은 머리뼈 바닥 내부의 분쇄 골절 단편들 사이에서 부분적으로만 식별되고, 일부는 아직 뇌에 연결되어 있다. 전대뇌 동맥을 포함하는 이 동맥들의 벽은 건전해 보인다……〉자네가 보기엔 어때? 한 의사가 자기 눈앞에 무솔리니의 시체가 있다고 확신했다는데, 그가 정말 그게 무솔리니의 시신인지 알 수 있었을까? 살과 박살 난 뼈로 이루어진 그 덩어리가 누구 것인지 알아낼 수 있었을까? 그리고 그가 부검을 벌인 커다란 방에는 기자며 빨치산이며 흥분한 구경꾼 같은 사람들이 드나들었다는데, 그런 곳에서 차분하게 작업할 수 있었을까? 그곳에 가봤던 사람들의 회상에 따르면, 해부대 한쪽 귀퉁이에는 내장이 버려져 있었고, 남자 간호사 두 명이 간이나 허파의 조각들을 서로 던지면서 내장을 가지고 핑퐁을 했다는 거야.」

그렇게 말하는 동안 브라가도초는 푸줏간의 도마 위로 몰래 뛰어오른 고양이처럼 보였다. 만약 그에게 수염이 있었다면 그것은 마치 고양이 수염처럼 비죽하게 곤두서서 바르르 떨리고 있었으리라.

「계속 읽어 보면, 시신의 위장에서 궤양의 흔적을 전혀 찾아내지 못했다는 사실을 알게 될 거야. 무솔리니가 위궤양 때문에 고생했다는 것은 누구나 알고 있는 사실인데 말이야. 그리고 매독에 관한 언급도 없어. 그가 매독에 감염되어 심각한 단계의 증상을 보였다는 소문과 어긋나지. 살로에서 두체를 치료했던 독일 의사 게오르크 차하리에는 얼마 지나지 않아서 자기 환자에 관해 증언을 해. 무솔리니가 저혈압과 빈혈증을 앓았고, 간장이 비대했으며, 위경련과 장의 수축이 있었고, 급성 변비증에 걸리기도 했다고 증언하지. 그런데 부검 보고서를 보면 모든 기관이 정상이었어. 간장은 비대하지 않았고 겉으로 보아도 단면을 보아도 문제가 없었어. 쓸개관은 양

호했고, 콩팥과 부신도 무탈했으며, 요도와 생식기도 정상이었어. 보고서의 마지막 대목은 이래. 〈뇌는 남겨 둘 부위로 절제하여 해부학적이고 조직 병리학적인 검사를 위해 포르말린 용액에 담가 두었고, 대뇌피질의 한 단편은 제5군 사령부 위생국(캘빈 S. 드레이어)의 요청에 따라 워싱턴에 있는 세인트 엘리자베스 정신 병원의 윈프레드 H. 오버홀저 박사에게 양도했다.〉 이상이야.」

그는 보고서를 읽으면서 한 행 한 행을 음미했다. 마치 주검을 눈앞에 두고 있다는 듯이, 마치 주검을 만지고 있다는 듯이, 마치 타베르나 모리지라는 술집에서 독일식 양배추김치를 곁들인 돼지 다리 고기를 시키는 대신 안구가 파열되고 물크러진 데다 유리체가 완전히 유출된 안와 부위를 앞에 놓고 있으니 군침이 흐르기라도 하는 듯이, 마치 다리뇌와 중뇌와 대뇌엽 하부를 맛보기라도 하는 듯이, 마치 거의 액화한 뇌 물질이 드러나 있는 것을 보고 환희를 느낀다는 듯이 그 내용을 새기고 또 새겼다.

나는 혐오감을 느꼈다. 하지만 브라가도초에게, 그리고 그가 미친 듯이 신명을 내며 소개하는 그 주검에 홀린 기분이 들었다는 것을 부정할 수 없다. 그건 19세기 소설을 읽을 때, 이야기에 빠져서 소설 속 뱀의 눈길에 홀리는 것과 비슷한 일이었다. 나는 그가 더 흥분하지 않도록 한 마디를 던졌다.「그게 부검은 부검인데, 도대체 누구를 부검한 것인지 모르겠군.」

「맞아. 내 가설이 옳다고 생각하지 않아? 무솔리니의 주검이라고 사람들이 말하던 것은 진짜 그의 시신이 아니었어. 어쨌거나 그게 무솔리니의 시신이었다고 단언할 수 있는 사람은 아무도 없었어. 이제 나는 4월 25일에서 30일 사이에 무슨 일이 벌어졌는지 분명히 알 수 있을 것 같아.」

그날 저녁 나는 마이아와 함께 있을 때 나를 정화할 필요가 있음을 진정으로 느꼈다. 그리고 마이아를 편집부의 다른 사람들과는 전혀 다르게 대하고 싶었다. 그래서 진실을 말하기로 하고, 『도마니』가 절대로 창간되지 않으리라는 것을 알려 주었다.

「그쪽이 오히려 나아.」 마이아는 말했다. 「나는 이제 내 미래를 놓고 걱정하지 않을 거야. 몇 개월 버티면서 돈을 조금 벌자고. 비록 쩨쩨하게 버는 돈이지만 되도록 빨리 모아서, 남쪽 바다로 가는 거야.」

13

5월 하순

바야흐로 내 삶은 두 갈래 길로 나아가고 있었다. 낮
에는 편집부에서 굴욕적인 삶을 살았고, 밤에는 마이아
의 작은 아파트나 내 아파트에서 지냈다. 토요일과 일요
일에는 오르타호에 갔다. 밤이 되면 우리는 둘이서 하나
가 되어, 시메이와 함께 보낸 하루를 벌충했다. 마이아
는 시메이에게 제안하는 것을 그만두었다. 제안을 해봐
야 거부될 것이 뻔하기 때문이었다. 대신 재미 삼아 또
는 위안을 얻기 위해, 자기의 아이디어를 나한테만 이야
기하게 되었다.

어느 날 저녁, 마이아는 소책자 하나를 보여 주었다.
애인 구하는 광고들을 모아 놓은 책자였다. 「들어 봐, 재
미있어.」 그녀가 말했다. 「이 광고들에는 다른 의미가 숨
어 있어. 그 속뜻을 풀이해서 신문에 함께 싣는다면 좋
을 것 같아.」

「어떤 식으로 풀이를 하지?」

「한번 들어 봐.〈안녕하세요, 저는 사만타예요. 29세이고 전문직 자격을 취득했으며 현재는 가정주부로 살고 있어요. 남편과는 별거 중이고 자식은 없어요. 착한 남자, 하지만 뭐니 뭐니 해도 사교적이고 쾌활한 남자를 찾습니다.〉이 광고에는 이런 속뜻이 담겨 있어.〈나는 30대의 문턱에 있고, 남편한테 버림받은 뒤로 예전에 어렵게 얻은 회계 자격증을 가지고 취직을 해보려고 했지만, 일자리를 구하지 못해서 이제는 매일 집에 죽치면서 무료하게 시간을 보내고 있어요(보살필 자식이 있는 것도 아니에요). 나는 한 남자를 찾고 있는데, 그가 내 전남편처럼 나를 때리는 사내가 아니라면 못생긴 남자라도 좋아요.〉이런 광고도 있어.〈카롤리나, 33세, 독신, 대졸, 기업인. 매우 세련됨. 갈색 머리에 장신이며 자신만만하고 성실함. 좋아하는 것은 스포츠, 영화, 연극, 여행, 독서, 무용. 새로운 것에 대한 호기심이 강함. 매력과 인품과 교양과 좋은 지위를 갖춘 남자를 구함. 전문직이나 관리직이나 군직에 종사하는 60세 이전의 남자라면 결혼을 전제로 사귈 수 있음.〉이 광고의 속뜻을 풀이하면 이래.〈나는 서른세 살이 되도록 아직 멍청한 사내 하나를 구하지 못했다. 아마도 내가 대꼬챙이처럼 깡마르기 때문이기도 하고, 금발로 염색하고 싶어 하지만 그냥 갈색 머리로 살려고 노력하기 때문이기도 할 것이다. 나는 갖은 노력을 기울여서 문과 학사 학위를 땄지만 채용 시험에는 매번 불합격했고, 그래서 작은 사업장을 냈다.
나는 알바니아 사람 세 명을 고용해서 현금으로 월급을
주며 일을 시킨다. 우리는 시골 장터에서 파는 양말을
생산한다. 나는 무엇이 나를 즐겁게 하는지 잘 모른다.
그저 텔레비전을 조금 보고, 한 여자 친구와 함께 영화
관이나 본당에 딸린 극장에 간다. 나는 신문과 잡지를
읽으며, 특히 결혼 상대를 구하는 광고를 즐겨 읽는다.
춤을 추고 싶지만, 아무도 나를 춤추는 곳에 데려가지
않는다. 남편을 얻기 위해서라면 다른 무엇에든 흥미를
가질 준비가 되어 있다. 다만 남자가 돈이 어느 정도 있
어서 양말 사업을 접고 알바니아 일꾼들과의 관계를 끊
을 수 있었으면 좋겠다. 그 남자가 회계사라면 나이가
많이 들었더라도 상관하지 않는다. 등기소 직원이나 카
라비니에리[47]의 부사관이라도 좋다.〉 다른 예를 들어 볼
까?〈파트리치아, 42세, 독신, 상점 경영, 갈색 머리에 장
신, 부드럽고 감수성이 강한 성격. 성실하고 선량하고
진지한 남자를 만나고 싶어 함. 동기가 강하다면 혼인
여부는 중요하지 않음.〉 이 광고에는 이런 속뜻이 담겨
있어.〈이런 제기랄, 마흔두 살이 되도록 아직 결혼에 성

47 이탈리아 경찰 조직에 관한 정보는 앞의 36번 주석 참조. 이 광고
의 주인공 카롤리나가 군직에 있는 남자를 언급한 것은 바로 이 국방부
소속의 경찰을 염두에 둔 것이다. 카라비니에리(국가 치안 경찰대)는 국
방부의 지휘를 받아 군사 임무를 수행할 뿐만 아니라, 경찰 임무에 대해
서는 내무부 소속의 국가 경찰과 동일한 임무를 수행한다.

공하지 못했어요(내 이름이 파트리치아라고 해서, 다른 파트리치아들이 흔히 그러듯 내가 쉰 살이 거의 다 되었으리라 생각하지 마세요). 나는 불쌍하신 내 어머니가 물려주신 수예 재료 판매점을 운영해서 근근이 살아가고 있어요. 나는 정도가 심하지는 않지만 거식증 증세를 보일 뿐만 아니라, 어찌할 수 없는 신경증 환자예요. 나를 침대로 데려갈 남자가 어디 없어요? 그가 정상적인 성욕과 성기능을 가진 사람이라면, 기혼자라도 상관이 없어요.〉 이런 광고도 있어. 〈진정으로 사랑할 줄 아는 여자가 세상 어딘가에 있으리라는 희망을 아직 놓지 않고 있어요. 저는 독신이고 29세의 은행원입니다. 스스로 꽤 잘생겼다고 생각하며, 성격은 활기찹니다. 아주 멋들어진 연애로 나를 이끌어 갈 줄 아는 아름답고 진지하고 교양 있는 여자를 찾고 있어요.〉 이 광고의 속뜻을 풀이해 볼까? 〈나는 여자들하고 좋은 관계를 맺은 적이 없다. 어쩌다 여자들을 만나긴 했지만, 그녀들은 한결같이 얼간이였고 그저 남편을 구할 생각만 하는 여자들이었다. 마치 내가 박봉으로 자기들까지 먹여 살릴 수 있을 것으로 생각하는 듯했다. 조금 사귀고 나면 그녀들은 내 성격이 불같다고 말했다. 내가 화를 내며 자기들을 쫓아 버리니까 그랬을 것이다. 내가 보기에 난 못난이가 아니다. 어디에 괜찮은 여자가 없을까? 어법에 맞게 말할 줄 알고, 멋진 섹스를 하자고 하면 너무 젠체하지 않고 응해 오는 육체파 여자는 없는 것일까?〉 내가 찾아낸 광고 중에는 이런 것도 있어. 결혼 상대를 구하는 광고는 아 닌데 아주 재미있어. 〈연극 협회가 다음 시즌을 준비하 기 위해 배우, 단역, 분장사, 연출가, 의상 전문가를 구합 니다.〉 이 광고의 속뜻은 간단해. 다들 응모해서 뽑히지 않더라도 관객이 되어 달라는 얘기 아니겠어?」

정말이지 마이아는 『도마니』에 있기가 아까웠다. 「그 래 정말 재미있어. 그런데 시메이가 그런 것을 실어 줄 까? 광고는 실어 줄지 모르지. 하지만 너의 속뜻 풀이는 안 된다고 할걸!」

「알아, 나도 알아. 그래도 꿈을 꿀 수는 있잖아.」

그러고 나서 우리가 잠에 빠져들기 전에 그녀가 말했 다. 「뭐든지 다 아는 당신, 이거 알아? 방향을 잃고 헤맬 때 우리는 〈트레비존드를 잃었다〉고 말하고, 술에 얼근 히 취했을 때는 〈자바라를 치며 간다〉고 말해. 그 이유가 뭔 줄 알아?」

「아니, 모르겠어. 그런데 그거 자정에 던질 만한 질문 이야?」

「난 알아. 아니, 전에 어딘가에서 읽었어. 〈트레비존드 를 잃었다〉라는 말과 관련해서는 두 가지 설명이 있어. 첫 번째 설명은 터키어로 트라브존이라고 하는 트레비 존드는 예전에 흑해 연안에서 가장 큰 항구였기 때문에, 만약 무역선들이 트레비존드로 통하는 항로를 잃어버린다는 것은 항해에 쏟아부은 돈을 잃는다는 뜻이래. 두 번째 설명이 더 그럴 듯한데, 그건 트레비존드가 항해할 때 기준으로 삼는 중요한 지점이었기 때문에, 그 항구를 잃었다는 말은 방향 또는 나침반을 잃었다거나 북쪽이 어디인지 모르게 되었다는 뜻이라는 거야. 〈자바라를 치며 간다〉는 말은 누가 술에 취해 있는 것을 보면 흔히 하는 말이야. 어원사전을 찾아보면 원래는 이 말이 지나치게 발랄하다는 뜻이었고, 르네상스 시대의 괴짜 시인 피에트로 아레티노가 이미 사용했다는 거야. 그리고 이 말은 시편 150장 〈인 침발리스 베네 소난티부스〉[48]에서 온 거래.」

「내가 어떤 사람의 수중에 떨어진 거지? 그렇게 호기심이 왕성한데, 어떻게 몇 년 동안 연예인 로맨스를 다루는 일만 하고 살았지?」

〈돈 버느라고. 저주스러운 돈 때문이야. 그게 실패자들이 겪는 일이지〉 하면서 마이아는 내 곁으로 더 바싹 다가들었다. 「하지만 이제는 형편이 전보다 나아졌어. 로또에서 당신을 땄거든.」

48 가톨릭 공용 성경에서는 〈주님을 찬양하여라, 낭랑한 자바라로〉, 개신교 개역 한글판에서는 〈큰 소리 나는 제금으로 찬양하며〉, 공동 번역 성서에서는 〈자바라를 치며 그를 찬미하여라〉로 번역되어 있다. 고(故) 최민순 신부의 번역에는 〈처르렁 바라 치며 주님을 찬미하라〉로 되어 있다. 자바라, 바라, 제금은 동의어이며 모두 두 짝을 마주쳐서 소리를 내는 타악기를 가리킨다.

그렇게 나사가 풀린 괴짜 여인에게 무엇을 할 수 있을까? 그저 사랑을 다시 나눌 수밖에 없지 않은가? 나는 다시 살을 섞으면서 거의 승리자가 된 기분을 느꼈다.

5월 23일 밤에 우리는 텔레비전을 보지 않았다. 그래서 이튿날 신문을 보고 나서야, 마피아에 맞서 싸워 온 조반니 팔코네 판사를 상대로 폭탄 테러가 벌어졌다는 사실을 알게 되었다. 마이아와 나는 충격을 받았다. 하루가 더 지나고 월요일 아침 편집 회의에 참가해 보니, 다른 사람들 역시 혼란에 빠진 기색이었다.

코스탄차가 시메이에게 물었다.「우리도 이 사건에 관해서 한 호를 내야 하는 것 아닌가요?」

시메이는 조금 머뭇거리다가 대답했다.「한번 생각해 봐요. 우리가 팔코네 판사의 사망에 관해서 말한다면, 마피아에 관해서 말해야 하고, 경찰의 무력함을 개탄해야 해요. 그런 식의 얘기를 하다 보면, 우리는 단번에 경찰의 반감을 사고 시칠리아의 코사 노스트라를 적으로 만듭니다. 그 모든 게 우리 콤멘다토레의 마음에 들지 모르겠어요. 우리가 본격적으로 신문을 내고 있을 때에 한 판사가 폭탄 테러를 당했다면, 당연히 그 사건에 지면을 할애해야 해요. 그리고 긴급하게 보도를 하다 보면, 몇 가지 가설을 세울 수도 있고 며칠 뒤에 그 가설들이 사실이 아닌 것으로 나타날 수도 있어요. 진짜 신문이라면 위험을 무릅쓰고 그렇게 보도를 하겠지만, 우리는 왜 그래야 하죠? 일반적으로 보면, 진짜 신문이라 해도 더 현명한 길을 찾습니다. 가장 신중한 해결책은 감정에 호소하는 것이고 친족을 인터뷰하는 거예요. 텔레비전이 바로 그렇게 하고 있어요. 주의 깊게 보시면 아실 겁니다. 예를 들어 열 살짜리 소년이 강한 산성 물질을 저장하는 탱크에 던져져서 살해되었다고 하면, 텔레비전은 소년의 어머니를 만나러 가서 〈아주머니, 아드님이 사망했다는 것을 아셨을 때 기분이 어떠셨나요?〉 하고 묻습니다. 사람들의 눈가에는 이슬이 맺힙니다. 모두가 그 인터뷰에 만족하죠. 독일어에 그런 심리 상태를 나타내는 좋은 단어가 하나 있어요. 〈샤덴프로이데〉, 즉 남의 불행을 기뻐하는 마음이죠. 모름지기 신문은 그런 감정을 존중하고 북돋워야 해요. 그러나 현재 우리는 그런 비참한 사건에 관심을 가질 의무가 없어요. 불의에 분개하는 것은 좌파 신문에 맡깁시다. 그게 그들의 전문이니까요. 따지고 보면 팔코네 판사가 살해된 것은 별로 충격적인 뉴스가 아니에요. 이미 어떤 자들이 판사들을 죽였고 앞으로도 죽일 겁니다. 우리에게도 그런 뉴스를 다룰 좋은 기회가 많이 있어요. 이번에는 보류하기로 합시다.」

그리하여 팔코네 판사는 두 번 죽임을 당한 꼴이 되었다. 우리는 화제를 바꾸어, 우리가 더 심각하다고 생각하는 문제를 다뤘다.

나중에 브라가도초는 나에게 다가와서 팔꿈치로 나를 쿡 찔렀다. 「이제 알겠어? 그 사건 역시 내 가설이 옳다는 것을 확인해 주고 있단 말일세.」

「이런 젠장, 무슨 소리를 하는 거야?」

「젠장, 나도 아직 잘 모르겠어. 하지만 분명히 무슨 관계가 있어. 커피 찌꺼기로 점을 쳐보니까, 모든 게 연결되어 있더라고. 나한테 시간을 조금 더 주게.」

14

5월 27일 수요일

어느 날 아침, 마이아가 잠에서 깨어나며 말했다. 「아무튼 나는 그 사람을 별로 좋아하지 않아.」

나는 그녀의 시냅스 놀이에 이미 적응이 되어 있었다. 「브라가도초를 두고 하는 얘기로군.」

「물론이지, 다른 누구를 두고 말하겠어?」 그러더니 생각에 잠긴 듯한 표정으로 덧붙였다. 「그런데 어떻게 그걸 알아냈어?」

「우리 고운 님(시메이라면 이렇게 불렀을 거야), 우리 둘이 공통으로 알고 있는 사람들은 여섯 명뿐이야. 나는 그대한테 가장 무례하게 굴었던 사람이 누굴까 생각하다가, 브라가도초에게 생각이 미쳤지.」

「하지만 내가 다른 사람을 생각할 수도 있었잖아. 예를 들어 지난달에 사임한 코시가 대통령 같은 사람 말이야.」

「에이 그게 아니라, 그대는 브라가도초를 생각하고 있

었어. 내가 어쩌다 한번 그대 생각이 어떻게 흐르는지 알아차렸는데, 왜 일을 복잡하게 만들어?」

「내가 생각하는 것을 그대로 생각하기 시작한 모양이지?」

아뿔싸, 그녀가 말한 대로였다.

그날 아침 편집 회의 중에 시메이가 말했다. 「비역쟁이 말이에요, 그건 언제나 독자들의 흥미를 불러일으키는 주제입니다.」

「이제는 비역쟁이라 부르지 않아요.」 마이아가 과감하게 말했다. 「게이라고 말하는 거 아닌가요?」

「알아요, 알아. 우리 고운 님.」 시메이는 조금 거북해하는 표정으로 대꾸했다. 「하지만 우리 독자들은 여전히 비역쟁이라고 말해요. 아니면 그 말을 자기 입으로 내뱉기가 싫어서 그냥 머릿속으로 생각만 하는 경우도 있겠지요. 내가 알기로 사람들은 이제 검둥이라고 말하지 않고 흑인이라고 말해요. 그리고 시각에 이상이 생겨 앞을 보지 못하는 사람을 소경이라 부르지 않고 시각 장애인이라고 하죠. 그러나 흑인은 언제나 검고, 시각 장애인은 가엾게도 『템페스트』의 위대한 마법사 프로스페로가 눈앞에 있어도 보지 못해요. 나는 비역을 하는 사내들에게 반감을 갖고 있지 않고, 검둥이들에 대해서도 마찬가지예요. 그들이 자기들 집에서 잘 지내고 있으면, 나로서는 문제될 것이 전혀 없어요.」

「그런데 왜 우리가 게이들에 관한 기사를 써야 하죠? 그들이 우리 독자들에게 혐오감을 준다면서요.」

「나는 일반적인 비역쟁이들을 생각하는 것이 아니에요, 우리 고운 님. 나는 자유에 찬성해요. 사람은 저마다 자기 생각대로 살면 돼요. 하지만 정계에도 비역을 하는 사람들이 있어요. 의회에도 있고 정부에도 있죠. 사람들은 작가들이나 발레 무용수 같은 사람들만 비역을 하는 것으로 생각해요. 하지만 비역쟁이들 가운데 일부는 권력을 행사하는 위치에 있는데, 우리는 그것을 알지도 못하죠. 그들은 하나의 마피아처럼 서로 돕고 있어요. 그것에 대해서는 우리 독자들이 흥미를 느낄 만하죠.」

마이아는 쉽게 물러서지 않았다. 「하지만 상황이 달라지고 있어요. 아마 10년이 지나면, 게이가 스스로 게이라고 말해도 사람들은 그저 무덤덤하게 받아들일 거예요.」

「10년이 가면, 변할 건 변하겠지요. 풍속이 타락하고 있다는 것은 우리 모두가 알고 있어요. 하지만 현재 우리 독자들은 그 주제에 민감합니다. 루치디, 당신은 많은 곳에서 흥미로운 정보를 얻어 내는 것 같은데, 정계의 비역쟁이들에 관해서 뭔가 아는 게 있지 않아요? 기사를 준비하되, 한 가지 주의할 게 있어요. 관계자들의 성명을 밝히지는 마세요. 어쨌거나 법정에 가는 것은 피해야죠. 중요한 것은 그런 사고방식이나 환상을 뒤흔들고 전율과 불편한 감정을 느끼게 하는 것입니다.」

「성함들을 원하시면, 제가 알려 드릴 수도 있을 겁니다.」 루치디가 말했다. 「하지만 말씀하신 대로 그냥 전율을 느끼게 하는 게 중요하다면, 로마에 퍼져 가는 한 소문에 대해서 얘기할 수 있을 거예요. 고위층 동성애자들이 남몰래 서로 만나는 어떤 서점에 관한 소문이에요. 그 서점의 주된 고객은 아주 정상적인 사람들이라서 동성애자들이 그러고 있는 것을 사람들이 알아차리지 못해요. 어떤 사람들에게는 그 서점이 코카인 봉지를 손에 넣을 수 있는 장소이기도 해요. 책을 한 권 집어 들고 계산대에 갖다주면, 직원이 책을 봉투에 담아 주면서 코카인 봉지 하나를 봉투에 슬쩍 넣어 준다는 거죠. 들리는 말로는…… 그런 사람들 중에 장관을 지낸 사람도 있대요. 동성애자인데다 코카인을 흡입하는 사람이래요. 그 서점에서 벌어지는 일은 공공연한 비밀이에요. 특히 유력 인사들은 잘 알고 있어요. 그곳은 프롤레타리아 비역쟁이들이 가는 장소가 아니라는 것을요. 발레 무용수들도 가지 않아요. 그 동작이 남달라서 눈에 띄기 십상이거든요.」

「소문에 관해서 말하는 것은 아주 훌륭해요. 그저 약간의 색깔을 입히듯이 짜릿한 디테일을 섞으면 좋죠. 하지만 관계자들의 성명을 흘리는 방법도 있어요. 예를 들어 그 장소는 품위 있는 인물들이 자주 드나들기 때문에 존중할 만한 곳이라고 말하면서, 전혀 의혹을 받지 않는 작가와 기자와 의원 7~8명의 이름을 아무렇지도 않게 말하는 겁니다. 다만 그 이름들을 말하면서, 진짜 비역을 하는 사람들 한두 명의 이름을 슬쩍 끼워 넣는 거예요. 사람들은 우리가 누군가를 중상한다고 말할 수 없을 겁니다. 그 이름들이 신뢰할 만한 사람들의 예로 나와 있으니까요. 남성 동성애자를 겨냥한다는 비난이 나오지 않게 하는 더 좋은 방법이 있어요. 여색을 몹시 좋아하는 것으로 유명한 남자, 그의 애인이라는 여자의 이름까지 알려져 있는 남자를 명단에 포함시키는 거예요. 그런 식으로 우리는 들을 준비가 되어 있는 사람들을 위해서 암호가 들어 있는 메시지를 보냅니다. 어떤 독자들은 우리가 다 말할 작정이었다면 훨씬 많은 것을 말할 수 있었으리라 짐작할 겁니다.」

마이아는 충격을 받은 게 분명했다. 하지만 다른 사람들은 모두 그렇게 기사를 만드는 방식에 열띤 반응을 보였다. 그리고 루치디를 잘 아는 터라, 독자들의 흥미를 자극하는 기사가 나오리라 기대하고 있었다.

마이아는 남들보다 먼저 퇴근하면서, 나에게 미안하다고 말하는 듯한 신호를 보냈다. 이런 날에는 혼자 밤을 보내야 한다. 스틸녹스를 한 알 먹고 잠자리에 들어야 한다. 사정이 그러해서 나는 브라가도초와 함께 나섰고 이야기를 너무나 하고 싶어 하는 그의 먹이가 되었다. 걸어가는 도중에도 그의 얘기는 끊이지 않았다. 우리는 그냥 걷다 보니 비아 바녜라에 다다랐다. 그 골목의 음울한 분위기가 그의 이야기가 주는 으스스한 느낌과 잘 어우러지는 것 같았다.

「잘 들어 보게. 바야흐로 내가 내 가설과 맞지 않는 일련의 사건들에 맞닥뜨린 것처럼 보일 수도 있지만, 그렇지 않다는 것을 알게 될 거야. 아무튼 무솔리니의 주검은 그렇게 해부대에서 내장 덩어리 취급을 받고 적당히 봉합된 뒤에 클라레타 일행과 함께 밀라노의 주요 공동묘지인 무소코 묘지에 묻혔네. 하지만 아무도 파시즘을 회고하며 순례를 하지 못하도록 무덤에 이름을 표시하지 않았어. 그건 진짜 무솔리니가 도망칠 수 있게 한 사람들의 바람과도 맞아떨어졌어. 그들 역시 무솔리니의 죽음에 관한 얘기가 너무 많이 나오지 않기를 바랐을 테니까. 물론 그들이 바르바로사의 전설 같은 것을 만들어낼 수는 없었어. 바르바로사가 독일 어딘가의 동굴에 숨어 있다가 다시 깨어나 독일을 위대한 제국으로 만들 거라는 전설 말이야. 그런 전설이 히틀러에게는 잘 통했겠지. 아무도 히틀러의 시체가 어디로 갔는지 몰랐고, 정말로 죽었는가에 대해서도 이견이 있었으니까. 하지만 무솔리니의 도주를 도왔던 사람들은 그가 정말 죽었다고 믿게 만들면서(다른 한편에서는 빨치산들이 로레토 광장의 일을 해방의 마법적인 한 순간으로 계속 기념하고 있었지), 어느 날 고인이 다시 나타나리라는 것 ─ 칸초네의 가사대로 〈예전처럼, 예전보다 더 많이〉[49] 모습을 드러내리라는 것 ─ 을 염두에 두면서 준비를 해야 했어. 죽처럼 흐물흐물해진 주검을 다시 봉합했다고 그걸 소생시킬 수 있는 건 아니니까, 어떻게 해야 할지 고민이 많았겠지. 그런데 바로 그때 레치시라는 말썽꾼이 무대에 등장해.」

「레치시라면 두체의 주검을 파내 갔던 바로 그 사람 아니야?」

「맞아. 그는 스물여섯 살의 풋내기였지. 무솔리니가 세운 괴뢰 정권 살로 공화국의 잔당 가운데 하나인데, 이상을 좇는 듯하지만 생각이 없는 자였어. 그는 자기 우상에게 쉽게 알아볼 수 있는 무덤을 만들어 주고 싶어 해. 그게 안 되더라도 충격적인 사건을 일으켜서 네오파시즘이 일어나고 있음을 널리 알리고 싶어 하지. 그는

---

49 〈코메 프리마(예전처럼)〉라는 칸초네의 첫머리와 마지막 부분 가사. 토니 달라라가 1957년에 처음 부른 뒤로 도메니코 모두뇨 같은 이탈리아 가수들이 다시 음반을 냈고, 프랑스의 달리다 같은 외국 가수들이 자기네 언어로 가사를 바꾸어 불렀다. 가사를 번역하면 다음과 같다. 〈예전처럼, 예전보다 더 많이 널 사랑할 거야/평생에 걸쳐서, 내 삶을 너에게 줄 거야/너를 다시 만나고 너를 어루만지는 것, 또다시 네 손을 꼭 쥐는 것은 꿈만 같아/나에게는 네가 나의 세계, 온 세상이야/내가 너를 사랑하는 것만큼 사랑하는 사람은 아무도 없어/매일 매 순간 다정하게 너에게 말할 거야/예전처럼, 예전보다 더 많이 널 사랑할 거야.〉

자기처럼 지각이 없는 패거리를 모아서, 1946년 4월의 어느 날 밤에 공동묘지에 들어가. 몇 명 안 되는 야간 경비원들이 일찍 잠자리에 들자, 그는 곧장 무덤으로 가. 누군가에게서 무덤의 위치에 관한 비밀을 알아낸 게 분명해. 그의 일행은 주검을 파내. 입관되던 때에 비하면 주검이 심하게 부패했을 거야. 매장한 지 1년이 지났으니까 시신이 어떤 상태로 변했을지 상상해 보게. 그들은 조용조용 살금살금 시신을 옮겨 나르려고 애쓰지. 하지만 조급한 마음으로 허둥거리다 보니까 공동묘지의 통로에 부패한 유기물 덩어리를 떨어뜨리기도 하고 손가락뼈 두 개를 흘리기도 하네. 얼마나 칠칠치 못한 자들인지 짐작이 갈 거야.」

브라가도초는 시체를 옮겨 나르는 그 으스스한 일에 직접 참가하기라도 했던 것처럼 얘기에 신명을 내고 있었다. 이제는 그의 시신 유골 애착증이 어떤 식으로 나타나든 받아들여야 하는 상황이었다. 나는 그가 얘기를 계속하도록 내버려 두었다.

「괴기한 돌발 사태, 충격적인 일이 벌어졌다고 신문들이 대서특필하고, 경찰은 동분서주하며 곳곳을 뒤지고 다니지만, 백 일이 지나도록 주검의 흔적을 찾아내지 못해. 주검에서 나는 악취 때문에 범인들이 지나간 길에 고약한 냄새가 남아 있을 법한데, 그런 것이 없는 거야. 그래도 도난이 벌어지고 며칠 지나지 않아서 경찰은 공범들 가운데 마우로 라나를 처음으로 붙잡아. 그러고 나서 다른 공범들을 잇달아 체포하고, 7월 말이 되어서는 레치시까지 붙잡아. 그러자 주검의 행방이 밝혀지지. 주검은 얼마 동안 스위스와 국경을 접한 발텔리나에 있는 마우로 라나의 집에 감춰져 있다가, 5월에 밀라노로 옮겨져서 프란체스코회 산탄젤로 수도원의 원장인 추카 신부에게 맡겨지네. 추카 신부는 자기네 성당의 측랑에 시신을 묻어 주지. 그 일을 행한 추카 신부와 그를 도와준 파리니 신부를 두고 말들이 많았지. 어떤 사람들은 그들이 반동적인 밀라노 상류 사회의 사제들로서 네오파시스트들과 손잡고 위폐와 마약 거래를 했다고 보았어. 그런가 하면 어떤 사람들은 그들이 마음씨 착한 수도사들이라서 선량한 그리스도인이라면 받아들여야 하는 의무, 즉 〈땅에 묻힌 자를 용서하라parce sepulto〉[50]는 의무를 저버리지 못했을 거라고 생각했지. 그들을 어떻게 생각하든, 나는 별로 관심이 없네. 내가 흥미를 느끼는 것은 정부가 밀라노 대교구장 슈스테르 추기경의 동의를 얻어 그 시신을 서둘러 체로 마조레에 있는 카푸친회 수도원의 소성당에 묻게 했다는 것일세. 그 시신은 1946년부터 1957년까지 11년 동안 거기에 묻혀 있네. 그 비밀은 새어 나가지 않아. 그것이 이 사건의 중요한 점이라는 것을 깨달아야 하네. 레치시라는 그 멍청이 때

50 베르길리우스의 『아이네이스』 제3권 41행에 나오는 말.

문에 하마터면 가짜 무솔리니의 시신이 세상의 주목을 받을 뻔했어. 이미 부패가 많이 진행되었던 터라 주검을 본격적으로 다시 검사하는 위험한 상황이 벌어지지는 않았어. 하지만 무솔리니 사건을 뒤에서 조종하는 사람들이 보기에는 일을 조용히 처리하는 편이 나았어. 사건을 되도록 은폐해서 말이 적게 나오도록 해야 했던 거지. 그런데 레치시는 21개월 동안 감옥살이를 한 뒤에 네오파시즘 정당의 후보로 출마하여 국회 의원이 되는 영광을 얻어. 게다가 그리스도교 민주당의 아도네 촐리 의원은 총리가 되자, 네오파시스트들의 지지를 얻기 위해 무솔리니의 유해를 유족에게 돌려주는 것에 찬성해. 그리하여 유해는 다시 옮겨져 무솔리니의 고향 프레다피오에 묻히지. 그 묘소는 파시즘의 성지가 되었어. 오늘날에도 노스탤지어에 젖은 노인들과 새로운 광신자들이 검은 셔츠를 입고 거기에 모여서 로마식 경례를 한다네. 내가 보기에 아도네 촐리는 진짜 무솔리니가 살아 있다는 것을 몰랐어. 그러니까 이미 죽은 사람을 숭배하는 사람들이 있다고 해도 별로 걱정을 안 했겠지. 아마 우리가 아직 모르는 어떤 일이 벌어졌을 거야. 무솔리니를 닮은 대역을 쓰는 작전의 배후에는 네오파시스트들이 아니라, 훨씬 더 높은 다른 세력이 있지 않을까 싶어.」

「미안하지만 한 가지 궁금한 게 있어. 그런 상황에서 무솔리니의 가족은 무슨 역할을 한 거야? 둘 중 하나이겠지. 첫째는 두체가 살아 있음을 모르는 거야. 내가 보기에 그건 불가능한 경우야. 둘째는 두체가 살아 있음을 알면서도 대역의 주검을 두체의 유해로 인정하면서 고향에 묻는 것에 동의하는 거야.」

「자네도 알다시피, 나는 무솔리니의 가족이 어떤 상황에 놓여 있었는지 제대로 파악하지 못했어. 내 생각에 그들은 남편 또는 아버지가 어딘가에 살아 있다는 것을 알고 있지 않았을까 싶어. 만약 그가 바티칸에 숨어 있었다면, 가족은 그를 만나러 가기가 어려웠겠지. 무솔리니 집안사람이 바티칸에 간다면, 남들이 모르게 지나다닐 수가 없지. 아르헨티나로 도망쳤다는 가설이 더 그럴듯해. 상황 증거를 대볼까? 그의 아들인 비토리오 무솔리니를 봐. 그는 숙청을 모면하고, 시나리오를 쓰거나 각색을 하는 작가 노릇을 하다가 전후에 오랜 세월을 아르헨티나에서 살았어. 아르헨티나에서 살았다고, 알겠어? 아버지 가까이에 있기 위해서 그랬을까? 그렇다고 단언할 수는 없지. 하지만 왜 아르헨티나에서 살았을까? 그리고 비토리오 무솔리니의 동생인 로마노와 다른 사람들의 사진이 있어. 참피노 공항에서 부에노스아이레스로 떠나는 비토리오에게 인사를 하러 나온 사람들의 사진이야. 왜 로마노는 형의 외국 여행을 그토록 중요시했을까? 형은 이미 전쟁 전에 미국을 다녀온 사람이 아닌가? 그리고 로마노는 어떻게 했지? 그는 전후에 재즈

피아니스트로 유명해지고 외국에서 콘서트를 열어. 물론 역사는 로마노가 예술 활동을 하기 위해 어디에서 어디로 옮겨 다녔는지 관심을 두지 않았어. 하지만 로마노 역시 아르헨티나에 들르지 않았을까? 그리고 무솔리니의 아내인 라켈레는 어떤가? 그 여자는 자유롭게 움직일 수 있었고, 아무도 그 여자가 여행하는 것을 막을 수 없었을 거야. 그렇다면 사람들의 관심을 끌지 않기 위해서 파리나 제네바로 갔다가 거기에서 부에노스아이레스로 날아갈 수도 있었어. 그걸 누가 알까? 앞서 말한 것처럼 레치시와 촐리 총리 사이에 추저분한 제휴가 이뤄지고 갑자기 유해가 그녀에게 넘겨졌을 때, 그녀는 그것이 다른 사람의 유해라고 말할 수 없었을 거야. 오히려 불운을 견디어 내고 유해를 가족 묘소에 모시어 안장했겠지. 그런 처신은 진짜 두체가 돌아올 날을 기다리는 동안 예전의 체제를 그리워하는 사람들 사이에 파시즘 정신이 살아 있게 하는 데 도움을 주었어. 아무튼 내 관심은 그런 식의 가족 이야기에 있지 않아. 바로 이 대목에서 내 취재의 제2부가 시작되네.」

「무슨 일이 벌어지는데?」

「저녁 먹을 사람들이 몰려올 때가 되었으니 이제 일어나야 해. 그리고 내 모자이크에는 아직 몇 개의 조각이 부족해. 그 얘기는 나중에 다시 하자고.」

나는 브라가도초가 천재적인 이야기꾼이라서 소설 같

은 얘기를 몇 회로 나누어 들려주면서 매번 서스펜스를 고조시킨 다음에 〈다음 회에 계속〉이라고 말하는 것인지, 아니면 매번 한 대목씩 자기 이야기를 짜 나아가는 것인지 가늠할 수가 없었다. 어쨌거나 내가 이야기를 더 하자고 고집을 부릴 계제는 아니었다. 왜냐하면 악취 나는 주검이 이리저리 옮겨 가는 이야기를 듣는 동안 내 속이 뒤집어졌기 때문이다. 나는 집으로 돌아왔다. 그리고 저녁 대신 스틸녹스 한 알을 삼켰다.

15

5월 28일 목요일

「창간 예비 판 0-2호에는 정직성에 관한 기획 기사를 실어 볼까 해요.」시메이가 그날 아침에 말했다. 「이제 우리 모두가 알고 있다시피, 어느 정당에든 부패한 구석이 있었고 너 나 할 것 없이 뇌물을 받았어요. 우리는 그들에게 분명히 알려야 해요. 만약 우리가 원한다면 정당들에 맞서 캠페인을 벌일 수 있다는 사실을 말입니다. 우리는 정직한 사람들의 정당, 다른 종류의 정치에 관해서 말할 수 있는 시민들의 정당을 생각해 봐야 해요.」

「더 신중하게 가는 게 바람직합니다.」내가 말했다. 「그건 예전의 주간지이자 정당이었던 〈아무 사람〉[51]의 주장이 아니었나요?」

시메이가 대답했다. 「〈아무 사람〉은 당시에 아주 강력

---

51 *L'Uomo qualunque*. 이는 1944년 12월 말에 굴리엘모 잔니니가 창간한 자유 보수주의 성향의 주간지 이름이기도 하고, 이 주간지의 지지층이 결집하여 1946년 2월에 창설한 정당의 이름이기도 하다. 이 정당은 소수의 국회 의원을 내고 3년 뒤에 문을 닫은 반공주의 정당이었다.

하고도 매우 교활한 정당이었던 그리스도교 민주당에 흡수되어 세를 잃었어요. 그런데 오늘날 그리스도교 민주당은 기둥뿌리가 흔들리고 있어요. 영웅들이 가고 멍청이들이 패거리를 짓고 있는 형국이죠. 그리고 우리 독자들은 이제 〈아무 사람〉이 무엇인지 몰라요. 그건 45년 전에 있었던 정당이에요. 사실 우리 독자들은 10년 전에 벌어진 일조차 기억하지 못하죠. 내가 최근에 한 유력 일간지에서 레지스탕스를 기리는 기사를 봤는데, 거기에 사진 두 장이 실려 있더군요. 하나는 빨치산들이 타고 있는 트럭의 사진이었지만, 다른 하나는 레지스탕스 대원들이 아니라 검은 모직물로 된 파시스트 당원의 제복을 입은 한 무리 남자들의 사진이었어요. 이 두 번째 사진 속의 남자들은 오른팔을 자기 앞으로 쭉 뻗는 로마식 경례를 하고 있어요. 게다가 이 사진에는 〈스쿠아드리스티〉라는 캡션이 붙어 있었어요. 〈스쿠아드리스티〉는 1920년대에 활동한 파시스트 무력 행동대였고, 아직 검은 모직물로 된 제복을 입지 않았어요. 그러니까 사진에 보이는 남자들은 1930년대에서 1940년대 초 사이에 활동했던 파시스트 민병대원들이라는 거죠. 내 나이쯤 된 증인이라면 금방 알아볼 수 있어요. 편집부에서 일해야 할 사람들은 내 연배의 증인들뿐이라고 주장하는 게 아니에요. 아무리 오래된 일이라도 가릴 것은 가리는 안목이 필요하다는 뜻이죠. 예를 들어 나는 19세기에 라마르모라 장군이 창설한 저격대의 제복과 밀라노 폭동을 잔인하게 탄압한 바바 베카리스 장군의 군대가 입었던 제복을 구별할 줄 알아요. 그들 모두 내가 태어나기 오래전에 죽었지만 그 정도는 구별할 줄 안다는 뜻이에요. 어쨌거나 이 사진들은 우리랑 같은 일을 하는 언론인들조차 기억이 희미해지면 실수를 저지른다는 사실을 보여 주고 있어요. 그러니 우리 독자들이 〈아무 사람〉을 기억하지 못하는 건 당연한 일 아니겠어요? 그 얘기는 이쯤 하고 내 아이디어로 돌아갑시다. 정직한 사람들의 새로운 정당은 많은 사람들을 불안하게 만들 수 있어요.」

「『정직한 사람들의 동맹』이 생각나는군요.」 마이아가 미소를 지으며 말했다. 「그건 조반니 모스카[52]가 발표한 옛 소설의 제목이었어요. 제2차 세계 대전이 끝나기 직전에 나온 소설이지만, 오늘날에 읽어도 재미있지 않을까 싶어요. 품위 있는 사람들의 신성한 단결에 관한 이

52 Giovanni Mosca(1908~1983). 이탈리아의 언론인이자 작가. 여러 신문에서 기자로 활동한 뒤에 『소년 신문』을 이끌었고, 제2차 세계 대전 시기에 이탈리아에서 가장 유명했던 풍자 신문들인 『베르톨도』와 『칸디도』의 창간에 참여했다. 예리한 유머 감각에서 나온 기사들과 풍자문들을 여러 신문에 발표했고, 비슷한 특성을 지닌 소설 작품들도 출간했다. 대표작으로는 초등학교 교사를 지낸 경험을 바탕으로 쓴 『학교의 추억』(1940)과 『이런 것을 두고 누가 죽음이라 했는가』(1941), 『정직한 사람들의 동맹』(1945), 『보르게세 빌라의 아이들』(1954), 『어떤 아버지의 일기』(1969) 등이 있다. 움베르토 에코는 소설 『로아나 여왕의 신비한 불꽃』 15장에서 모스카의 『이런 것을 두고 누가 죽음이라 했는가』라는 소설을 두 페이지에 걸쳐 다룬 바 있다.

야기죠. 그들은 부정직한 사람들의 세계로 침투하기로 결정했어요. 부정직한 사람들의 가면을 벗기고 그자들을 되도록 정직하게 사는 길로 인도하기 위해서였죠. 그런데 부정직한 사람들에게 받아들여지기 위해서 동맹의 회원들은 부정직하게 행동해야만 했어요. 그다음에 무슨 일이 벌어졌을지는 여러분의 상상에 맡길게요. 정직한 사람들의 동맹은 조금씩 부정직한 사람들의 동맹으로 변했죠.」

「그건 문학이에요, 우리 고운 님.」 시메이가 대꾸했다. 「그리고 그 모스카라는 작가를 이제 누가 알겠어요? 당신은 책을 너무 많이 읽어요. 당신의 모스카는 잊어버리는 게 좋겠어요. 하지만 이 일이 당신 마음에 들지 않으면, 신경 쓰지 않아도 돼요. 도토르 콜론나, 기획 기사가 아주 강렬하면서도 품격이 있는 것으로 되도록 당신이 나를 도와줘요.」

「그건 할 만한 일입니다.」 나는 대답했다. 「정직하게 살자는 호소는 언제나 장사가 잘되거든요.」

「부정직하게 행동하는 정직한 사람들의 동맹이라.」 브라가도초가 마이아를 보면서 냉소를 흘렸다. 그들 두 사람은 정말이지 앙숙이 되려고 태어난 사람들이었다. 그리고 굴뚝새처럼 작고 가녀리지만 온갖 지식을 샘처럼 퐁퐁 쏟아 내는 마이아가 시메이의 새장에 갇혀 있다는 사실이 점점 더 거북하게 느껴졌다. 하지만 그녀를 해방시키기 위해서 내가 당장 할 수 있는 일을 찾아낼 수 없었다. 그녀가 겪는 문제는 나의 주된 관심사가 되어 가고 있었고(아마 내가 겪는 문제도 그녀의 주된 관심사가 아니었을까?), 나머지 일에 대해서는 내 관심이 시들해지는 중이었다.

점심시간에 샌드위치를 사러 바에 내려가면서 나는 그녀에게 말했다. 「우리 이 모든 일을 그만두어 버릴까? 이 말도 안 되는 짓거리를 고발하고, 시메이와 그의 일당에게 욕설을 퍼부을까?」

「누구한테 고발하려고?」 마이아가 물었다. 「첫째, 나를 위해서 당신까지 망치려고 하지 마. 둘째, 그 이야기를 누구한테 가서 하겠어? 내가 조금씩 이해하고 있는 바로는 모든 신문이 한통속이야. 신문들이 역할을 바꿔 가며 서로 보호하고 있는 판국이잖아…….」

「브라가도초 같은 사람이 되면 안 돼. 그는 어디에서나 음모를 보고 있거든. 아무튼 미안해. 내가 그렇게 말한 이유는…….」 나는 어떻게 말해야 할지 알 수가 없었다. 「그건 당신을 사랑한다고 생각하기 때문이야.」

「당신이 그런 말을 하는 거 이번이 처음이야. 그거 알아?」

「바보야, 그걸 왜 모르겠어? 우리는 같은 생각을 하잖아, 안 그래?」

그녀가 말한 대로였다. 내가 그런 말을 입에 올리지
않은 지는 적어도 30년은 될 터였다. 때는 5월이었고, 나
는 30년 만에 내 뼛속으로 봄이 흐르는 것을 느꼈다.

내가 왜 뼈를 생각했을까? 내가 기억하기로, 그건 그
날 오후에 브라가도초가 나하고 만나기로 한 장소가 바
로 베르치에레 구역에 있는 산 베르나르디노 유골 성당[53]
앞이었기 때문이다. 그 성당은 산토 스테파노 광장 한
모퉁이의 골목길에 면해 있었다.

「아름다운 성당이야.」 브라가도초가 안으로 들어서며
말했다. 「중세부터 여기에 있었는데, 무너지고 불에 타
는 등 여러 가지 재난을 겪었어. 오늘날의 이 모습으로
재건된 것은 18세기의 일이야. 원래는 근처에 있던 옛
나병 환자 공동묘지의 유골들을 모아 두기 위해 납골당
을 지으면서 그 옆에 성당을 세운 거래.」

내가 짐작하던 대로였다. 브라가도초는 무솔리니의

---

53 밀라노 산토 스테파노 광장에 면한 팔각지붕의 성당인데, 죽은 사
람의 머리뼈와 정강이뼈로 벽면을 장식한 납골당으로 유명하다. 1210년
인접해 있던 공동묘지의 부지가 부족해짐에 따라 유골들을 한데 모아 둘
납골당을 짓게 되었고, 그 옆에 성당을 세웠다. 그 뒤로 수백 년에 걸쳐
보수 공사와 화재 피해에 따른 복원 공사가 이루어졌다. 화재 뒤에 새로
지은 성당을 성 베르나르디노에게 바침에 따라 성당 이름이 산 베르나르
디노 알레 오사(여기에서 오사는 〈뼈〉라는 뜻), 즉 산 베르나르디노 유골
성당으로 바뀌었다.

시신에 관해서 더 끄집어낼 것이 없을 만큼 얘기를 한 터라, 죽음과 관련하여 영감을 줄 만한 다른 요소를 찾고 있었다. 아닌 게 아니라, 우리는 한 복도를 통해서 납골당으로 들어갔다. 거기에는 드나드는 사람이 없었다. 그저 노파 한 사람이 맨 앞줄의 벤치에 앉아서 두 손으로 머리를 감싼 채 기도를 하고 있을 뿐이었다. 벽기둥들 사이에 높다란 벽감을 만들어 놓았는데, 장식을 위한 이 공간을 차지하고 있는 것은 오로지 뼈들이었다. 머리뼈만 층층이 쌓여 있는 벽감이 있는가 하면, 머리뼈들이 네모난 테두리나 거대한 십자가 모양으로 다른 뼈들과 함께 하야스름한 모자이크를 이루고 있는 높다란 장식 공간도 있었다. 그 다른 뼈들은 아마도 등골뼈와 뼈마디, 빗장뼈, 복장뼈, 어깨뼈, 꼬리뼈, 손목뼈, 손허리뼈, 무릎뼈, 발목뼈, 복사뼈 등등이었을 것이다. 사면 벽을 장식하고 있는 이 뼈의 구조물을 따라 위쪽을 올려다보니 티에폴로풍의 그림이 있는 아치형 천장이 보였다. 밝고 화사한 천장이었다. 분홍색과 크림색의 구름 사이로 천사들과 개선 영혼들이 둥둥 떠다니고 있었다. 굳게 닫힌 낡은 문 위쪽의 수평 진열장에는 눈구멍이 뻥 뚫린 두개골들이 마치 약국 붙박이장에 놓인 도자기 약병들처럼 나란히 진열되어 있었다. 방문객의 눈높이에 있는 아래쪽 벽감에는 눈이 성긴 그물을 씌워 놓았는데, 그 사이로 손가락을 집어넣을 수 있었기 때문에 그 안에 들어 있는 머리뼈들과 보통 뼈들은 반짝반짝 빛이 났다. 여러 세기 동안 신심 깊은 사람들과 시간증에 걸린 사람들이 손으로 문질러서 마치 로마에 있는 성 베드로상의 발처럼 반짝이는 것이었다. 대충 보기에 머리뼈는 적어도 1천 개가 될 법했고, 더 작은 뼈들은 그 수를 헤아릴 수 없었다. 벽기둥들의 표면에는 정강이뼈들로 만들어진 그리스도의 모노그램이 붙어 있었다. 그 정강이뼈들은 옛날에 토르투가섬의 해적들이 휘날리던 깃발에서 빼내 온 것 같았다.

「이 뼈들이 나병 환자들의 유골인 것만은 아닐세.」브라가도초는 마치 세상에 이보다 아름다운 것은 없다는 듯한 표정을 지었다. 「어떤 뼈들은 근처의 다른 묘지들에서 왔네. 사형수나 브롤로 병원에서 죽은 환자들의 유골도 있고, 참수형을 당한 사람들과 감방에서 죽은 죄수들의 해골도 있어. 심지어는 좀도둑이나 도적처럼 마지막 순간에 성당을 찾아와 죽었던 사람들의 유골도 있네. 옛날에 채소와 과일을 파는 시장이었던 베르치에레는 인심이 사납기로 악명이 높았던 터라 성당이 아니고는 평안히 눈감을 데가 없었던 모양이야…… 아무튼 저 자그마한 노파가 여기에 와서 기도를 올리는 게 참 우습다는 생각이 들어. 저 노파는 여기가 아주 성스러운 유물이 있는 어떤 성인의 묘소라도 되는 것처럼 생각하는 거야. 실제로는 도둑과 강도와 영벌을 받은 영혼들의 유해가 모여 있는 곳인데 말이야. 그래도 옛날 수도사들은 무솔리니의 시신을 묻거나 파냈다는 사람들보다 동정심이 많았어. 그들이 유골을 얼마나 정성스럽게 쌓아 놓았는지 보라고. 예술에 대한 사랑, 심지어는 어떤 냉소주의가 느껴질 정도야. 마치 비잔틴 양식의 모자이크를 보는 것 같아. 저 자그마한 노파는 이 공간이 풍기는 죽음의 이미지에 매혹되어 있어. 이 뼈들을 성스러움의 이미지로 받아들이는 거야. 저기 저 제단 보이지? 정확히 어디인지는 보이지 않지만, 저 제단 아래에 반쯤 미라로 변한 소녀의 유해가 있다네. 사람들 말로는 그 유해가 만령절에 다른 유골들을 데리고 나가 죽음의 무도를 춘다더군.」

나는 그 소녀가 뼈만 남은 꼬마 친구들을 거느리고 비아 바녜라까지 가는 모습을 머릿속에 그렸다. 하지만 이러고저러고 말을 보태지는 않았다. 그런 종류의 납골당이라면, 나는 이미 로마에 있는 카푸치니 수도회 성당의 납골당을 보았고, 팔레르모의 무시무시한 지하 묘지에 가서 전신이 미라로 변한 카푸치니 수사들, 걸치고 있는 수도복은 누더기가 되었지만 장엄한 자태를 잃지 않고 있는 수사들의 유해들을 보았다. 하지만 그런 경험을 브라가도초에게 말하고 싶지 않았다. 그는 자기 삶의 근거지인 밀라노의 유해들에 만족하는 게 분명했다.

「부패 장소라는 뜻의 푸트리다리움이라는 것도 있네.

저기 커다란 제단 앞에 있는 작은 계단으로 내려가면 되지. 하지만 거기에 내려가자면 성당 관리인을 찾아내야 하네. 그를 찾아내도 그의 기분이 나쁘면 그곳을 견학할 수 없어. 옛날에 수사들은 함께 수행하던 이가 죽으면, 그 시신을 돌로 된 의자에 앉혀 부패와 분해가 이루어지게 했다네. 그 돌의자의 앉는 자리 한복판에는 구멍이 뚫려 있었고, 그 구멍으로 체액이 흘러내렸어. 시신은 천천히 수분을 잃고 마침내 깨끗한 유골이 되었지. 그 유골은 우리가 〈파스타 델 카피타노〉 치약 광고를 할 때 볼 수 있는 치아들만큼이나 깨끗했다네. 며칠 전에 나는 이런 생각을 했어. 레치시가 무덤을 도굴한 뒤에 무솔리니의 시신을 감추려고 했는데, 바로 여기 푸트리다리움이 그것을 하기에 딱 좋은 장소였을 거라고 말이야. 하지만 안타깝게도 나는 소설을 쓰고 있는 게 아니라, 역사적 사실을 재구성하고 있어. 그리고 역사는 두체의 유해가 다른 곳으로 옮겨졌다고 우리에게 말하고 있어. 유감스럽지. 하지만 최근에 내가 여기에 자주 온 이유가 바로 거기에 있어. 이곳이 나에게 도움을 줘. 유해와 관련해서 이러저러한 생각을 할 때 여기에 와서 많은 영감을 받았어. 어떤 사람들은 돌로미티 산맥이나 마조레 호수를 바라보면서 영감을 얻는다지만, 내가 영감을 얻는 곳은 여기일세. 나는 어쩌면 시체 안치소의 관리인이 되었어야 하는 게 아닐까? 그것이 운수 사납게 돌아가신 내 할아버지를 제대로 기억하는 방식이었는지도 몰라. 그분의 영혼에 평화가 있기를.」

「그런데 왜 나를 여기에 데려왔어?」

「어쩌다 보니 이렇게 되었어. 나는 내 안에서 부글거리는 것을 누군가에게 이야기해야 해. 그러지 않으면 미쳐 버릴 거야. 혼자서 진실을 알아내면 머리가 돌아 버릴 수도 있어. 그리고 여기엔 내 얘기를 들어 줄 사람이 없어. 있어도 어쩌다 외국인 관광객이 몇 명 있을 뿐인데, 그들은 아무것도 이해하지 못해. 그래, 이제 본격적으로 얘기할게. 나는 마침내 알게 되었어. 무솔리니 사건은 스테이 비하인드와 연결되어 있다는 사실을 말이야.」

「스테이 뭐라고?」

「내가 지난번에 한 얘기 기억나지? 나는 그들이 살아 있는 두체를 어떻게 했을지 알아내야 하는 상황이었어. 두체가 아르헨티나나 바티칸에서 썩어 가게 내버려 두지 않기 위해서, 그리고 그가 자기 대역처럼 생을 마감하게 하지 않기 위해서, 그들은 두체를 어떻게 했을까?」

「이떻게 했을까?」

「연합군 내에는 무솔리니가 살아 있기를 바라는 사람들이 있었어. 전후에 적당한 때가 되면 그를 내세워 공산주의 혁명이나 소비에트의 공세에 대항하자는 생각이었겠지. 제2차 세계 대전 중에 영국인들은 추축국에 점령된 여러 나라에서 벌어지던 레지스탕스 활동에 관여

245

하며 영향력을 행사했어. 영국 정보기관의 한 갈래인 특수 작전 집행부가 지휘하는 조직망을 통해서였지. 특수 작전 집행부는 전쟁이 끝난 뒤에 해산되었다가, 1950년 대 초에 다시 활동하기 시작했어. 유럽 여러 나라에 소련의 붉은 군대가 침입하거나 각 나라의 공산주의자들이 쿠데타를 시도하는 것에 대항하기 위한 새로운 조직의 중핵으로 나선 셈이지. 유럽 연합군 최고 사령관이 조정하는 가운데, 이 새로운 조직의 지도를 받으며, 벨기에, 영국, 프랑스, 서독, 네덜란드, 룩셈부르크, 덴마크, 노르웨이에 스테이 비하인드(〈뒤에 남기〉나 〈잔류하기〉의 뜻일세)가 생겨나네. 그건 준군사 비밀 조직일세. 이탈리아에서는 1949년부터 그런 활동이 시작되었고, 1959년에 이탈리아 정보부가 그 조직의 계획 조정 위원회에 참가하더니, 1964년에 마침내 CIA의 재정 지원을 받는 글라디오라는 조직이 정식으로 생겨나네. 글라디오라는 이름을 들으면 뭔가 생각나는 것이 있을 걸세. 글라디오란 고대 로마 군단의 병사들이 사용하던 검이야. 그러니까 글라디오라는 말을 사용한다는 것은 고대 로마에서 공적 권력의 표장으로 사용되었다가 파시스트들의 상징이 되어 버린 〈파쇼 리토리오〉[54]나 그와 비슷

54 이탈리아의 파시스트들에게는 〈파쇼 리토리오〉라는 표장이 있다. 이 표장은 원래 에트루리아에서 유래하여 고대 로마 때에 사용되던 권표이다. 고대 로마에는 릭토르라 불리던 관리가 있었다. 최고 행정관의 부관 격이었던 릭토르는 회초리 다발과 도끼를 가죽띠로 함께 묶어 놓은

246

한 것들을 말하는 것과 마찬가지였어. 그것은 재향 군인들과 모험을 좋아하는 사람들과 파시즘을 그리워하는 자들을 유혹하는 이름이었어. 전쟁은 끝났지만, 많은 사람들이 아직 그 영웅적인 날들을 추억하며 위안을 느꼈고, 파시즘 찬가에 나오는 대로 〈수류탄 두 개를 지니고 입에는 꽃을 문 채〉[55] 죽음에 맞섰던 것이며 기총 소사를 하던 광경을 회상하고 있었어. 그들은 예전에 무솔리니의 괴뢰 정권인 살로 공화국을 지지했던 사람들이겠지. 아니면 코사크 사람들이 쳐들어와서 성 베드로 대성당의 성수반으로 자기네 말들을 끌어가 물을 먹일 수도 있다고 생각하며 겁에 질려 있는, 예순 살을 넘긴 가톨릭의 이상주의자들이었을 수도 있어. 뿐만 아니라 이제는 사라진 군주제를 광신적으로 지지하는 사람들도 있었어. 들리는 말로는 외교관이었던 에드가르도 소뇨 백작도 거기에 가세했다더라고. 소뇨는 왕년에 피에몬테 지방의 빨치산 부대를 이끌던 영웅이었지만, 골수 군주제 지지자이기도 했어. 그래서 사라진 세계를 숭배하는 데

〈파스케스 *fasces*〉라는 표장을 들고 다녔다. 권력과 단결력을 상징하는 이 표장은 로마 제국 말기부터 많은 정권의 휘장으로 사용되었고, 20세기에 와서는 〈파쇼 리토리오(릭토르의 다발)〉라는 이름으로 이탈리아 파시스트들의 상징이 되었다. 파쇼, 파시즘 같은 말들은 바로 묶음을 뜻하는 이 라틴어 〈파스케스〉에서 온 것이다.

55 무솔리니 대대들을 격려하기 위해 1943년에 만든 〈M 대대〉 찬가의 마지막 일절. 파시즘 시대의 이런 노래들에 관한 풍자는 『로아나 여왕의 신비한 불꽃』9장에 잘 나와 있다.

에 골몰했던 거지. 글라디오의 조직원으로 가입한 사람들은 사르데냐의 훈련소로 보내져, 갖가지 기술과 방법을 배웠어(배웠다기보다 예전에 알던 것을 기억해 낸 사람들도 있었겠지). 교량에 폭발물을 설치하는 기술이라든가 기관총을 다루는 방법, 야간에 단도를 입에 물고 적을 습격하는 방식, 파괴 공작과 게릴라전을 수행하는 방법 같은 것을 말일세.」

「하지만 그들은 퇴역 대령이거나 병에 걸린 장성이거나 허약한 회계원이었을 거야. 그들이 교각이나 철탑에 잘 올라가는 모습을 상상할 수가 없어. 그들이 〈콰이강의 다리〉에 나오는 영국군 포로들처럼 일을 했을 리가 없잖아?」

「그건 그렇지. 하지만 싸우려는 욕구에 사로잡혀 있는 젊은 네오파시스트들도 있었고, 정치에는 관심이 없고 그저 분노에 가득차서 맹렬하게 행동하는 사람들도 있었네.」

「그것과 관련해서 2년쯤 전에 무언가를 읽은 것 같기는 해.」

「당연한 얘기지만, 글라디오 작전은 극비에 부쳐진 채로 진행되었어. 정보부와 군의 수뇌부만 그것을 알고 있었고, 총리와 국방 장관과 대통령에게는 조금씩만 정보가 전해졌어. 그러다가 소비에트 연방이 붕괴되니까 작전을 계속 이어갈 이유가 없어졌지. 아마 유지비도 너무 많이 드는 상황이었을 거야. 1990년에 코시가 대통령이 직접 입을 열어서 비밀이 새어 나가게 했어. 같은 해에 안드레오티 총리가 글라디오의 존재를 공식적으로 인정했어. 필요에 따라 어쩔 수 없이 그런 작전을 수행했지만, 이제는 다 옛날이야기가 되었으니까 더 길게 말할 필요가 없다고 주장했지. 그러자 아무도 글라디오를 크게 문제 삼지 않았고, 모두가 그것을 거의 잊어버렸어. 이탈리아와 벨기에와 스위스 국회에서는 약간의 조사를 벌였지만, 미국의 조지 H. W. 부시 대통령은 걸프전을 한창 준비하던 참이고 북대서양 조약 기구의 평판을 떨어뜨리고 싶지 않아서 일체의 해명을 거부했네. 스테이 비하인드 작전에 참여했던 모든 나라에서 그와 관련하여 침묵을 지키는 길을 선택했어. 나라별로 스테이 비하인드 때문에 생긴 사건이 없었던 것은 아니지만, 크게 문제가 되지 않고 넘어갔어. 프랑스에서는 악명 높은 극우 무장 세력인 OAS(비밀 군사 조직)가 프랑스 스테이 비하인드 세력에 의해 창설되었다는 것이 오래전부터 알려져 있었지만, 드골 대통령이 그 반체제 세력을 진압해 버렸어. 독일에서는 1980년에 뮌헨의 맥주 축제 옥토버페스트 때 폭발 사건이 벌어졌는데, 그 폭탄이 독일 스테이 비하인드의 은신처에서 나온 폭약으로 만들어졌다는 사실이 밝혀졌어. 그리스에서는 스테이 비하인드 군 조직인 그리스 기습대가 군사 쿠데타를 일으켰어. 포르투갈에서는 반공 용병 조직인 아진터 프레스라는 사이비 통신사가 모잠비크 해방 전선의 지도자 에두아르도 몬들라네를 암살했지. 스페인에서는 프랑코 총통이 죽고 1년 뒤인 1976년에 좌파 정당 카를리스타의 두 당원이 극우파 테러리스트들에게 살해당했고, 이듬해에는 스테이 비하인드가 마드리드에서 공산당과 관계를 맺고 있던 변호사 사무실에 찾아가 학살을 자행했어. 스위스에서는 비록 2년 전의 일이지만, 왕년에 스위스 스테이 비하인드의 간부였던 헤르베르트 알보트 대령이 국방부에 자기가 스테이 비하인드에 관한 〈모든 진실〉을 고백하겠다고 서신을 보내 놓고는 자기 집에서 자신의 총검에 찔린 채 죽어 있는 모습으로 발견되었네. 터키에서는 반공과 네오파시즘의 기치를 내건 〈회색 늑대들〉이라는 무장 조직이 스테이 비하인드와 결합되어 있었는데, 이들은 나중에 교황 요한 바오로 2세에 대한 암살 기도에도 가담했어. 자네가 원한다면 예를 더 들 수도 있어. 나는 그저 내 메모의 일부만 자네에게 읽어 주었어. 하지만 어느 사건을 보더라도 대단한 것처럼 보이지는 않을 거야. 여기에서도 살인, 저기에서도 살인이 벌어졌어. 신문의 사건 사고 기사에서 읽었던 것들이지. 그리고 매번 읽고 나면 그냥 잊어버렸던 사건들이야. 보다시피, 신문들은 뉴스를 널리 전파하기 위해 만들어진 것이 아니라, 뉴스를 덮어서 가리기 위해 만들어진 것 같아. X

라는 사건이 벌어지면, 신문은 그것을 다루지 않을 수 없어. 하지만 그 뉴스를 거북하게 받아들일 사람이 너무 많아. 그러면 같은 호에 독자의 머리털이 곤두서게 할 만한 충격적인 기사들을 싣는 거야. 한 어머니가 네 명의 자식을 참혹하게 죽였다든가, 국민의 저축이 재처럼 헛된 것이 되어 버릴 거라든가, 가리발디가 자기의 충실한 부하였던 니노 빅시오를 모욕하는 내용이 담긴 서신이 발견되었다든가 하는 기사들 말일세. 그러면 X라는 사건의 기사는 정보의 큰 바다에서 익사해 버리지. 어쨌거나 내가 흥미를 느끼는 것은 1960년대에서 1990년대에 이르기까지 이탈리아에서 글라디오가 무슨 일을 벌였는가 하는 것일세. 글라디오는 온갖 종류의 일을 벌인 게 분명해. 극우파 테러 활동에 관여했을 것이고, 1969년에 터진 폰타나 광장 폭파 사건에서도 어떤 역할을 맡았을 거야. 그리고 그 무렵 — 1968년 학생 운동에 이어 노동자들이 파업을 벌이며 뜨거운 가을을 만들던 시대 — 부터는 어떤 자들을 시켜 테러 공격을 벌인 뒤에 그것을 좌파의 소행으로 몰아갔어. 듣자 하니 리초 젤리가 창설한 악명 높은 프리메이슨 회당 〈프로파간다 두에P2〉도 글라디오 작전에 참여했다고 하더군. 그런데 왜 소비에트에 맞서서 싸우기로 했던 조직이 그렇게 테러 행위에 몰두했을까? 나는 그 답을 찾다가 유니오 발레리오 보르게세 공(公)에 관한 이야기에서 아주 중요한 점을 발견하게 되었다네.」

브라가도초는 신문에 실렸던 많은 것들을 나에게 상기시켰다. 사실 1960년대에는 군사 쿠데타에 관한 얘기가 많이 나돌았고, 〈검들이 찰가당거리는 소리〉라는 말도 심심찮게 들려왔다. 나는 데 로렌초 장군이 쿠데타를 꿈꿨다는 소문(실제로는 실행한 적이 없지만)도 기억하고 있었다. 브라가도초는 곧이어 보르게세가 시도했던 쿠데타에 관해서 이야기하기 시작했다. 상당히 기괴한 얘기였다. 풍자 영화에서 따온 얘기라는 느낌마저 들었다. 유니오 발레리오 보르게세는 파시즘의 검은색과 연결을 시켜서 〈검은 왕자〉라고도 불렸던 군인이자 정치가였다. 그는 제2차 세계 대전 중에 왕립 해군의 제독으로서 잠수 특공대인 〈데치마 마스〉를 지휘했다. 사람들 말로는 꽤나 용기가 있는 사내였다. 확고한 신념을 지닌 파시스트였던 그는 당연히 살로의 이탈리아 사회 공화국에 참여했다. 그런데 이유는 밝혀지지 않았지만, 파시스트라면 간단히 총살되던 1945년에도 그는 그런 불행을 면했다. 죽음을 두려워하기보다는 순전한 전사의 오라를 간직한 당당한 모습을 보였다. 얼굴에 이렇다 할 특징이 없어서 만약 회사원 차림으로 거리를 지나갔다면 아무도 관심을 두지 않았을 텐데, 베레모를 비스듬하게 쓰고 기관총을 어깨에 메고 있었을 뿐만 아니라, 발목에 주름이 잡힌 군용 바지와 목이 둥근 스웨터를 입고 있었다고 한다.

1970년이 되자 보르게세는 쿠데타를 일으킬 때가 되었다고 판단했다. 브라가도초의 의견에 따르면, 보르게세와 그를 따르는 사람들은 무솔리니를 망명지에서 당장 귀국시켜야 하리라고 생각했다. 무솔리니는 87세가 다 되어 가고 있었고, 1945년에 이미 지친 기색을 보였다. 그렇다면 더 기다릴 수 없다는 것이 보르게세 일당의 생각이었다는 것이다.

「때로는 무솔리니라는 그 불쌍한 인간을 생각하면 마음이 짠해지기도 해.」브라가도초가 말했다. 「그가 인내심을 가지고 기다리는 상황을 생각해 봐. 그의 망명지가 아르헨티나라면, 비록 위궤양 때문에 그곳의 거대한 스테이크를 먹지는 못하겠지만, 적어도 끝없이 펼쳐진 팜파스를 바라볼 수는 있었을 거야(복도 많지, 25년 동안 그럴 수 있었으니). 하지만 만약 다른 데로 가지 않고 바티칸에 계속 숨어 있었다면, 처지가 훨씬 딱했겠지. 그가 누릴 수 있는 거라고는 기껏해야 밤에 자그마한 정원에서 산책을 하거나 콧수염이 난 수녀가 가져다주는 야채수프를 먹는 것이었겠지. 그러면서 생각했겠지. 이탈리아를 잃으면서 애인도 잃었고, 자식들도 다시 안아 줄 수 없게 되었다고. 아마 머리가 약간 모자란 상태로 변해서 온종일 소파에 앉은 채로 과거의 영광을 되새기거나 현재 세상에 무슨 일이 벌어지고 있는지를 흑백텔레

253

비전으로 보았을 거야. 그러다 보면 나이 때문에 어둑해
지고 매독 때문에 달아오른 정신 상태가 되어, 로마 베네
치아궁 발코니에서 받았던 군중의 갈채나 여름날 선전
용으로 웃통을 벗고 밀을 타작하던 장면, 또는 아기들에
게 뽀뽀를 해주면 성적으로 자극을 받은 애기 엄마들이
침을 흘리며 자기 손에 입을 맞추던 장면을 떠올렸겠지.
아니면 베네치아궁의 〈살라 델 마파몬도(세계 지도의
방)〉에서 보냈던 오후 시간들을 다시 생각했을까? 집사
나바라가 그를 즐겁게 해주려고 여자들을 실내로 들여
보내면, 그는 승마복처럼 생긴 바지의 앞 단추를 얼른 끄
르고 여자를 책상 위에 턱 올려놓은 채 꺼덕꺼덕 움직여
서 몇 초 만에 정액을 쏟아내고, 여자들은 발정이 난 암
캐처럼 신음 소리를 내며 〈오오 나의 두체, 나의 두
체……〉라고 중얼거리던 시간들 말이야. 무솔리니가 침
을 흘리면서 자지가 축 늘어진 채로 그런 회상에 젖어 있
으면, 누가 와서 부활이 임박했다는 생각을 그의 머릿속
에 심어주었을 거야 — 이런 얘기를 하다 보니, 히틀러
에 관한 우스갯소리가 생각나는걸. 한번 들어 볼래? 히
틀러 역시 아르헨티나에 망명을 가 있었는데, 네오나치
들이 세계를 다시 정복하기 위해 무대로 돌아오라고 그
를 설득하고 싶어 했대. 그러자 히틀러는 너무 나이가
들었다면서 싫은 기색을 보이며 망설이다가 마침내 마
음을 굳히고 말하더래. 〈좋았어, 다시 무대에 서겠어. 하

지만 이번에는…… 악역을 맡는 거야, 알았지?〉하고.」

　브라가도초는 계속 이야기에 신명을 올렸다. 「아무튼 1970년에는 군사 쿠데타가 성공할 수 있으리라는 믿음을 주는 것들이 많았어. 정보부의 수장을 맡고 있던 사람이 미첼리 장군이었는데, 그는 리초 젤리가 창설한 프리메이슨 회당 〈프로파간다 두에〉에도 소속되어 있었고, 몇 년 뒤에는 네오파시스트 극우 정당인 〈이탈리아 사회 운동〉의 후보로 나와 하원 의원이 되었어. 보르게세 사건과 관련된 의혹 때문에 조사를 받았지만, 결국엔 궁지에서 벗어나 2년 전에 평안하게 죽었지. 내가 확실한 정보원으로부터 알아낸 바에 따르면, 미첼리는 보르게세의 쿠데타 시도 2년 뒤에 미국 대사관으로부터 80만 달러를 받기도 했어. 무슨 이유로 무엇을 위해 받았는지는 아무도 몰라. 그러니까 보르게세는 정보부 수장의 적절한 지원을 받을 수 있었고, 글라디오와 스페인 내전에서 파시즘 정당 팔랑헤의 편에서 싸웠던 노병들, 프리메이슨 관계자들의 지지도 받을 수 있었어. 마피아가 그 일에 가담했다는 얘기도 있어. 자네도 알다시피, 마피아란 어디에든 끼어들지 않는 법이 없지. 그리고 사람들의 눈에 띄지 않는 그늘 아래에는 앞서 말한 리초 젤리가 있었어. 그는 이미 프리메이슨들이 우글거리던 군 상층부와 경찰관들을 조종하고 있었어. 리초 젤리에 관한 얘기를 할 테니 잘 들어 봐. 내 가설에서 아주 중요한 부분이니까 말이야. 이건 본인도 부정한 적이 없는 얘기인데, 리초 젤리는 스페인 내전에 참가해서 싸웠고, 살로에 세운 무솔리니의 괴뢰 정권에 참여했으며, 나치스 친위대와 연락을 주고받는 장교로 근무한 적이 있어. 하지만 같은 시기에 빨치산들과 접촉했고, 전후에는 미국의 CIA와 관계를 맺지. 그런 부류의 인물이 글라디오와 같은 판에서 놀지 않을 리가 없지. 이걸 잘 들어 봐. 1942년 7월에 있었던 일이야. 젤리는 파시스트당의 조사관으로서 유고슬라비아 왕 페타르 2세가 두고 간 재보를 이탈리아로 옮기는 임무를 맡았어. 그 재보란 금괴 60톤에 옛날 화폐 2톤, 그리고 현금 6백만 달러에다 2백만 파운드였어. 육군 정보부가 징발한 그 재화는 결국 1947년에 반환되었어. 그런데 금괴 20톤이 어딘가로 사라진 거야. 사람들 말로는 젤리가 그것을 아르헨티나로 옮겨갔대. 아르헨티나로, 알겠어? 젤리는 아르헨티나의 대통령이었던 페론과 우호적인 관계를 맺고 있었어. 하지만 그것에 그치지 않았어. 비델라 같은 장군들과도 관계를 맺었고, 아르헨티나 정부로부터 외교관 여권을 받기도 했어. 그렇다면 누군가 아르헨티나의 사정을 잘 아는 사람이 깊이 관여했다는 것인데, 그게 누구였을까? 젤리의 오른팔인 기업가 움베르토 오르톨라니는 젤리가 아르헨티나에서 벌이는 사업을 도와주고 바티칸 은행의 총재였던 마싱커스 추기경과 손을 잡을 수 있게 해줬어.

그건 무슨 뜻이지? 모든 것이 아르헨티나와 연결되어 있어. 아르헨티나는 두체가 있던 곳이고, 두체의 귀환이 준비되던 곳이야. 그래서 당연히 돈과 잘 짜인 조직과 현지의 지원이 필요했던 곳이지. 보르게세의 계획에서 젤리가 중요했던 이유, 그게 바로 거기에 있어.」

「그렇게 말하니까, 설득력이 있어 보이기는 하는데…….」

「설득력이 있지. 하지만 젤리가 도왔다고 해도, 보르게세가 훌륭한 군대를 모았던 것은 아니야. 그건 그야말로 모니첼리의 코믹 영화 〈브란칼레오네 군대〉를 연상시키는 오합지졸의 군대였어. 과거를 동경하는 파시스트 노인들(보르게세 자신이 벌써 환갑을 넘은 터였지)이 국가 기구의 대표자들과 어울리고, 삼림 경비대의 파견대들까지 거기에 가세하는 상황이었지. 왜 삼림 경비대가 동참했는지는 나한테 묻지 말게. 아마 전후에 벌채 작업이 많이 벌어진 뒤라 별로 할 일이 없었는지도 모르지. 하지만 오합지졸처럼 모여든 그들이 계획대로 일을 벌였다면 정말 위험한 사태가 벌어졌을지도 몰라. 나중에 나온 재판 기록을 보니까, 리초 젤리는 당시의 대통령이었던 주세페 사라가트를 체포할 예정이었고, 치비타베키아에서 선단을 운영하고 있는 어떤 사람은 쿠데타 세력에게 체포된 사람들을 리파리 제도로 수송할 수 있도록 상선들을 제공하기로 했다고 하더라고. 그리고 놀랄 만한 인물이 이 작전에 참가했어. 자네는 믿지 않으려고 할 거야. 바로 오토 슈코르체니! 1943년에 히틀러의 명령을 받고 그란 사소에서 무솔리니를 구출했던 독일군 장교 말이야. 그는 종전 후에 수감되어 있다가 다시 자유를 얻었어. 또 한 명의 인물이 전후의 격렬한 숙청을 모면하고 CIA와 관계를 맺은 거지. 그는 〈중도적이고 민주적인〉 군사 정권이 들어선다면 미국이 군사 쿠데타에 반대하지 않을 거라고 장담했을 거야. 그게 얼마나 위선적인 주장인지 생각해 보게. 그런데 슈코르체니가 무솔리니와 계속 연락을 주고받았는지 알아냈으면 좋았을 텐데, 재판 기록에는 그런 것이 전혀 나와 있지 않아. 쿠데타 참가자들은 무솔리니의 영웅적인 이미지를 원하고 있었어. 슈코르체니는 그들을 위해서 무솔리니가 망명지에서 귀환하게 하는 일을 맡지 않았을까? 예전에 무솔리니에게 은혜를 베풀었으니, 자기가 귀환을 설득할 수 있으리라 생각했을 거야. 여하튼 쿠데타의 성공은 무솔리니의 위풍당당한 귀환에 달려 있었어. 이제 잘 들어 봐. 쿠데타는 1969년부터 주도면밀하게 계획되었어. 1969년은 폰타나 광장에서 폭파 사건이 벌어진 해야. 이 폭파 사건은 모든 의혹을 좌파에게 떠넘기기 위해서, 그리고 질서의 회복을 원하도록 여론을 조작하기 위해서 꾸며진 것일세. 보르게세는 쿠데타를 이런 식으로 벌일 생각이었어. 내무부와 국방부와 이탈리아 방송

협회 방송국을 점거하고, 라디오와 전화 등의 원거리 통신 수단을 통제하며, 국회 내의 반대자들을 추방한다. 이건 내가 지어낸 얘기가 아니야. 보르게세가 라디오를 통해 공표하기로 했던 선언문이 나중에 발견되었어. 그 내용은 대충 이런 식이야. 오랫동안 기다리던 정치적 변화의 시대가 왔다. 25년 동안 나라를 다스려 온 지배층은 이탈리아를 경제적이고 윤리적인 파탄으로 몰고 갔다. 군과 경찰은 쿠데타 세력을 지지하고 있다. 보르게세는 이런 말로 결론을 내리려고 했어. 〈이탈리아 국민이여, 영광스러운 삼색기를 다시 손에 드십시오. 여러분께 권하오니, 우리의 가슴 벅찬 사랑의 찬가를 소리쳐 부르십시오. 비바 이탈리아!〉 전형적인 무솔리니 수사법이야.」

브라가도초가 내 기억을 되살려 주었다. 1970년 12월 7일에서 8일 사이에 쿠데타 공모자들 수백 명이 로마에 집결하여 무기와 탄약을 분배하기 시작했다. 두 장군이 국방부에 진지를 차렸고, 삼림 경비대의 한 대오가 무장을 하고 국영 텔레비전 방송국 주위에 자리를 잡았다. 밀라노에서는 중요한 공업 지대이자 공산당의 전통적인 거점인 세스토 산 조반니의 점거를 준비하고 있었다.

「그런데 이게 웬일인가? 모든 게 예상대로 진행된다 싶고 쿠데타 공모자들이 로마를 장악하리라는 말이 나오던 상황인데, 갑자기 보르게세가 작전이 취소되었다고 선언해. 나중에 나온 얘기로는 국가에 충실한 기구들이 쿠데타 음모에 반대했다는 거야. 하지만 만약 그게 사실이라면, 삼림 경비대가 제복 차림으로 로마에서 우글거릴 때까지 기다리지 말고, 그 전날 보르게세를 체포할 수 있었을 거야. 어쨌거나 일은 언제 그랬냐는 듯이 취소되고 공모자들은 아무런 말썽을 일으키지 않고 해산해. 보르게세는 스페인으로 도망치고, 몇몇 얼뜨기들만 붙잡혀. 하지만 붙잡힌 그들 모두에게 〈구금〉이라는 이름으로 개인 병원에 입원하는 것이 허용되고, 그들 가운데 일부는 병원에 있는 동안 미첼리 장군의 방문을 받기도 해. 미첼리 장군은 그들이 침묵해 주는 대가로 보호를 해주겠다고 약속하지. 의회에서 약간 조사를 벌이긴 하지만, 언론은 거의 보도를 하지 않아. 어렴풋한 소문이 돌면서 여론에 약간의 동요가 일긴 하지만, 그건 3개월이 지난 뒤의 일이야. 나는 실제로 어떤 일이 벌어졌는지 알고 싶지 않아. 내가 흥미를 느끼는 것은 왜 그토록 주도면밀하게 준비된 쿠데타가 몇 시간 사이에 취소되었느냐는 거야. 왜 아주 진지한 사업을 익살극으로 바꾸어 버렸을까? 왜?」

「그러게, 정말 궁금하네.」

「아마 이런 질문을 한 사람은 나밖에 없을 거야. 그리고 분명히 말하건대, 이런 답을 찾아낸 사람은 나밖에 없어. 이 답은 하나밖에 없는 해처럼 밝다네. 그들이 준비한 쿠데타가 벌어지기 직전에, 한 가지 소식이 날아들어. 무솔리니, 아마 이미 이탈리아에 돌아와서 다시 모습을 드러낼 준비를 하고 있던 그 무솔리니가 갑작스럽게 죽어 버렸다는 소식이야 ─ 그 나이에 소포 우편물처럼 이리저리 실려 다녔으니, 그랬을 법도 하지. 쿠데타가 취소된 것은 쿠데타의 카리스마 넘치는 상징이 사라졌기 때문이야. 25년 전에는 죽은 것으로 추정되었던 그 상징이 이번에는 정말로 사라졌기 때문일세.」

브라가도초의 눈이 반짝였다. 우리를 둘러싸고 있는 해골들에서 영감을 얻어 자기의 가설을 더욱 빛나게 하는 기색이었다. 그의 손이 떨리고 입가에는 허연 침버캐가 붙어 있었다. 그는 내 어깨를 잡으며 말했다. 「콜론나, 무슨 말인지 알겠어? 바로 이게 내가 재구성한 사실일세!」

「하지만 내 기억이 맞는다면, 우리 국민이 그 사건을 그냥 넘기지 않았어. 재판도 열렸잖아.」

「그건 가식이었어. 당시 총리였던 안드레오티까지 나서서 모든 것을 덮어 버리려고 했지. 그래서 하수인 몇 명만 감옥에 가는 것으로 끝났네. 문제는 우리가 들어서 알게 된 모든 것이 가짜이거나 왜곡이었다는 거야. 우리는 25년 동안 계속 그들의 속임수 속에서 살았어. 내가 그랬잖아. 남이 우리에게 말하는 것을 절대로 믿지 말라고……」

「자네 얘기는 이제 끝나는 거로군……」

「천만에, 이제 다른 얘기가 시작되는 것일세. 그 뒤에 일어난 일에 관심을 갖지 않을 수 없었어. 그게 무솔리니가 사망한 것의 직접적인 결과였거든. 두체라는 인물이 사라지고 나니, 글라디오는 권력을 잡겠다는 희망을 고집할 수 없게 되었어. 게다가 동서 양 진영 사이에 긴장 완화의 흐름이 조금씩 생기고 있던 터라 소비에트의 침공에 대한 우려가 약해지고 있었어. 하지만 글라디오는 해산하지 않았어. 무솔리니가 죽고 나서는 정말로 실전적인 조직으로 변했지.」

「어떻게 변했다는 거지?」

「정부를 전복하고 새로운 권력을 세우는 것은 이제 중요하지 않게 되었어. 그래서 글라디오는 숨어서 활동하는 다른 세력과 결합하지. 그 세력은 이탈리아를 불안정하게 만들기 위한 시도를 벌이고 있어. 그럼으로써 좌파가 강력해지는 것을 막고 법의 인정을 받으면서 새로운 억압 체제를 구축해 나갈 수 있다고 보는 자들이지. 자네도 알아차리고 있겠지만, 보르게세의 쿠데타 시도 이전에는 폰타나 광장 폭파 사건 같은 폭탄 공격이 아주 적었어. 그리고 극좌파 테러 조직 〈붉은 여단〉은 그전부터 있었던 것이 아니라, 보르게세가 군사 쿠데타를 벌이려고 했던 1970년이 되어서야 생겨난 거야. 그런데 그 뒤로 몇 해에 걸쳐서 폭파 사건이 잇달아 벌어졌어.
1973년 밀라노 경찰서에서 폭탄이 터졌고, 1974년 브레
시아의 로자 광장에서 학살 사건이 벌어졌어. 같은 해에
로마에서 뮌헨으로 가던 이탈리쿠스 열차에서 강력한
폭탄이 터져 12명이 죽고 48명이 다쳤어. 그런데 이 점
을 놓치지 말아야 해. 당시 외무부 장관이었던 알도 모
로가 그 열차를 타고 가기로 되어 있었는데, 마지막 순
간에 외무부 공무원들이 몇 가지 긴급한 서류에 서명을
해야 한다면서 그를 내리게 했다는 거야. 열차 폭파 사
고는 10년 뒤에도 벌어져. 나폴리를 출발하여 밀라노로
가던 열차에서 폭탄이 터졌잖아. 알도 모로 얘기를 마저
하자면, 그는 1974년에 폭탄 테러를 면했지만, 총리를
지내고 그리스도교 민주당 대표가 된 뒤인 1978년 3월
에서 5월 사이에 납치를 당했다가 피살되었어. 하지만
실제로 무슨 일이 벌어졌는지는 아직도 밝혀지지 않았
어. 그게 다가 아니야. 1978년 9월에는 이런 일이 있었
어. 새 교황으로 선출된 지 33일밖에 되지 않은 알비노
루차니, 즉 요한 바오로 1세가 불가사의한 정황에서 죽
음을 맞았어. 심근경색이나 뇌졸중 때문이라는 말이 있
었지. 그런데 교황의 침실에서 안경이며 슬리퍼, 메모,
저혈압 때문에 복용했다던 에포르틸 정제 같은 개인적
인 물건들이 없어졌어. 왜 그런 것들이 어딘가로 사라졌
을까? 그건 아마도 저혈압 환자가 뇌졸중 때문에 사망했

다는 것이 그럴싸해 보이지 않았기 때문이 아닐까? 그리고 왜 교황의 사망 직후에 처음으로 그의 침실에 들어갔다는 중요 인물이 하필이면 비요 추기경이었을까? 자네는 비요 추기경이 바티칸의 국무원장이었으니까 그건 당연한 일이라고 말할 거야. 하지만 데이비드 얄롭이라는 영국 사람이 쓴 책에는 여러 가지 다른 사실들이 기술되어 있어. 교황 요한 바오로 1세는 성직자들 가운데 프리메이슨과 관계를 맺고 있는 불순한 무리가 있다는 소문에 관심을 가졌던 모양이야. 그 무리에는 앞서 말한 비요 추기경과 바티칸 기관지 『로세르바토레 로마노』의 부주간이자 바티칸 라디오의 대표였던 아고스티노 카사롤리 몬시뇰이 끼어 있고, 마싱커스 몬시뇰도 당연히 포함되어 있다는 말이 돌고 있었거든. 마싱커스는 바티칸 은행으로 더 잘 알려진 종교 사업 협회에서 강한 영향력을 행사하던 인물이야. 나중에 밝혀진 바에 따르면, 탈세와 검은돈 세탁을 돕고, 로베트로 칼비와 미켈레 신도나 같은 은행가들의 부정 거래를 가려 준 사람이지. 그게 우연이었는지는 알 수 없지만, 앞의 두 은행가는 그 뒤로 몇 년 사이에 불행한 종말을 맞아. 칼비는 런던 금융가의 블랙프라이어스 다리 밑에서 목을 매 숨진 채 발견되었고, 신도나는 종신형을 선고받고 복역하다가 독살을 당했네. 이 대목에서 함께 염두에 둘 것은 요한 바오로 1세의 책상 위에서 발견된 주간 『일 몬도』일세. 그 주간지의 펼쳐 놓은 페이지에는 바티칸 은행의 거래에 관한 조사 결과를 담은 기사가 실려 있었어. 얄롭은 여섯 명을 교황 암살의 용의자로 보고 있네. 비요 추기경, 존 코디 시카고 추기경, 마싱커스, 시도나, 칼비, 그리고 프리메이슨의 비밀 조직 〈프로파간다 두에〉의 수장 리초 젤리가 바로 그 용의자들일세. 자네는 그 모든 일이 글라디오와 상관이 있는 것 같지 않다고 말할 거야. 하지만 이런 점들을 놓치면 안 돼. 그 인물들 가운데 다수는 다른 사건들도 공모했어. 그리고 바티칸은 무솔리니를 구출하고 보호하는 일에 관여했어. 아마 요한 바오로 1세는 두체가 실제로 죽은 지 여러 해가 흘렀지만, 그런 점들을 알아차렸고, 그래서 제2차 세계 대전 종결 때부터 쿠데타를 준비해 왔던 그 마피아 같은 조직을 깨끗하게 쓸어버리고 싶었을 거야. 말이 나온 김에 한마디 더 해야겠어. 요한 바오로 1세가 세상을 떠나자, 글라디오와 관련된 그 사건을 처리하는 것은 새 교황 요한 바오로 2세의 몫이 되었을 거야. 그런데 요한 바오로 2세는 3년 뒤에 터키의 〈회색 늑대들〉이 도모한 대로 저격을 당해서 대수술을 받아. 그 〈회색 늑대들〉이란 내가 앞서 말한 대로 스테이 비하인드에 가맹한 무장 조직이야. 교황은 저격범에게 용서를 베풀었고, 범인은 감동에 젖어 감옥에서 참회를 했네. 그러나 따지고 보면 교황은 겁을 먹고 더 이상 그 사건에 신경을 쓰지 않기로 한 것일세.

게다가 이탈리아의 정치 상황은 교황에게 별로 중요하지 않아. 교황은 제3세계에서 프로테스탄트 교파들에 맞서 싸우는 것을 더 걱정하고 있지 않았나 싶어. 사정이 그러하니까 그들이 교황을 내버려 두었을 거야. 이 정도면 서로 척척 맞아떨어지는 얘기 아니야?」

「그런데 이런 생각은 들지 않아? 자네는 어디에서나 음모를 보는 성향이 있어. 그래서 자네 눈앞에 풀 한 포기가 있으면, 그게 하나의 다발로 보이는 거지.」

「그게 내 성향이라고? 하지만 소송 기록을 봐. 다 거기에 나오는 얘기야. 기록 보관소에 가서 그것들을 뒤져 보는 수고만 하면 돼. 문제는 그 기록들이 한 뉴스와 다른 뉴스 사이에 숨어 버려서 사실을 놓치는 독자들이 많다는 거지. 페테아노 사건을 예로 들어 볼까? 1972년 5월에 슬로베니아 접경의 고리치아 근교의 페테아노에서 경찰에 신고가 들어왔는데, 피아트 500 한 대가 앞 유리창에 총탄 두 발을 맞은 채로 도로에 버려져 있다는 거야. 경찰관 세 명이 현장에 도착해서 자동차의 보닛을 열려고 하다가 폭발이 일어나서 죽임을 당했지. 얼마 동안 사람들은 그게 〈붉은 여단〉의 소행일 거라고 생각해. 그런데 몇 해가 지나서 빈첸초 빈치구에라라는 인물이 자수해서 많은 얘기를 털어놓아. 자, 들어 보게, 이런 얘기야. 그는 다른 어떤 사건에 가담했다가, 체포당하는 것을 피하고 스페인으로 도망쳐. 거기에서 국제 반공 네

트워크인 〈아진터 프레스〉의 보호를 받다가, 극우파 테러리스트 스테파노 델레 키아이에와 접촉한 뒤에 네오 파시스트 조직 〈국가 선봉대〉에 가입해. 그런 다음 칠레와 아르헨티나로 사라지더니, 1978년 갑자기 너무나 순순한 사람으로 변하여 국가를 상대로 싸우는 건 무의미하다고 판단하고 이탈리아로 돌아오기로 결심하지. 그런 뒤에 자수를 하고 수사와 재판을 받으면서 많은 얘기를 쏟아내지. 여기서 주의할 점이 있어. 빈치구에라는 참회를 한 게 아니라, 예전에 자기가 저지른 일이 합법적이었다고 계속 생각했다는 거야. 그런데 왜 그는 자수를 했을까? 내가 보기엔 자기를 광고할 필요가 있었기 때문일 거야. 살인범들은 범행 현장을 다시 돌아가 보고, 연쇄 살인범들은 경찰에 증거를 보내잖아. 체포되기를 원하기 때문이야. 체포되지 않으면 자기가 신문의 1면에 실리지 않거든. 그렇듯이 빈치구에라는 하나씩 털어놓기 시작했고, 놀라운 고백이 차례로 이어졌지. 그는 페테아노의 폭파 사건을 자기가 저질렀다고 고백해. 충격적인 것은 국가 기관이 범인인 자기를 보호해 주었다고 털어놓음으로써 해당 국가 기관을 궁지로 몰아넣었다는 거야. 1984년에 조사를 맡은 수사 판사 펠리체 카손은 페테아노에서 사용된 폭약이 글라디오의 무기고에서 나왔다는 사실을 밝혀내네. 무엇보다 흥미로운 것은 그 무기고의 존재를 수사 판사에게 털어놓은 인물이 다른 사람도 아니고 세 차례나 총리를 지낸 줄리오 안드레오티였다는 사실일세. 그러니까 안드레오티는 그 사실을 알면서도 입을 굳게 다물고 있었다는 얘기지. 이탈리아 경찰을 위해 일하던 한 전문가가 감정을 실시했어(그는 극우 조직 〈새로운 질서〉의 회원이기도 했어). 그의 보고에 따르면 페테아노에서 사용된 폭약은 〈붉은 여단〉이 사용하던 폭약과 동일했어. 하지만 카손은 사용된 폭약이 NATO의 군대에 지급되는 C-4임을 증명했지. 요컨대, 글라디오 측이 빠져나가려고 복잡하게 변명을 했지만, 자네가 보다시피, 그 폭약이 NATO에서 사용하는 것이든 〈붉은 여단〉이 사용하는 것이든 글라디오의 무기고에서 나왔다는 사실은 분명해진 거야. 그리고 수사 결과 〈새로운 질서〉라는 조직이 이탈리아 군의 정보기관과 협력했다는 사실이 증명되었어. 자네도 이해하겠지만, 군 정보기관이 경찰관 세 명을 폭탄으로 날려버리는 일에 가담했다면, 그건 경찰에 대한 증오 때문이 아닐세. 그건 극좌파 활동가들이 그런 행위를 벌였다고 죄를 덮어씌우기 위함이지. 얘기가 너무 길어지고 있으니 짧게 줄일게. 수사와 재수사를 거쳐서 빈치구에라는 종신형을 선고받았네. 그러고는 감옥살이를 하면서 긴장 전략에 관한 폭로를 계속하지. 1980년 볼로냐 중앙역에서 벌어진 폭파 테러에 관해서도 이야기하고(테러 사건들은 이렇듯 서로 연결되어 있는 것이지, 내 상상의 소산이 아닐세), 1969년의 폰타나 광장 폭파 사건에 관해서도 말하네. 폰타나 광장에 면한 전국 농업은행을 폭파한 그 사건의 목적은 당시 총리였던 마리아노 루모르에게 긴급 사태를 선언하도록 강요하기 위함이었다는 거야. 빈치구에라는 이런 말도 덧붙였네. 내가 읽어 볼게. 〈돈이 없으면 숨어 살 수 없다. 지원을 받지 못하면 숨어 살 수 없다. 나는 다른 사람들이 걸어간 길을 따라갈 수도 있었고, 정보기관의 도움을 얻어 아르헨티나 같은 곳에서 지원을 받으며 살 수도 있었다. 또한 범죄 집단의 일원이 되는 길을 선택할 수도 있었다. 하지만 나는 정보기관의 협력자로 살고 싶지도 않았고 깡패 노릇을 하고 싶지도 않았다. 결국 나의 자유를 되찾기 위해서 내가 할 수 있는 일은 하나밖에 없었다. 자수하는 게 바로 그것이었고, 나는 그렇게 했다.〉 이건 분명코 자기현시욕이 강한 미치광이의 논리야. 하지만 이 미치광이는 신뢰할 만한 정보들을 주고 있어. 내 얘기는 여기까지야. 거의 전체적으로 내가 사건을 재구성해 본 거야. 죽은 것처럼 간주되었던 무솔리니의 그림자는 1945년부터 오늘날에 이르기까지 이탈리아의 모든 사건에 큰 영향을 미쳐 왔어. 그리고 무솔리니의 실제적인 죽음은 이탈리아 역사에서 가장 끔찍한 시기를 촉발시켰어. 이 시기는 스테이 비하인드, CIA, NATO, 글라디오, 프로파간다 두에, 마피아, 정보기관들, 군 수뇌부가 서로 긴밀하게 연결되어 나쁜 일들을 꾸민 때이고, 안드레오티 같은 총리들이며 코시가 같은 대통령들이 허수아비 노릇을 하던 때야. 그런가 하면 극좌파 테러 조직들의 일부가 프락치들에게 조작을 당했던 시기이기도 하지. 알도 모로 총리 얘기를 다시 하자면, 그가 납치되고 살해된 이유는 무언가를 알고 있었고 그것을 말했기 때문일 거야. 만약 자네가 원한다면 사소한 범죄 사건들을 더 얘기할 수도 있어. 일견 정치적 중요성이 전혀 없는 듯하지만, 그래도 알고 보면······.」

「그래, 흥미롭지. 비아 산 그레고리오의 야수라는 별명을 얻은 살인자도 있었고, 코레조에서 사람을 죽여 비누를 만든 여자도 있었어. 비아 살라리아의 괴물이라 불리던 연쇄 살인범도 있었고······.」

「아, 알았어. 비꼬아서 말하지는 말게. 아마 전쟁 직후에 벌어진 일들까지 포함해서 말하기는 어렵겠지만, 그 뒤로 벌어진 일들에 대해서는 사람들이 흔히 말하듯 역사를 보는 더 경제적인 방법이 있네. 하나의 가상적인 인물이 비록 아무도 그를 볼 수 없지만, 로마 베네치아 궁의 높다란 발코니에서 교통정리를 하듯, 역사를 지배하고 있다고 보는 거지. 저 해골들을 보게.」 그는 우리 주위의 말없는 주인들을 손가락으로 가리켰다.「저 해골들은 밤중에 밖으로 나가서 죽음의 무도를 출 수 있다고 하네. 자네도 알지? 세상에는 우리가 아는 것보다 더 많

은 것들이 있네. 하늘에도 땅에도 그 밖의 다른 곳들에
도. 하지만 이건 분명해. 소련의 위협이 사라지자, 글라
디오는 공식적으로 쓸모없는 조직임이 인정되었어. 코
시가 대통령도 안드레오티 총리도 글라디오의 망령을
쫓아내기 위해서 그렇게 말했어. 그러면서 마치 글라디
오가 당국의 동의를 얻어 생겨난 정상적인 조직인 것처
럼, 19세기의 혁명적 비밀 결사 카르보네리아와 비슷한
애국자들의 공동체인 것처럼 소개했지. 하지만 그 모든
게 정말 끝났을까? 혹시 끈질긴 일부 집단이 그늘에 숨
어서 계속 활동하고 있는 것은 아닐까? 내가 보기엔 더
두고 볼 일이야.」

그는 주위를 둘러보고 뚱한 표정을 지었다. 「이제 나
가는 게 좋겠어. 일본인 관광객들이 단체로 오고 있어.
나는 저 사람들을 보고 싶지 않아. 동양의 스파이들이
도처에 있어. 바야흐로 중국이 놀이판에 들어왔어. 중국
인들은 모든 언어를 이해하지.」

우리는 밖으로 나갔다. 나는 허파 가득 공기를 들이마
시면서 그에게 물었다. 「그런데 그 모든 것을 검증한 거
야?」

「아주 많은 것을 알고 있는 사람들과 이야기를 나눴
어. 그리고 우리 동료인 루치디에게 조언을 구했지. 자
네는 아마 모르겠지만, 그는 정보부와 연결되어 있어.」

「알아, 나도 아네. 하지만 자네는 그 사람을 믿는 거

야?」

「정보부와 연결된 사람들은 입을 다무는 것에 길들여진 사람들일세. 걱정하지 말게. 반박할 수 없는 다른 증거들을 모으기 위해서 며칠이 더 필요해. 정말 반박할 수 없는 증거들일세. 그런 다음 시메이를 만나서 내가 조사한 결과를 알려 줄 거야. 창간 예비 판 0-1호부터 0-12호까지 연재할 수 있도록 기사를 준비할 생각이라네.」

그날 저녁, 나는 산 베르나르디노 유골 성당의 뼈들을 잊어버리기 위해 마이아를 데리고 레스토랑에 가서 촛불을 켜 놓은 채 저녁을 먹었다. 나는 그녀에게 글라디오에 관해서 말하지 않았고, 뼈를 발라내듯 무언가를 끄집어내야 하는 요리를 피했다. 그리고 오후의 악몽에서 천천히 벗어났다.

16

6월 6일 토요일

브라가도초는 자기가 준비하는 폭로 기사의 내용을
정리하기 위해 며칠 예정으로 출장을 갔다. 그러고는 목
요일에 돌아와서 오전이 다 지나도록 시메이의 사무실
에 틀어박혀 있었다. 11시쯤 둘이서 사무실을 나오던 중
에 시메이가 그에게 당부했다. 「그 정보를 잘 확인해 보
세요. 다시 한번 부탁하지만, 나는 확실한 길로만 가고
싶어요.」

「걱정하지 마세요.」 브라가도초가 좋은 기분과 낙관이
느껴지는 밝은 표정으로 대답했다. 「오늘 저녁에 신뢰할
만한 사람을 만납니다. 마지막으로 확인하기 위해서죠.」

그것 말고는 특별한 것이 없는 하루였다. 우리 편집부
는 첫 번째 창간 예비 판의 매호마다 똑같은 방식으로
들어갈 면들을 조정하는 데에 시간을 들였다. 말하자면
스포츠, 팔라티노 담당의 퀴즈, 독자들의 반박에 대처하
는 몇 통의 편지, 별자리 운세, 추도 광고 같은 것들을 어

떻게 실을지 논의한 것이었다.

「그런데 이런 것들을 아무리 많이 생각해 낸다 해도 24면을 다 채울 수 있을지 모르겠어요.」코스탄차가 불쑥 말했다.「다른 뉴스들을 만들어 낼 필요가 있어요.」

「맞아요.」시메이가 거들었다.「콜론나, 당신이 힘을 좀 써 봐요.」

「뉴스란 새로 만들어 낼 필요가 없어요.」내가 대꾸했다.「우리는 뉴스를 재활용하면 됩니다.」

「어떻게요?」

「사람들의 기억은 짧아요. 말도 안 되는 것 같은 예를 들어 볼게요. 율리우스 카이사르가 3월 보름에 살해당했다는 것은 모두가 알고 있을 것입니다. 하지만 막상 그 말을 들으면 기연가미연가합니다. 최근에 영국에서 출간된 책이 한 권 있습니다. 카이사르의 역사를 재조명한 책입니다. 그 책을 소개하는 방법은 간단합니다. 이렇게 흥미를 유도하는 제목을 다는 겁니다.〈케임브리지 역사가들의 반짝이는 발견: 율리우스 카이사르는 정말로 3월 보름에 살해되었다〉라는 식으로요. 그리고 책에 관한 이야기를 씁니다. 그러면 재미있는 기사 하나가 나오는 겁니다. 카이사르 이야기에는 과장이 있다는 것을 인정합니다. 하지만 밀라노 요양원 사건에 관해서 말하는 경우를 생각해 봅시다. 우리는 로마 은행의 파산에 관한 이야기와 비교하면서 기사를 하나 쓸 수 있어요.

274

로마 은행의 파산은 19세기 말에 있었던 일이고 현재 벌어진 밀라노 요양원의 스캔들과 아무 상관이 없어요. 하지만 한 스캔들은 다른 스캔들을 불러냅니다. 그냥 소문에 빗대어 로마 은행의 이야기를 마치 어제 일어난 일처럼 다시 꺼내는 겁니다. 제가 보기에 루치디라면 뭔가 좋은 것을 써낼 것 같습니다.」

「훌륭해요.」시메이가 말했다. 「캄브리아, 지금 보고 있는 게 뭐예요?」

「통신사에서 보내온 뉴스입니다. 남부의 어느 마을에서 또 다른 성모상이 눈물을 흘리기 시작했답니다.」

「아주 좋은 소식이에요. 감동을 줄 만한 기사를 쓰세요!」

「미신을 자꾸 떠받드는 것에 관해서 무언가를 써야…….」

「천만에요! 우리 신문은 무신론자 합리주의자 협회의 회보가 아닙니다. 사람들은 기적을 원하지 유행의 첨단을 걷는 급진파의 회의주의를 원하지 않아요. 어떤 기적에 관해서 기사를 쓰는 것은 우리 자신에 대한 평판을 위태롭게 하는 것도 아니고 우리 신문이 그 기적을 믿는다고 말하는 것도 아니에요. 우리는 사실을 이야기하거나, 어떤 사람이 기적을 목격했다고 전합니다. 성모상이 눈물을 흘린다는 게 사실이냐 아니냐는 우리가 상관할 일이 아니에요. 결론은 독자들이 내리는 겁니다. 독자들이 신자라면 성모상이 정말로 눈물을 흘린다고 생각할 겁니다. 그러니까 안심하고 기사를 쓰세요. 몇 단에 걸친 큰 표제를 잡아 보세요.」

모두가 열심히 일에 몰두했다. 마이아의 책상 옆을 지나가다 보니, 추도 광고에 정신을 집중하고 있는 기색이 분명했다. 나는 그녀에게 말했다. 「이런 말들을 빠뜨리지 마. 〈비탄에 빠진 유가족〉이라든가……」

「그리고 〈절친 필리베르토가 큰 고통을 견디며, 사랑스러운 마틸드며 더없이 소중한 아이들 마리오, 세레나와 비탄을 함께 나눕니다〉 같은 말도 넣지 뭐.」 그녀가 대답했다.

「마틸드라는 프랑스 이름보다는 새로운 이탈리아 이름들, 예를 들어 j 대신 g를 쓰는 제시카라든가, tha 대신 ta를 쓰는 사만타를 쓰는 게 낫겠는걸.」 나는 그녀를 격려하는 뜻으로 미소를 지어 보이고 발걸음을 옮겼다.

그날 밤을 나는 마이아의 집에서 보냈다. 이따금 그랬던 것처럼, 나는 책들이 여기저기에 아슬아슬하게 탑을 이루고 있는 그 자그마한 공간을 사랑의 보금자리로 바꾸는 데 성공했다.

책 더미들 사이에 음반이 많이 있었다. 모두가 클래식 레코드판인데, 그녀의 조부모에게서 물려받은 것이라고 했다. 이따금 우리는 그 음반들을 들으면서 한참 누워 있고는 했다. 그날 밤 마이아는 베토벤의 7번 교향곡을 턴테이블에 올려놓더니, 촉촉하게 젖은 눈으로 소녀 시절부터 제2악장을 들으면 눈물을 흘리지 않을 수 없었다는 얘기를 들려주었다. 「그건 내가 열여섯 나던 해에 시작된 일이야. 나는 그때 돈이 없어서 연주회에 갈 수 있는 형편이 아니었는데, 어떤 지인의 도움으로 돈을 내지 않고 연주회장에 들어가게 되었어. 그런데 앉을 자리가 없어서 맨 꼭대기 객석의 계단에 쪼그리고 앉았고, 나중에는 조금씩 몸이 기울어져 거의 눕다시피 했지. 계단의 목재가 단단했지만, 나는 그 점을 의식하지 못했어. 그런데 제2악장이 나올 때, 나는 그냥 이렇게 죽었으면 좋겠다고 생각하면서 눈물을 흘리기 시작했어. 아마 조금 미쳐 있었나 봐. 하지만 이렇게 나이가 들어서도 나는 계속 울고 있어.」

나는 음악을 들으면서 울어 본 적이 없었다. 하지만 그녀에게 그런 일이 일어났다는 얘기에 가슴이 짠해졌다. 몇 분 동안 침묵을 지키다가 마이아가 말을 이었다. 「그런데 저 사람은 멍청이였어.」

「저 사람이라니, 누구?」

「당연히 슈만이지.」 그녀가 도대체 무슨 생각을 하고 있느냐는 듯이 말했다. 여느 때처럼 그녀의 자폐증 증상이 나타난 셈이었다.

「슈만이 멍청이였나?」

「그럼, 낭만적인 감정을 많이 분출한 것은 나쁘지 않아. 시대가 그런 시대였으니까 그럴 만했지. 하지만 머리를 너무 많이 쓴 것은 문제야. 머리를 너무 짜내다 보니까 머리가 이상해져 버렸지. 나는 슈만의 아내가 나중에 브람스와 사랑에 빠졌던 것을 이해해. 성격도 다르고 음악도 다른 사람, 서글서글한 순둥이를 만났잖아. 하지만 내 말을 잘못 들으면 안 돼. 내 말은 로베르트 슈만이 신통치 않은 작곡가였다는 소리가 아냐. 내가 보기에 그는 재능이 있었어. 그 위대한 허풍선이들과는 달라.」

「허풍선이들이라면 누구?」

「그야 오만방자한 리스트와 떠들썩한 라흐마니노프 같은 사람들이지. 그들은 나쁜 음악을 했고, 효과를 겨냥한 작품들을 만들어 냈어. 돈을 벌겠다고, 바보들을 위한 C장조 협주곡 같은 것들을 만들었다고. 찾아봐. 이 더미에는 그들의 음반이 없을 거야. 내가 다 버렸거든. 그 손으로 작곡이나 연주를 하기보다 농사를 지었다면 훨씬 더 좋았을 거야.」

「그럼 그쪽이 보기엔 리스트보다 누가 더 훌륭하지?」

「에릭 사티가 좋잖아?」

「사티를 들을 때도 울어?」

「당연히 아니지. 사티는 그것을 바라지 않았을 테니까. 나는 베토벤 7번 교향곡 제2악장을 들을 때만 눈물을 흘려.」 그러고는 잠깐 생각하다가 말을 이었다. 「소녀 시절부터 쇼팽의 몇몇 곡들을 들을 때도 눈물이 나기는 했어. 협주곡들은 물론 아니고.」

「왜 쇼팽의 협주곡들은 그렇지?」

「왜냐하면 쇼팽에게서 피아노를 가져가고 그를 오케스트라 앞에 세워 놓으면 그는 자기가 어디에 있는지 모르게 되거든. 그는 현악기와 관악기를 상대로, 심지어는 타악기를 상대로 해서도 피아니즘을 했어. 말이 나왔으니 한 마디 더 하자면, 그 영화 봤어? 코넬 와일드가 쇼팽의 역을 맡아 연기했던 영화 말이야. 쇼팽의 핏방울이 건반에 떨어지는 장면이 나오지. 그런 쇼팽이 오케스트라를 지휘했다면 어떻게 했을까? 제1바이올린에 자기 핏방울이 떨어지게 했을까?」

마이아는 언제까지 나를 놀라게 할지 알 수가 없었다. 이제 그녀를 제대로 알게 되었다 싶었는데도 나를 깜짝 놀라게 했으니 말이다. 그녀와 함께라면 나는 음악을 이해하는 법도 배우게 될 터였다. 적어도 그녀의 방식으로 음악을 이해하는 방법을 말이다.

그것이 우리가 행복하게 보낸 마지막 밤이었다. 어제, 그러니까 금요일에 나는 늦게 잠에서 깨어 정오가 다 되어서야 편집실에 다다랐다. 안으로 들어서자마자, 브라가도초의 책상 서랍을 뒤지는 제복 차림의 남자들이 보였다. 사복 차림의 한 남자는 현장에 있는 사람들을 신문하고 있었다. 시메이는 자기 사무실 문턱에 서 있는데, 핏기가 가셔 얼굴이 누르퉁퉁했다.

캄브리아가 나에게 다가오더니, 마치 비밀이라도 알려 주려는 듯 나직한 소리로 말했다. 「브라가도초가 살해되었대요.」

「뭐라고요? 브라가도초가? 어떻게?」

「어떤 야간 경비원이 자전거를 타고 퇴근하다가, 시신을 발견했대요. 등에 상처를 입은 채로 배를 깔고 엎드려 있는 시신을 말이에요. 때는 새벽 6시라서 병원과 경찰에 전화를 하고 싶었지만, 문을 열어 놓은 바를 찾아내기가 어려웠던가 봐요. 법의관이 시신을 보고 즉시 확인한 바에 따르면, 칼에 한 번 찔려서 죽은 거래요. 범인이 딱 한 번 찌르긴 했지만, 힘을 잔뜩 주어서 찌른 모양이에요. 범인은 흉기로 사용한 칼을 남겨 놓지 않았대요.」

「어디에서 벌어진 일이래요?」

「비아 토리노 쪽에 있는 골목길인데, 이름이 뭐였더라…… 비아 바냐 아니면 바녜라일 거예요.」

사복 차림의 남자는 나에게 다가와서, 그냥 사법 경찰관이라고 자기를 소개했다. 그러고는 마지막으로 브라가도초를 본 게 언제냐고 물었다. 「여기, 사무실에서 어제 봤습니다.」 내가 대답했다. 「내 동료들도 모두 그랬을 겁니다. 브라가도초는 다른 사람들보다 조금 먼저 퇴근했던 것으로 보입니다.」

그는 내가 지난밤을 어떻게 보냈는지 물었다. 짐작건
대 다른 사람들에게도 똑같이 물었을 것이었다. 나는 여
자 친구와 저녁을 먹은 다음 잠자리에 들었다고 대답했
다. 물론 나는 알리바이가 없었다. 하지만 알리바이가
없기는 다른 사람들도 마찬가지인 것처럼 보였고, 형사
는 그것을 별로 중요하게 여기는 것 같지 않았다. 텔레
비전 추리물에서 흔히 보듯이, 그냥 관례에 따라 던지는
질문이었다.

형사가 더 알고 싶어 하는 것은 브라가도초와 직접 관
련된 사항이었다. 형사는 브라가도초가 누구에게 원한
을 품게 한 적이 있는지, 브라가도초가 저널리스트로서
위험한 취재를 벌이고 있었는지 궁금해했다. 형사에게
모든 것을 말할 생각은 전혀 없었다. 침묵을 지켜서 동
료를 보호하는 마피아식 규율 때문이 아니었다. 누군가
가 브라가도초를 죽였다면, 그건 그의 취재 때문일 가능
성이 많았다. 그리고 내가 즉시 받았던 인상으로는, 만
약 브라가도초의 취재에 관해서 무언가를 알고 있다는
점을 내비친다면, 나 역시 죽임을 당할 염려가 있었다.
경찰관에게는 아무 말도 하지 말아야겠다는 생각이 들
었다. 브라가도초가 분명히 말하지 않았던가? 자기가 취
재하고 있는 사건에는 삼림 경비대를 포함해서 모두가
연루되어 있다고. 사실 어제만 해도 나는 브라가도초가

허언증 환자일 거라고 생각했다. 그런데 그가 죽었다고 하니, 그의 주장에 상당한 신빙성이 있지 않나 하는 생각이 들었다.

나는 땀을 흘렸다. 하지만 형사는 그것을 알아차리지 못했다. 아니면 그것을 그때의 감정 탓으로 돌렸을 것이다.

「그것에 대해서는 아는 바가 없습니다.」 나는 형사에게 말했다. 「브라가도초가 최근에 정확히 무엇을 했는지 알지 못합니다. 아마 시메이 주간님이 무언가를 알려 주실 수 있을 겁니다. 그분이 기사들을 배정하거든요. 제 기억이 맞는다면, 브라가도초는 매춘에 관한 기사를 맡았던 것 같습니다. 이런 얘기가 수사에 도움이 될지는 모르겠군요.」

「지금은 알 수 없고, 두고 봐야죠.」 형사가 말했다. 그러고는 발걸음을 옮겨 마이아를 신문했다. 마이아는 울고 있었다. 내가 알기로 그녀는 브라가도초를 좋아하지 않았다. 하지만 사람이 잔인하게 살해되었다는데 어찌 눈물이 나지 않으랴. 가엾은 내 사랑. 나는 연민을 느꼈다. 브라가도초 때문이 아니었다. 그에 대해서 나쁘게 말했다고 죄의식을 느끼는 게 분명한 그녀 때문이었다.

그때 시메이가 자기 사무실로 들어오라고 나에게 신호를 보냈다. 그가 두 손을 떠는 채로 책상 앞에 앉으며

말했다. 「콜론나, 당신은 브라가도초가 무엇을 취재했는
지 알고 있어요.」

「저는 알기도 하고 모르기도 합니다. 그가 무언가를 암
시하긴 했지만, 확신할 수가 없어서…….」

「통발 속에서 아무렇지도 않게 헤엄치는 물고기처럼
굴지 말아요, 콜론나. 당신은 브라가도초가 무언가를 폭
로하려고 하다가 살해되었다는 것을 잘 알고 있어요. 나
는 어느 게 진짜이고 어느 게 가짜인지 아직 몰라요. 하
지만 이건 분명해요. 브라가도초가 취재를 하면서 1백
가지 사건들을 조사했는데 그 가운데 어느 하나가 진실
을 제대로 보여 주는 것이었다고 생각해 봐요. 그가 말
을 하지 못하도록 관련자들이 나서지 않았겠어요? 그런
데 어제 브라가도초가 나에게도 자기 얘기들을 들려줬
어요. 그가 들려준 얘기 가운데 어느 것인지는 모르지만,
나 역시 문제가 된 그 얘기를 알고 있다는 뜻이죠. 그리
고 브라가도초는 당신한테도 얘기를 털어놓았다고 말했
어요. 그러니까 당신 역시 이야기를 알고 있는 것이고,
우리 두 사람 모두 위험에 빠져 있어요. 그게 다가 아니
에요. 두 시간 전에 콤멘다토르 비메르카테가 전화를 받
았대요. 그는 누가 전화를 했는지도 말하지 않았고, 전
화한 사람이 무슨 얘기를 했는지도 말하지 않았어요. 하
지만 비메르카테는 『도마니』지 사업 자체가 자기에게도
위험해졌다고 판단하고, 사업을 끝내기로 결정했어요.

그는 벌써 기자들에게 나눠 주라면서 봉투들을 보내왔어요. 기자들은 두 달 치의 월급에 해당하는 수표와 자기들의 해고를 의미하는 간단한 감사의 인사말이 적힌 쪽지를 받게 될 겁니다. 기자들은 계약서에 서명한 적이 없기 때문에 항의를 할 수 없어요. 비메르카테는 당신 역시 위험에 빠져 있다는 것을 모르고 있어요. 하지만 나는 당신이 수표를 현금으로 바꾸기 위해 나다니는 것이 신중한 일이라고 생각하지 않아요. 그래서 당신 앞으로 온 수표를 찢어 버리고, 내 수중에 있는 돈을 가지고 당신에게 줄 봉투를 준비했어요. 두 달 치 월급을 현금으로 주는 거예요. 내일 안으로 여기 사무실들이 문을 닫을 겁니다. 우리는 둘이서 맺은 계약을 잊읍시다. 당신의 임무, 그러니까 당신이 쓰기로 했던 책은 없었던 일로 하세요. 『도마니』는 죽었습니다. 내일이 오늘 죽은 것이죠. 하지만 신문은 없어져도, 당신과 내가 너무 많은 것을 알고 있다는 점은 달라지지 않아요.」

「브라가도초는 루치디에게도 그 얘기를 한 것 같은데…….」

「보아하니 당신은 중요한 것을 이해하지 못했군요. 루치디에게 얘기를 했기 때문에 브라가도초에게 불행한 일이 생긴 거예요. 루치디는 눈치가 빠른 사람이에요. 이제 고인이 된 우리 친구의 손에 무언가 위험한 것이 있음을 알아차렸죠. 그래서 즉시 문제를 처리하라고 부탁했을 거예요. 누구에게 부탁했을까요? 그게 누구인지 난 몰라요. 하지만 어떤 사람에게 부탁을 했고, 그 사람은 브라가도초가 너무 많은 것을 알고 있다고 판단한 게 분명해요. 루치디에 대해서는 걱정할 게 없어요. 아무도 그를 건드리지는 않을 거예요. 그는 방어벽의 보호를 받는 쪽에 있어요. 하지만 우리 두 사람은 그런 경우가 아니죠. 이제 내가 어떻게 할지 말하겠어요. 경찰이 나가는 즉시, 나는 금고에 남아 있는 돈을 챙겨서 기차역으로 간 다음, 스위스 루가노로 가는 첫 열차에 올라탈 겁니다. 짐을 꾸릴 필요는 없어요. 거기에 내가 아는 사람이 있는데, 누구든 원하기만 하면 그 사람이 신분증명서를 다시 만들어 줄 수 있어요. 이름도 바꿔 주고 새 여권도 만들어 줄 수 있는 사람이에요. 거주지를 어디로 할지는 두고 봐야겠죠. 나는 브라가도초의 살인자들이 나를 찾아내기 전에 사라지는 겁니다. 시간 싸움에서 그들을 이겨야죠. 그리고 비메르카테에게 내가 받을 돈을 크레디 스위스에 달러로 입금해 달라고 부탁했어요. 당신은 어떻게 하시겠습니까? 내가 무어라고 조언해야 할지 모르겠지만, 우선 집에 숨어서 지내는 게 좋아요. 거리에서 돌아다니지 마세요. 집에 틀어박혀 있다가 어딘가로 사라질 방도를 찾으세요. 내가 당신이라면 동유럽의 어느 나라를 고르겠어요. 스테이 비하인드가 전혀 없었던 나라를 말입니다.」

「그런데 그 모든 일이 스테이 비하인드 때문이라고 생각하세요? 스테이 비하인드는 이미 알 만한 사람은 다 아는 얘기입니다. 그리고 무솔리니 사건이요? 그건 기괴한 이야기예요. 아무도 그것을 믿지 않을 겁니다.」

「그럼 바티칸과 관련된 얘기는요? 설령 그 얘기가 사실이 아니라 해도, 신문에서 무슨 얘기들을 할지 생각해 보세요. 가톨릭교회가 1945년에 두체의 도주를 도왔다는 얘기가 나올 것이고, 가톨릭교회가 거의 50년 동안 그에게 도피처를 마련해 주었다는 얘기도 나올 겁니다. 시도나와 칼비, 마싱커스 같은 인물들 때문에 이미 숱한 곤경을 치른 마당인데, 무솔리니 사건이 거짓말이라는 것을 증명해 보기도 전에 온 세계 언론에서 스캔들이라고 난리를 칠 겁니다. 아무도 믿지 마세요, 콜론나. 적어도 오늘밤에는 집에 숨어 있어요. 그리고 도망칠 방도를 생각하세요. 몇 달 동안 아무 벌이가 없어도 살아갈 만한 돈은 있잖아요. 그러니까 생활비가 많이 들지 않는 루마니아 같은 곳으로 가세요. 그리고 여기 1천2백만 리라가 들어 있는 봉투도 있어요. 얼마 동안은 귀공자처럼 살아가게 해줄 돈이에요. 그다음 일은 그때 가서 생각해요. 인연이 닿으면 다음에 또 봐요, 콜론나. 일이 이런 식으로 끝나서 유감스러워요. 우리 마이아가 들려주었던 애빌린의 카우보이에 관한 우스갯소리가 생각나는군요. 그 얘기에 나오는 대로, 애석하게도 우리가 잃었어요.

이제 나는 떠날 준비를 해야겠어요. 경찰관들이 나가는 즉시 도망칠 겁니다.」

나는 당장 거기에서 나가고 싶었다. 하지만 그 빌어먹을 형사는 이렇다 할 성과도 올리지 못한 채로 날이 저물 때까지 우리를 계속 신문했다.

루치디의 사무실 옆을 지나가다가 그를 바라보니, 그는 봉투를 열어보고 있었다. 「당연히 받아야 할 것을 보수로 받은 겁니까?」 내가 그에게 물었다. 그는 틀림없이 내가 무엇을 빗대어 말하는지 이해했을 것이었다.

그는 아래에서 위로 나를 바라보다가 그냥 이렇게 물었다. 「그런데 브라가도초는 당신에게 무엇을 고백했지?」

「내가 알기로 그 친구는 무언가를 추적하고 있었어요. 하지만 그게 무엇인지는 나한테 말하고 싶어 하지 않았어요.」

「정말이에요? 불쌍한 악마였군. 그 친구가 무슨 짓을 벌였는지 누가 알겠어요?」 그러고 나서 루치디는 몸을 돌렸다.

내가 가겠다고 하자, 형사는 그것을 허락하면서 〈더 알고 싶은 게 있으면 연락할 테니까 신문에 꼭 응해 주세요〉라고 으레 하는 말을 덧붙였다. 나는 사무실을 나서면서 마이아에게 속삭였다. 「집에 돌아가서 내가 전화할 때까지 기다려. 내일 아침이 되기 전까지는 그냥 집에 있어야 해.」

그녀는 겁에 질린 표정으로 나를 바라보았다. 「이게 당신하고 상관있는 거야?」

「아냐, 나는 상관없어. 걱정하지 마, 그냥 충격을 받았을 뿐이야. 아무 문제 없어.」

「무슨 일이 벌어지고 있는지 말해 봐. 봉투를 하나 받았는데, 수표하고 나의 소중한 협력에 감사한다는 편지가 들어 있더라고.」

「신문은 오늘로 끝났어. 나중에 내가 설명할게.」

「왜 지금 설명하지 않아?」

「내일 할게. 내일 모든 것을 다 말하겠다고 약속할게. 집에 가서 가만히 있어야 해. 부탁이야, 내 말 들어.」

마이아는 눈물 어린 눈에 의문을 담은 채로 다소곳이 내 말을 들었다. 그래서 나는 더 말하지 않고 사무실을 나섰다.

나는 집에서 밤을 보냈다. 아무것도 먹지 않고 위스키만 반병쯤 마시면서 내가 무엇을 할 수 있는지 생각했다. 그러다가 진이 빠져서 스틸녹스를 한 알 먹고 잠에 빠져들었다.

그러고 나서 아침에 일어나 보니, 수도꼭지에서 물이 흐르지 않았다.

17

됐다. 이제 모든 것을 재구성했다. 생각을 정리해 보자. 〈그들〉은 누구인가? 시메이가 말한 대로, 브라가도초는 옳든 그르든 많은 사실들을 한데 모았다. 그 사실들 가운데 누군가를 불안하게 하는 것이 있는데, 그게 무엇일까? 무솔리니 사건인가? 무솔리니를 죽이지 않고 망명시킨 게 사실이라면, 그것이 드러나는 것을 두려워하는 사람이 누구일까? 바티칸일까? 아니면 보르게세와 군사 쿠데타를 공모했다가 실패한 뒤에도 여전히 권력의 상층부에 남아 있는 자들일까?(하지만 쿠데타가 실패하고 20년 넘는 세월이 흐르는 동안 그들 모두가 죽었을 것이다) 아니면 어느 정보기관 사람들일까? 그것도 아니라면 국가주의의 패배에 대한 공포와 과거에 대한 노스탤지어에 사로잡힌 채 사는 늙은 파시스트가 혼자서 얘기를 짜 맞추어 놓고, 마치 자기 뒤에 사크라 코로나 우니타 같은 범죄 조직이 있기라도 한 것처럼 비메르카테까지 위협을 하면서 장난을 치는 게 아닐까? 그렇다면 그자는 미치광이라는 것인데, 정말 미치광이가 나를 죽이려고 찾고 있다면, 그자는 정신이 온전한 사람만큼이나 위험하다. 아니 정신이 온전한 사람보다 훨씬 위험하다. 그건 그렇다 치고, 〈그들〉이든 혼자 활동하는 미치광이든 어떤 자가 간밤에 내 집에 들어왔다는 사실을 놓고 얘기해 보자. 한 번 들어온 사람은 두 번 들어올 수도 있다. 그렇다면 나는 여기에 계속 남아 있으면 안 된다. 그런데 그 미치광이 또는 〈그들〉은 내가 무언가를 안다고 확신하는 것일까? 브라가도초는 루치디에게 나에 관해서 말했을까? 말하지 않은 것 같다. 말을 했더라도 다 말하지는 않았을 것이다. 루치디라는 그 고자질쟁이와 마지막으로 나눈 대화로 미루어볼 때 그러하다. 하지만 내가 안전한 상태에 있다고 볼 수 있을까? 아니다, 안전하다고 볼 수 없다. 그렇다고 당장 루마니아로 도망치는 것이 능사는 아니다. 조금 더 기다리며 사태를 지켜보는 것이 나을 것이다. 내일 신문에서 브라가도초 피살 사건을 어떻게 다루는지 볼 필요가 있다. 혹시라도 피살 소식이 보도되지 않는다면, 내가 생각했던 것보다 상황이 나쁜 것이다. 어떤 자가 모든 일이 조용히 지나가기를 바라고 있다는 뜻이니까 말이다. 어쨌거나 내가 얼마 동안은 숨어 지내야 하는 것이 분명하다. 그렇다면 어디로 가지? 그저 밖에 나가는 것도 위험할지 모르는 상황이 아닌가.

나는 마이아와 오르타 호반의 은신처를 생각했다. 나와 마이아의 사랑 이야기를 남들이 알아챈 것 같지는 않다. 그리고 마이아는 감시의 대상이 되지 않을 것이었다. 마이아는 괜찮은데, 내 집의 전화기는 문제가 될 수 있다. 내 집에서 그녀에게 전화를 걸면 안 된다. 외부의 전화기를 사용하자면 밖으로 나가야 한다.

생각해 보니, 건물 정문을 통하지 않고 나가는 방법이 있었다. 우선 안마당에서 화장실을 통해 길모퉁이의 술집으로 들어가는 방법이 있었다. 또 한 가지 생각난 것은 안마당 구석에 수십 년 전부터 닫혀 있는 철제문이 하나 있다는 사실이었다. 집주인이 나한테 열쇠꾸러미를 건네줄 때 그런 얘기를 들려주었다. 열쇠 꾸러미에는 아래쪽 정문의 열쇠와 내 아파트 현관 열쇠 말고, 예스럽고 녹이 슨 열쇠 하나가 더 있었다. 「이 열쇠를 쓰실 일은 없을 겁니다.」 집주인은 미소를 띠며 말했다. 「하지만 50년 전부터 나는 세입자가 새로 올 때마다 이 열쇠를 주고 있습니다. 전쟁 때에 여기에는 방공호가 없었어요. 보시면 짐작이 갈 겁니다. 그런데 맞은편에 있는 저 건물에는 아주 커다란 방공호가 있었어요. 저 건물은 비아 콰르토 데이 밀레라는 길에 면해 있어요. 우리 건물이 있는 길과 평행을 이루고 있는 길이죠. 전쟁 때는 공습 경보가 내리는 경우에 가족들이 재빨리 방공호로 피신

할 수 있도록 마당 한쪽 구석으로 통로를 냈습니다. 이제 문은 잠겨 있지만, 우리 세입자들은 누구나 열쇠를 하나씩 가지고 있어요. 보시다시피 50년이 거의 다 되어 가니까 녹이 슬었지요. 나는 이 열쇠를 쓰실 일이 생길 거라고 생각하지 않아요. 하지만 예를 들어 화재가 나는 경우에 이 문은 아주 좋은 출구가 되어 줄 겁니다. 평소에는 서랍에 넣어 두시고, 그냥 잊어버린 채 사셔도 됩니다.」

그러니까 나에겐 분명 안전하게 빠져나갈 길이 있었다. 나는 1층으로 내려가서 화장실 쪽의 뒷문을 통해 술집으로 들어갔다. 주인이 나를 알아봤다. 이미 그런 식으로 술집에 들어온 적이 있으니 당연한 일이었다. 나는 주위를 둘러보았다. 아침이라서 손님이 거의 없었다. 노인 부부가 테이블에 카푸치노 두 잔과 크루아상 두 개를 올려놓고 앉아 있을 뿐이었다. 그들은 비밀 첩보원처럼 보이지 않았다. 나는 더블 에스프레소를 주문했다 — 아직 잠이 덜 깬 상태라서 더블이 필요했다. 그러고는 전화박스 안으로 들어갔다.

마이아는 곧바로 전화를 받았다. 매우 동요되어 있음을 알려 주는 목소리였다. 나는 말하지 말고 잘 들어 달라고 부탁했다.

「간단한 일이 아니니까 주의 깊게 들어야 해. 질문은 하지 말고. 오르타 호반에 가서 며칠 묵을 생각을 하고 짐을 꾸려. 그런 다음 네 자동차를 타고 나와. 내 아파트 건물 뒤쪽에 비아 콰르토 데이 밀레라는 도로가 나 있어. 그 도로의 몇 번지인지는 모르겠는데 우리 건물 어름에 출입문이 하나 나 있을 거야. 그 문은 열려 있을 가능성이 많아. 내가 알기로 그 문은 어떤 마당으로 통해 있고 거기에 무슨 가게가 하나 있거든. 너는 그 문으로 들어와 있어도 되고 밖에서 나를 기다려도 돼. 네 시계의 시간을 내 시계에 맞춰. 15분 정도면 올 수 있는 거리야. 그점을 염두에 두고 정확히 한 시간 뒤에 거기에서 만나기로 하자. 만약 문이 잠겨 있으면 내가 열고 밖으로 나갈게. 중요한 것은 시간을 잘 지키는 거야. 나는 길에서 기다리기가 곤란한 상황이거든. 부탁이야, 궁금하겠지만 아무것도 묻지 말아 줘. 가방 잘 챙겨서 자동차에 탄 다음, 시간을 잘 계산해서 출발해. 나중에 내가 모든 것을 얘기해 줄게. 그쪽이 미행을 당하지는 않겠지만, 그래도 안전을 생각해서 뒤보기 거울을 봐. 만약 누군가 그쪽을 미행하는 사람이 있다 싶으면, 기발하게 꾀를 내서 엉뚱한 곳으로 방향을 튼 뒤에 그자를 따돌려. 운하를 따라서 달리는 거라 그게 쉽지는 않을 거야. 그래도 방법은 많이 있어. 갑작스럽게 방향을 트는 방법도 있고, 신호가 빨간불이라서 다들 멈춰야 하는 때에 신호를 무시하고 달리는 방법도 있지. 나는 당신을 믿어, 내 사랑.」

마이아는 무장 강도 노릇을 하라 해도 멋지게 해낼 사람이었다. 일을 완벽하게 수행했으니 말이다. 마이아는 약속한 시간에 맞춰 출입문을 지나왔다. 긴장되어 있기는 하지만 만족해하는 표정이었다.

나는 자동차에 얼른 올라타서, 어디에서 방향을 틀어야 하는지 알려 주었다. 되도록 빨리 체르토사 대로에 도착하기 위함이었다. 그 대로에 들어서고 나서는 그녀 혼자 알아서 운전을 했다. 마이아는 노바라로 가기 위해 어떻게 고속 도로를 타야 하는지 알고 있었고, 고속 도로에서 오르타 호수 쪽으로 빠져나가는 길은 나보다 잘 알았다.

나는 가는 도중에 거의 아무 말도 하지 않았다. 일단 집에 도착하고 나서야, 내가 알고 있는 것을 모두 알게 되면, 그녀도 위험에 빠질 수 있다는 것을 알려 주었다. 「어떻게 하는 게 좋겠어? 원한다면 그냥 나를 믿고 아무것도 모르는 채로 사는 게 나을 수도 있어.」

내가 그렇게 물었지만, 그건 생각할 수조차 없는 일이었다. 마이아는 이렇게 반박했다. 「미안해. 나는 당신이 누구를 두려워하는지, 무엇을 무서워하는지 아직 모르겠어. 우리가 여기에 함께 있다는 것은 아무도 몰라. 그러니까 나에게는 어떤 위험도 닥치지 않을 거야. 그와 반대로 우리가 함께 있는 것을 그들이 보았다고 치면,

당신이 얘기를 하든 안 하든 그들은 당연히 내가 알고 있다고 확신할 거야. 그러니까 다 털어놔. 그러지 않으면 어떻게 내가 당신이 생각하는 대로 생각할 수 있겠어?」

　대담한 사람이었다. 나는 그녀에게 모든 것을 이야기 하지 않을 수 없었다. 사실 마이아는 이제 성경에서 말하는 것처럼 〈내 살에서 나온 살〉이나 다름없었다.

18

6월 11일 목요일

지난 며칠 동안 나는 집 안에 틀어박혀 있었다. 밖에 나가기가 두려웠다. 「괜찮아, 여기에는 당신을 아는 사람이 아무도 없어.」 마이아는 말하곤 했다. 「당신이 두려워하는 사람들이 누구든 간에, 그들은 당신이 여기에 있는 것을 몰라.」

「과연 그럴까? 그건 아무도 모르는 일이잖아.」 나는 이렇게 대답하기가 일쑤였다.

마이아는 마치 내가 병자인 것처럼 보살피기 시작했다. 나에게 진정제를 주기도 하고, 내가 창가에 앉아 호수를 바라보고 있으면 뒷덜미를 주물러 주기도 했다.

일요일 아침에 마이아는 일찍 나가서 신문을 사 왔다. 브라가도초 피살 사건에 관한 기사는 별로 눈에 띄지 않게 사회면에 실려 있었다. 한 기자가 살해되었는데, 그 기자는 매춘업계를 취재하다가 어떤 포주에게 공격을 당한 것으로 추정된다는 기사였다.

경찰은 그런 가설을 받아들이고 있는 듯했다. 내가 한 말을 그럴싸하게 여겼을 것이고, 어쩌면 시메이가 귀띔한 것을 판단의 근거로 삼았을 법했다. 경찰은 우리 기자들에게 혐의를 두지 않았고, 시메이와 내가 사라졌다는 것도 알아차리지 못하고 있었다. 사실 그들이 사무실에 다시 가보았다면, 사무실이 텅 비어 있다는 것을 알게 되었을 것이다. 하기야 형사는 우리 주소를 메모하지도 않았다. 조르주 심농의 매그레처럼 성격이 좋은 형사이긴 하지만, 우리에게 신경을 쓰는 형사는 아닌 듯했다. 매춘 쪽에서 단서를 찾는 게 더 쉬운 길이고, 더 자주 해오던 수사 방식이었다. 순환 대로의 창녀들에 관한 기사를 맡은 코스탄차도 무슨 말을 할 수 있었을 것이다. 브라가도초가 그 분야의 여자들을 취재하고 있었다는 사실을 말이다. 하지만 코스탄차는 브라가도초의 죽음이 매춘에 관한 취재와 무관하지 않다고 생각했을 것이다. 그래서 자기도 목숨을 잃을까 봐 겁을 먹기 시작했을 것이고, 자기가 취재했던 것에 관해서도 일체 말하지 않을 것이었다.

그 이튿날인 월요일에는 브라가도초에 관한 기사가 사회면에도 실리지 않았다. 경찰은 그런 종류의 사건들을 너무 많이 맡고 있는 모양이었다. 게다가 살해당한 사람도 그저 삼류 기자일 뿐이었다. 이건 그야말로 영화 「카사블랑카」에 나온 대로 〈유력한 용의자를 검거〉하면 끝나는 일이었다.

나는 황혼 녘이면 그늘진 얼굴로 어두워지는 호수를
바라보았다. 저녁 햇살에 반짝이는 산 줄리오섬은 마치
뵈클린이 그린 「망자의 섬」처럼 물에서 솟아오른 듯했다.

마이아는 나에게 활기를 불어넣기로 결심한 듯, 산책
을 하자며 나를 오르타의 사크로 몬테[56]로 데려갔다. 언
덕에 여러 채의 예배당이 올라서 있고, 실물 크기의 채
색 조각상들로 이루어진 신비로운 디오라마가 펼쳐진
다. 웃는 천사들도 보이지만, 무엇보다 성 프란체스코의
생애를 실제처럼 형상화한 무대가 많다. 그런데 고통받
는 아이를 품에 안고 있는 어머니의 조각상에서 나는 유
감스럽게도 언젠가 벌어진 테러 공격의 희생자들을 보
았다. 교황이 여러 추기경이며 카푸치니 수도사들을 만
나는 엄숙한 모임을 형상화한 무대에서는 나를 체포할

56 사크로 몬테는 〈신성한 산〉 또는 〈신성한 언덕〉이라는 뜻이지만,
단순히 산을 가리키는 것이 아니라, 유서 깊은 종교적 건축물들과 주변의
빼어난 경관이 조화롭게 어우러진 유명한 유적지이다. 이탈리아 북서부
에는 이런 사크로 몬테가 아홉 군데에 있고, 이것들이 〈피에몬테와 롬바
르디아의 사크리 몬티〉라는 이름으로 2003년 유네스코 세계 문화유산에
등재되었다. 오르타의 사크로 몬테는 아시시의 성 프란체스코를 기리고
기도를 바치기 위해 조성된 동산이다. 16세기 말부터 2백 년에 걸쳐서
21동의 예배당(기도소)이 들어섰고, 특별한 품격을 지닌 정원을 갖추고
있으며, 오르타 호수의 아름다운 경관을 내려다볼 수 있는 언덕이다.

계획을 세우는 바티칸 은행의 회의를 보는 기분이 들었다. 갖가지 색채며 경건한 테라 코타 조각상들을 보면 하늘의 왕국이 생각날 법한데, 나는 그럴 수가 없었다. 모든 게 그늘에서 음모를 꾸미는 사악한 세력의 교묘히 위장된 알레고리처럼 보였다. 나는 산 베르나르디노 유골 성당에서 본 해골들을 떠올렸다. 여기 사크로 몬테의 조각상들이 밤에 해골로 변하여 그 유골 성당의 뼈들과 함께 죽음의 무도를 추는 장면이 머릿속에 그려지기까지 했다(결국 이곳 천사의 분홍빛 육신은 아무리 천상의 것이라 해도 속에 뼈를 감추고 있는 헛된 외관이 아니겠는가?).

사실 나는 스스로 경건하다고 생각하지 않았다. 그리고 마이아에게 그런 모습을 보이고 있는 게 부끄러웠다. 이제 마이아 역시 나를 차버리겠구나 하는 생각도 들었다. 하지만 비아 바녜라에서 등에 칼을 맞은 채 엎드려 있는 브라가도초의 모습이 여전히 눈앞에 어른거렸다.

나는 때때로 1백 년 전의 살인자인 안토니오 보자가 비아 바녜라에 나타나는 장면을 상상하기도 했다. 시공간의 갑작스러운 균열(커트 보니것이『타이탄의 요녀』에서 말한 〈시간 등곡률 깔때기〉 같은 균열)을 통해서 옛날 사람 보자가 그 골목에 모습을 드러냈다가, 브라가도초를 보자 불청객으로 여기며 살해했다고 상상한 것이었다. 하지만 그것은 비메르카테에게 전화가 온 이유

300

를 설명하지 못했다. 비메르카테가 누군가에게서 전화를 받았다는 것은 내가 마이아와 논쟁할 때도 사용한 논거였다. 마이아의 의견에 따르면, 브라가도초 피살 사건은 흔히 있는 범죄일 가능성이 많았다. 브라가도초는 첫눈에 보아도 파렴치한 남자로 보였고, 아마 어떤 매춘부를 유혹하려고 하다가 포주에게 보복을 당했으리라는 것이었다. 그야말로 단순한 범죄이고, 이른바 〈데 미니미스 논 쿠라트 프라이토르〉[57]의 일례라는 게 그녀의 주장이었다. 나는 이렇게 대답했다. 「그래, 그렇다고 치자고. 하지만 포주가 발행인에게 전화해서 신문사 문을 닫게 하는 것은 상상할 수가 없어.」

「하지만 비메르카테가 정말로 전화를 받았을까? 그 얘기는 누구한테 들은 거야? 아마 비메르카테는 그 사업에 비용이 너무 많이 들어가니까, 공연히 일을 벌였다고 후회했을 거야. 그러다가 기자 하나가 죽었다는 소식을 듣자마자, 그것을 핑계로 『도마니』 계획을 철회하고, 우리에게 1년 치 대신 두 달 치 봉급을 주고 만 거지. 그게 아니라면, 당신이 나한테 얘기해 준 대로, 그는 『도마니』를 이용해서 누군가로부터 〈그만두게〉라든가 〈자네를 우리 최상층의 클럽에 넣어 주겠네〉 같은 말을 듣고 싶어 했어. 그런데 루치디 같은 인물이 정보기관에 알려 줘서, 『도마니』가 곧 거북스러운 기사를 발표하리라는 소식이

57 〈법무관은 사소한 것에 상관하지 않는다〉는 뜻의 라틴어.

상층부에 전해졌다고 가정해 봐. 그러면 비메르카테는 이런 전화를 받았을 거야. 〈좋아, 그 고약한 신문은 잊어버리게. 자네는 우리 클럽에 가입되었어.〉 그런 뒤에 브라가도초가 살해되었어. 포주가 아니라면 혼자 활동하는 그 미치광이의 범행이었을지도 모르지. 어쨌거나, 비메르카테가 전화를 받은 이유는 설명될 수가 있어.」

「하지만 그 미치광이가 범인일 가능성은 아직 남아 있잖아. 밤중에 어떤 사람이 내 집에 들어왔어. 그게 누구였을까?」

「그건 당신이 나한테 들려준 얘기야. 누군가가 들어왔다고 어떻게 확신할 수 있어?」

「그럼 누가 물을 잠갔지?」

「잠깐만 들어 봐. 집에 청소해 주러 오는 아주머니가 있지 않아?」

「일주일에 한 번밖에 오지 않아.」

「그럼 그 아주머니가 마지막으로 온 게 언제지?」

「언제나 금요일 오후에 와. 그러니까 마지막으로 온 건 우리가 브라가도초 사고 소식을 들었던 바로 그날이야.」

「그래? 그럼 그 아주머니가 물을 잠갔을 수도 있겠네. 샤워기에서 물 떨어지는 소리 때문에 신경이 쓰였을 수도 있지.」

「하지만 그날 저녁에 나는 수도에서 물을 한 컵 받았어. 수면제를 먹기 위해서……」

「물을 반 컵쯤 받았을 거야. 그 정도면 충분하거든. 수도를 잠가도 언제나 수도관에 약간의 물은 남아 있어. 그래서 당신은 수도꼭지에서 마지막 물방울이 나오고 있다는 사실을 알아차리지 못했어. 저녁 시간에 또 물을 마신 적이 있어?」

「아니, 나는 저녁을 먹지 않았어. 그저 위스키만 반병쯤 마셨지.」

「그것 봐! 당신이 피해망상에 빠져 있다고 하는 소리가 아냐. 하지만 브라가도초의 피살 소식을 듣고 시메이가 말하는 것을 들으면서, 당신은 누군가가 밤중에 집에 들어왔었다는 생각을 했어. 사실은 그게 아니야. 물을 잠근 사람은 그날 오후에 왔던 청소하는 아주머니였어.」

「하지만 브라가도초를 누가 죽인 것은 분명하잖아!」

「그건 당신하고 전혀 상관없는 다른 사건과 연결된 일일 거야.」

우리는 지난 나흘을 보내면서, 우리가 겪은 일을 돌이켜 생각하고 이러저러한 가설을 세웠다가 수정하거나 폐기했다. 나는 갈수록 어두워졌고, 마이아는 언제나 친절하게 도움을 주었다. 그녀는 지칠 줄 모르고 집과 큰 부락을 오가면서 신선한 음식이며 몰트위스키 몇 병을 가져다주었다. 나는 벌써 위스키를 세 병이나 비웠다. 우리는 사랑을 두 번 나눴다. 그런데 나는 성난 사람처럼 방사를 벌였다. 마치 자신을 비우고 싶어 하는 사람처럼 굴었지만, 쾌감을 느끼는 데에는 성공하지 못했다. 하지만 그 여인에 대한 내 사랑은 점점 간절해지고 있었다. 보호를 받아야 하는 작고 가녀린 굴뚝새 같았던 그녀가 나를 해치려는 사람이 있으면 누구라도 물어뜯을 준비가 되어 있는 충실한 암컷 늑대로 변해 있었다.

그렇게 나날을 보내다가 그날 저녁을 맞았다. 우리는 텔레비전을 켰고, 거의 우연히 코라도 아우자스[58]가 진행하는 프로그램을 보게 되었다. 코라도 아우자스는 전날 BBC에서 방송했던 영국 프로그램 「글라디오 작전」을 소개하고 있었다.

우리는 말도 한 마디 하지 않고 홀린 듯이 그 방송을 보았다.

마치 브라가도초가 대본을 써서 만든 영화 같았다. 그가 상상했던 모든 것이, 그리고 그 이상의 것이 거기에 있었다. 뿐만 아니라 사진들이며 다른 기록들이 말을 뒷받침하고, 유명 인사들이 증언을 보태기도 했다. 이 르

58 중요 주간지 『레스프레소』와 일간지 『라 레푸블리카』에서 활동한 기자이자, 여러 권의 베스트셀러를 낸 작가이며, 문화·역사·시사 관련 TV 프로그램을 진행하는 엠시였다. 이 소설의 시대적 배경인 1992년에도 〈RAI 3〉 방송에서 범죄 사건을 다루는 「노란 전화」라는 프로그램을 진행했다.

포는 벨기에의 스테이 비하인드 조직이 저지른 악행을 고발하는 것으로 시작되었다. 이어서 이탈리아의 글라디오에 관한 얘기가 나왔다. 미국의 CIA는 글라디오가 존재한다는 사실을 자기네가 신뢰하는 이탈리아 총리들에게만 알려 주었다(예를 들어 모로나 판파니 같은 총리들은 그 사실을 전혀 몰랐다). 〈속임수란 지략의 한 형태이고 국가의 지략이기도 하다〉라는 말이 화면을 가득 채웠다. 글라디오의 첩보원들이 하던 말이라고 했다. 르포가 2시간 반에 걸쳐 진행되는 동안 네오파시스트 빈치구에라가 여러 번 등장했다. 그는 온갖 것을 잇달아 폭로했고, 전쟁 종료 직전에 연합군 정보기관이 보르게세와 그가 이끌던 잠수 특공대의 부하들을 만나, 장차 소련의 침공에 대비하기 위해 서로 협력할 것을 약속하는 문서에 서명했다는 말도 했다. 그리고 여러 증인이 모두 솔직하게 단언하기를, 글라디오 작전을 제대로 수행하기 위해서는 예전에 파시스트였던 사람들만을 끌어모을 수밖에 없었다고 했다. 그러면서 독일에서 미국 정보기관이 클라우스 바르비 같은 게슈타포 학살자를 처벌하지 않고 비호하면서 유럽의 공산주의자 소탕전에 활용한 예를 들었다.

　프리메이슨 비밀 회당 〈프로파간다 두에〉를 창설하고 극우 정당을 만들었던 리초 젤리도 여러 번 등장해서 아무렇지도 않다는 듯이 연합군 정보기관의 협력자였음을 스스로 인정했다. 빈치구에라는 그를 좋은 파시스트라고 규정했다. 젤리는 자기가 벌인 사업이며 자기가 접촉한 사람들, 자기의 정보원들에 관해서 이야기했고, 자기가 이중적인 태도를 취함으로써 사람들을 얼마나 혼란스럽게 만들었는지는 전혀 깨닫지 못하는 듯했다.

지난 4월에 사임한 그리스도교 민주당의 코시가 대통령은 1948년 청년 가톨릭 활동가였던 시절의 이야기를 들려주었다. 공산당이 선거 결과를 받아들이지 않을 경우에 행동을 벌일 수 있도록 사람들이 자기에게 스텐 경기관총과 수류탄을 가져다주었다는 얘기였다. 그러자 빈치구에라가 다시 등장하더니, 대중이 긴급 사태 선언을 심리적으로 받아들이도록 극우파 전체가 긴장을 높이기 위한 전략에 헌신했노라고 차분하게 말했다. 그런 다음 〈새로운 질서〉나 〈국가 선봉대〉 같은 극우파 조직들이 여러 정부 부처의 책임자들과 긴밀한 관계를 맺고 활동했다는 점도 분명하게 밝혔다. 상원 의원으로서 국회 조사 위원회에서 활동한 경험이 있는 사람들이 증언에 나섰다. 그들은 정보기관과 경찰이 테러 사건 때마다 사법 당국의 조사를 마비시키기 위해 관련 서류에 손을 대어 문제를 복잡하게 만들었다고 아주 솔직하게 말했다. 빈치구에라는 밀라노 폰타나 광장 폭파 사건에 대해서도 설명했다. 그 폭탄 테러의 범인은 네오파시스트 프란코 프레다와 조반니 벤투라일 거라고 모두가 생각하지만, 실제로 그 모든 작전을 지휘한 것은 내무부의 특별 정보국이었다는 것이다. 이어서 빈치구에라는 〈새로운 질서〉와 〈국가 선봉대〉가 좌파 그룹들이 테러 행위를 하도록 부추기기 위해 어떻게 그 그룹들에 침투했는지도 자세하게 설명했다. CIA 요원이었던 오스왈드 리 윈터 대령은 극좌파 조직 〈붉은 여단〉은 내부에 반대쪽 요원이 침투해 있었을 뿐만 아니라, 이탈리아 군 정보기관인 정보 군사 보안국(SISMI)의 국장이었던 산토비토 장군의 명령을 받기도 했다고 단언했다.

〈붉은 여단〉의 창설자들 중에서 초기에 체포되었던 알베르토 프란체스키니는 인터뷰 도중에 믿기 어려울 만큼 놀라운 얘기를 했다. 자기 나름대로 좋은 신념을 갖고 행동했는데, 결국엔 다른 목표를 겨누는 어떤 자의 조종을 받은 것 같다는 것이었다. 빈치구에라는 〈국가 선봉대〉가 마오쩌둥을 지지하는 유인물을 뿌리는 임무를 맡았는데, 그 임무의 목적은 사람들에게 친중파 활동에 대한 공포감을 불어넣기 위함이었다고 주장했다.

글라디오의 사령관들 가운데 하나인 인체릴리 장군은 아무런 주저 없이 말하기를, 글라디오의 무기고는 경찰서에 있었고, 글라디오 멤버들은 천 리라짜리 지폐의 반쪽을 일종의 증서처럼 내밀면(이건 그야말로 대중 소설에나 나올 법한 장면이 아닌가) 자기들이 원하는 무기를 가져갈 수 있었다고 했다. 르포는 알도 모로 총리의 납치와 살해에 관한 이야기로 끝났다. 납치 시각에 로마의 비아 파니라는 도로에서 정보기관의 요원들이 목격된 것은 사실이라고 했다. 그 요원들 가운데 한 명은 자기가 친구 집에서 점심을 같이 먹자고 초대를 받았기 때문에 그리로 지나갔다고 변명했다. 왜 친구 집에서 점심을 먹기로 한 사람이 아침 9시에 거기로 갔는지는 도저히 이해할 수 없게 하는 변명이었다.

CIA의 전 국장인 콜비는 물론 모든 것을 부정하고 있었다. 하지만 CIA의 다른 요원들은 얼굴을 가린 채로 여러 가지 문서들에 대해서 언급했다. 그 문서들에는 테러 사건에 관계한 사람들에게 조직이 지불한 급료까지 자세하게 적혀 있었다. 예를 들어 이탈리아 군 정보기관의 수장이었던 미첼리 장군에게는 매달 5천 달러가 지급된 것으로 되어 있었다.

진행자 코라도 아우자스가 강조했듯이, 르포가 보여 준 것은 아마도 정황 증거들일 것이었다. 그것을 근거로 삼아 누구를 단죄할 수는 없었다. 하지만 그것만으로도 여론을 들끓게 하기에는 충분했다.

마이아와 나는 정신이 얼떨떨했다. 그 르포의 폭로는 브라가도초가 들려준 가장 황당한 얘기를 넘어서고 있었다. 「당연한 거야.」 마이아가 말했다. 「브라가도초가 당신에게 강조한 것처럼, 그 모든 뉴스는 오래전부터 유포

되고 있었어. 다만 집단의 기억에서 뉴스들이 지워졌던 거야. 모자이크의 조각들을 한데 모으려면 기록 보관소나 신문 잡지 자료실에 가면 돼. 누구나 그랬겠지만, 나 역시 대학 시절에도 신문을 읽었고, 유명 인사들의 연애에 관한 기사를 쓰던 시절에도 신문을 읽었어. 나 역시 그런 것들에 대해서 말하는 것을 들었어. 그런데 누구나 그렇듯이 나도 잊어버렸어. 마치 새로운 폭로 기사가 나올 때마다 이전의 뉴스를 지워 버리기라도 하는 것처럼 말이야. 그러니까 모든 것을 끌어내어 다시 죽 늘어놓기만 하면 돼. 브라가도초가 바로 그 일을 했고, BBC도 그 일을 한 거야. 재료를 혼합해서 저마다 칵테일을 만들었어. 그래서 우리 앞에 두 잔의 완벽한 칵테일이 있어. 어느 쪽이 더 진실에 가까운지는 알 수 없어.」

「그래, 하지만 브라가도초는 아마도 칵테일에 자신만의 어떤 것을 첨가했을 거야. 무솔리니 이야기라든가 교황 요한 바오로 1세의 암살에 관한 이야기 같은 것을 말이야.」

「맞아, 그에게는 허언증이 있었어. 그리고 어디에서나 음모를 보았지. 하지만 그의 이야기에 누가 겁을 먹었다고 볼 수는 없지.」

「세상에, 벌써 잊은 거야? 며칠 전에 누군가가 브라가도초를 죽였어. 브라가도초가 모은 정보들이 다시 세상에 떠도는 것을 두려워했기 때문이야. 게다가 이제는 저

방송 때문에 그 정보들을 아는 사람들이 수백만 명으로 늘어날 거야.」

「내 사랑.」 마이아가 말했다. 「아는 사람들이 많아진 것은 당신에게 행운이 왔다는 뜻이야. 생각해 봐. 정체를 알 수 없는 〈그들〉이든 혼자서 활동하는 미치광이든 정말로 어떤 사람이 있다고 하면, 그는 사람들이 이러저러한 사건들을 다시 기억해 내고 있다는 사실에 겁을 먹겠지. 하지만 겁을 먹었다 한들 어떻게 한 집단이나 한 인물을 해칠 수 있겠어? 없애야 할 사람들이 너무 많잖아. 그러니까 그 방송이 끝난 뒤로 〈그들〉이든 그 미치광이든 당신이나 시메이를 죽일 이유가 없어졌다는 거지. 만약 내일 당신이 신문사를 돌아다니며 브라가도초에 게서 들은 얘기를 퍼뜨린다면, 사람들은 당신을 자기들이 텔레비전에서 본 것을 다시 떠들어 대는 괴짜로 여길 거야.」

「하지만 우리가 BBC에서 언급하지 않은 것, 예를 들어 무솔리니나 요한 바오로 1세에 관해서 얘기를 할까 봐 두려워하는 사람이 있을 거야.」

「좋아, 그럼 당신이 어딘가에 가서 무솔리니 얘기를 한다고 쳐. 브라가도초가 쏟아낸 것으로 봐서는 별로 있을 법한 얘기가 아냐. 증거도 없어. 그저 망상적인 추측일 뿐이야. 사람들은 당신한테 이렇게 말할 거야. BBC 방송을 보고 흥분해서 개인적인 환상을 풀어 놓는다고.

어쩌면 당신은 그들의 놀잇감이 될지도 몰라. 그들은 말할 거야. 〈다들 저 사람을 보세요, 별 볼 일 없는 선동가도 자기가 원하는 대로 얘기를 지어낼 수 있어요.〉 그리고 그런 폭로가 넘쳐나면, BBC의 보도에 대해서도 의혹이 생길 거야. 저널리스트는 저렇게 추측성 기사를 보도해도 되는가, 저건 망상에서 나온 헛소리다 하는 식의 비난이 나오겠지. 미국인들은 달에 가지 않았다든가 펜타곤은 UFO의 존재를 우리에게 감추려고 애쓴다 하는 식으로 말하는 사람들을 보면 우리는 어떤 사건의 숨겨진 이유를 캐고 싶어 하는 성향이라면서 〈디에트롤로지아〉라고 비판하지. BBC도 그런 욕을 먹을 수 있다는 거야. 그런 프로그램은 다른 모든 폭로를 전혀 쓸모없고 우스꽝스러운 것으로 만들어. 왜냐하면 어느 프랑스 책의 제목대로 현실은 허구를 뛰어넘으니까. 그 정도가 더 심해지면, 무언가를 지어낼 수 있는 사람은 아무도 없게 될 거야.」

「그러니까 내가 자유의 몸이 되었다는 말이지?」

「두말하면 잔소리. 〈진리가 너희를 자유롭게 하리라〉고 말씀하신 분이 누구더라? 그래, 진리란 그런 거야. 사람들이 무언가를 더 폭로하면 다 거짓말처럼 보이게 하지. 결국 BBC는 〈그들〉에게 최고의 서비스를 한 셈이야. 내일부터 당신이 아무리 황당한 소리를 하며 돌아다녀도 사람들은 별로 놀라지 않을걸. 캘커타의 테레사 수녀가 이탈리쿠스 열차에 폭탄을 설치했다고 소리쳐 봐. 사람들은 그냥 〈아 그래요? 그거 신기하네요〉라고 말할 거야. 그러고는 몸을 돌려 자기들이 하던 일을 계속하겠지. 내가 목을 걸고 장담하는데, 내일 보면 알겠지만 신문들은 BBC의 그 르포에 대해서 말도 꺼내지 않을 거야. 이 나라에서 이제 그 무엇이 우리를 동요시키겠어? 우리가 무엇을 겪었는지 생각해 봐. 우리는 옛날에 야만족들의 침입을 겪었고, 로마가 약탈당하는 수난을 당했어. 르네상스 시대에는 교황 알렉산데르 6세의 사생아 체사레 보르자가 세니갈리아에서 정적들을 학살하는 사건이 벌어졌고, 제1차 세계 대전 때는 60만 명이 죽었지. 제2차 세계 대전 때는 우리 땅이 지옥이었어. 그러니 폭탄 테러 때문에 40년에 걸쳐서 수백 명의 목숨을 잃었다고 말해도 사람들은 별다른 반응을 보이지 않아. 정보기관이 부정부패를 저질렀다고? 그런 얘기가 먹힐 것 같아? 보르자 가문이 저지른 일에 비하면 그건 웃기는 장난이지. 우리는 단검과 독약의 백성이었다고. 우리는 면역이 되어 있어. 누가 새로운 이야기라면서 우리에게 뭔가를 들려주기도 하지. 그러면 우리는 그보다 더 나쁜 얘기를 들은 적이 있다고 말해. 그러고는 듣고 보니 그 얘기는 가짜일 거라고 덧붙이지. 미국이 우리에게 거짓말을 했다면, 그리고 유럽의 반을 차지하는 나라들의 정보기관이며 우리 정부며 신문들이 거짓말을 했다면, BBC 역시 거짓말을 하지 않았을까 하는 생각이 들지 않겠어? 괜찮은 시민으로 살고자 하는 사람에게는 뭐가 중요할까? 진짜 중요한 문제는 딱 하나야. 세금이 더럽게 쓰이지 않도록 아예 내지 않는 거라고. 위에서 명령하며 사는 사람들은 저희끼리 알아서 잘 살아. 저희가 원하는 대로 살고, 어떤 식으로든 저희 뱃속을 채우지. 아멘. 보다시피 시메이하고 두 달 동안 일했더니 얻은 게 있어. 나도 남들처럼 영악해졌잖아.」

「그럼, 우리 이제 어떻게 하지?」

「우선 마음을 차분하게 가라앉혀. 내일 나는 편안한 마음으로 은행에 가서 비메르카테가 준 수표를 현금으로 바꿔 올 거야. 당신은 은행에 가서 돈을 찾아와. 돈이 있다면 말이야……」

「나는 4월부터 지금을 했어. 두 달 월급이 거의 그대로 남아 있으니까 천만 리라쯤 되겠지. 게다가 지난번에 시메이가 준 1천2백만 리라가 있어. 난 부자야.」

「훌륭해. 나도 돈 좀 모았어. 다 찾아서 뜨자고.」

「뜨는 거야? 이제는 겁내지 않고 돌아다닐 수 있는 줄 알았는데.」

「그래, 겁내지 않고 돌아다닐 수 있어. 하지만 아직도 이 나라에 살고 싶어? 일이 돌아가는 꼬락서니가 달라지지 않고 있어. 피자 가게에 가서 앉아 있으면, 옆자리의 남자가 정보기관의 끄나풀은 아닌지, 그 남자가 팔코네

판사 같은 정의로운 사람을 죽이려고 하는 건 아닌지 걱
정이 돼. 내가 저리로 지나가는 바로 그 순간에 저 남자
가 폭탄을 터뜨리지 않을까 하고 생각하면 겁이 나지.
우리는 지금 그런 나라에 살고 있어.」

「그런데 어디로 가지? 그쪽도 보고 들어서 잘 알 거야.
스웨덴에서 포르투갈까지 유럽 어디를 가든 비슷해. 그
렇다고 터키로 도망칠 순 없잖아? 거기는 〈회색 늑대들〉
이 있는 곳이잖아. 그럼 미국에 갈까? 하지만 설령 입국
이 허락된다 해도, 거기는 총을 쏘아서 대통령을 죽이는
곳이야. 아마 마피아가 CIA에도 침투해 있을걸. 세계는
하나의 악몽이야, 내 사랑. 나는 지금 타고 가는 열차에서
내리고 싶어. 하지만 내릴 수 없다는 얘기를 들었어. 우리
는 도중에 정차할 역이 없는 직행열차를 타고 있거든.」

「내 소중한 사람, 우리가 찾고 있는 나라는 비밀이 없
는 나라, 모든 일이 모두가 다 알도록 뚜렷하게 이루어
지는 나라야. 중남미 어딘가에 그런 데가 있을 거야. 감
출 게 없는 곳이야. 사람들은 다 알아. 누가 어느 마약 카
르텔에 속해 있는지, 누가 혁명 게릴라들을 이끄는지 다
알지. 레스토랑에 가서 앉아 있으면, 친구들 한 패거리
가 지나가. 그들은 무기 밀수의 대장이라면서 어떤 사람
을 당신한테 소개해. 아주 잘생긴 남자야. 깔끔하게 면
도를 하고 향수도 뿌렸어. 풀기가 빳빳한 흰 셔츠를 입
었는데, 그 셔츠를 바지 위로 내리고 있어. 종업원들이

몸을 숙여 인사를 하면서 〈세뇨르, 이쪽으로 오시죠〉를 연발해. 그때 경찰 지휘관이 그에게 경의를 표해. 그야말로 비밀이 없는 나라야. 모든 일이 모두가 다 알도록 뚜렷하게 이루어지고 있어. 경찰은 법률에 따라 부패되어 있음을 인정하고, 정부와 악의 세계는 헌법의 규정에 따라 공존하고 있으며, 은행은 더러운 돈을 세탁하면서 살아가고, 수상하지 않은 돈조차 가지고 있지 않으면 체재 허가증을 빼앗기는 불행에 빠져. 그들은 서로를 향해 총을 쏴. 하지만 자기들끼리만 그럴 뿐, 관광객들은 조용히 지내도록 내버려 두지. 우리는 신문사나 출판사에서 일거리를 구할 수 있을 거야. 거기에 내 친구들이 있어. 유명 인사의 로맨스를 전문적으로 다루는 잡지를 내는 친구들이야. 멋지고 정직한 활동이지. 이제 와서 다시 생각해 보니 그래. 기사들은 엉터리지만, 모두가 그걸 알면서도 재미있어 해. 어떤 남녀가 몰래 만나는 작은 정원에 관해서 기사를 쓰지. 그건 이미 전날 그들이 텔레비전에 나와서 고백한 장소야. 스페인어는 일주일이면 배울 수 있이. 자, 이제 떠나자고. 우리는 남쪽 바다에서 우리의 섬을 찾아냈어, 나의 투시탈라.」

혼자서 어떤 행위를 시작할 수 있으면 좋으련만, 나는 그런 것을 제대로 할 줄 모른다. 하지만 누가 나에게 볼을 패스하면, 때로는 골을 넣는 데 성공하기도 한다. 마이아는 아직 세상 물정을 잘 모른다. 그래도 나는 나이가 들면서 더 현명해졌다. 내가 패배자인 것을 알 때, 위안을 얻을 수 있는 길은 오로지 이런 생각을 하는 것뿐이다. 〈내 주위에 있는 사람들 모두가 패배자이다. 심지어는 승리한 사람들조차 패배자이다.〉

나는 마이아에게 이렇게 대답했다.

「내 사랑, 아직 알아차리지 못한 모양인데, 이탈리아는 네가 도망가고 싶어 하는 꿈의 나라들하고 비슷하게 조금씩 변해 가고 있어. BBC는 우리에게 많은 이야기를 들려주었어. 우리는 우선 그 모든 것을 받아들이고 그다음에는 잊어버리는 데에 성공해야 해. 그 모든 것을 잊는 데에 성공했다면, 그것은 우리가 수치심을 잃는 데에 익숙해지고 있다는 뜻이야. 방송에서 봤잖아? 인터뷰에 응한 사람들은 자기들이 이런 일을 하고 저런 일을 했다는 얘기를 아주 뻔뻔스럽게 했어. 훈장이라도 하나 받을 기대를 하는 사람들 같았다고. 빛과 어둠의 대비 효과로 그림 속의 주요 인물들을 돋보이게 하는 바로크 시대의 명암법은 반(反)종교 개혁 시대에는 많았지만, 이제는 더 찾아볼 수가 없어. 불법 거래며 뒷거래가 마치 인상파 화가들이 묘사한 것처럼 햇빛 아래에서 공공연하게 행해지고 있어. 부정부패가 허용되고, 마피아와 결탁한 인물이 당당하게 국회에 들어가는가 하면, 탈세자들이 정부에 들어가. 감옥에는 알바니아에서 온 좀도둑들만

들어가 있어. 사람들은 선거 때마다 계속 너절한 자들에게 표를 줄 거야. 왜냐하면 그들은 BBC를 믿지 않을 테니까. 아니면 오늘 저녁의 프로그램 같은 방송을 아예 보지 않을 수도 있어. 더 시시한 어떤 것을 보겠다고 텔레비전 앞에 딱 들러붙어 있다면 말이야. 아마 비메르카테의 홈쇼핑 채널들이 저녁의 황금 시간대를 독차지하게 될지도 모르지. 사람들의 관심은 그런 데에 가 있어. 어느 중요한 인물이 살해되었다고 해도 신경을 쓰지 않아. 그냥 국장을 치러 주면 되는 거야. 우리는 그런 세계에 끼어들지 말고 우리 식으로 살자고. 나는 옛날로 돌아가서 다시 독일어 번역을 할 거야. 너는 잡지 기자로 돌아가서 미용실이나 치과 대기실에 놓일 만한 잡지를 만들어. 일은 그렇게 하고, 저녁에는 좋은 영화를 보자. 주말은 여기 오르타 호반에 와서 보내는 거야. 다른 사람들은 지옥에나 가라고 하지 뭐. 우린 그냥 기다리는 거야. 우리 나라가 제3세계에 속하게 되면, 아주 살기 좋은 나라가 될 거야. 마치 코파카바나에서처럼, 여자가 왕이고 여자가 최고인 나라[59]가 되겠지.

59 『로아나 여왕의 신비한 불꽃』 8장에서는 카포카바나라고 했지만, 이번 소설에서는 코파카바나라고 썼다. 이 부분은 1944년에 나온 이탈리아 대중가요 「카포카바나에서」의 첫머리인 〈거기, 카포카바나, 카포카바나에서는 여자가 왕이고 여자가 최고라네〉에서 따온 것이다. 브라질의 그 유명한 코파카바나가 작사자의 실수로 카포카바나가 되었지만, 이 노래가 선풍적인 인기를 얻음에 따라, 오늘날에도 코파카바나를 카포카바나로 알고 있는 사람들이 있다고 한다.

마이아는 나에게 다시 마음의 평화를 주고 나 자신에 대한 믿음을 되살려 주었다. 적어도 나를 둘러싸고 있는 세계를 고요하게 불신하도록 만들어 준 것은 분명하다. 삶은 견딜 만하다. 자기가 가진 것에 만족하면 된다. 스칼렛 오하라가 말한 대로 — 남의 말을 인용하는 버릇에서 벗어나지 못했다는 것을 나도 알지만, 나는 1인칭으로 말하는 것을 포기했고, 이제 남들이 말하도록 그냥 내버려 두고자 한다 —, 내일은 내일의 태양이 뜰 것이다.

산 줄리오섬은 햇살에 다시 빛날 것이다.

옮긴이의 말

기쁨과 슬픔

에코의 소설을 읽는 것도 재미있지만, 그 소설에 관한 여러 나라 신문의 리뷰를 읽는 것 또한 그에 못지않게 재미있다. 에코가 소설을 내면 나라마다 주요 신문들이 서평이나 인터뷰 기사를 싣는다. 이탈리아와 프랑스에서는 앞다투어 작가와 대담을 나누고 영어권에서는 대개 긴 서평을 실어 준다. 신문의 평자가 이전에 에코의 어떤 소설이나 에세이를 읽었느냐에 따라 인터뷰의 질문도 서평도 달라진다. 『장미의 이름』의 마법에 매인 채 아직도 보르헤스 타령을 하는 게으른 평자도 있고, 작품의 두께와 문체의 차이에 의아함을 표시하는 순진한 이도 있으며, 바로 앞서 나온 소설 『프라하의 묘지』와 새 작품을 비교하는 어설픈 논객도 있다. 에코의 문학 세계가 풍부하다 보니, 평자들의 논점이 다르고 주목하는 바가 다르다. 그래서 다양한 견해가 나오고 새로운 정보가 알려진다. 나하고 평이 다르다고 해서 슬픔을 느끼기보다는 에코의 작품이 그토록 풍부하게 해석된다는 사실에 경이감과 기쁨을 얻는다.

그런데 슬픔을 느낄 때가 있다. 이탈리아 일부 신문의 〈마키나 델 판고(진흙 칠 기계 장치)〉를 접할 때이다. 소설에 줄담배와 중화요리와 에메랄드빛 양말에 관한 뉴스로 수사 판사의 얼굴에 먹칠을 하려는 고약한 보도 기법이 소개된다. 매스 미디어를 통해 특정 인물의 사소한 일을 들먹임으로써 명예를 훼손하고 그에게 의혹의 눈길이 쏠리게 하는 보도 방식을 이탈리아에서는 〈마키나 델 판고〉라고 부른다. 우리가 말하는 먹칠하기나 흙칠하기의 이탈리아식 표현이다. 이탈리아의 매스 미디어는 그런 행태를 많이 보인다. 특히 베를루스코니가 소유하고 있는 매스 미디어가 그런 일로 악평을 많이 들었던 듯하다. 에코의 이번 소설에 대한 일부 신문의 서평이 그 점을 잘 말해 준다. 한 일간지는 〈움베르토가 위키피디아를 베낀다〉라는 기이한 제목을 달아 소설에 나온 단 하나의 대목을 문제 삼은 긴 악평을 실었다. 브라가도초라는 등장인물이 리초 젤리라는 파시스트가 유고슬라비아왕의 보물을 이탈리아로 옮겨 왔다가, 그 가운데 일부를 아르헨티나로 옮겼다는 얘기를 주인공에게 전하는 대목이다. 이 대목은 리초 젤리가 온라인을 통해 실제로 고백한 얘기를 소설 속 인물이 〈사람들 말로는〉이라는 말을 넣어 전하는 것이다. 따라서 온라인 백과사전의 어떤 항목을 베꼈다는 말이 도저히 성립될 수 없다. 그래도 그것에 그쳤으면 공동 집필에 나선 두 평자가 그저 억지를 부리는구나 하고 넘어갈 수도 있으련만, 그 억지 주장을 바탕으로 한 선언이 현란하다. 〈가장 유명한 이탈리아 지식인이, 엄청난 명성을 지닌 학자가, 베스트셀러 작가가, 이미 스트레가상을 받은 작가가, 장서가 6만 권에 달한다는 개인 도서관을 정보의 원천으로 삼고 있는 사람〉이 위키피디아를 베껴서 자기 소설의 줄거리를 구성했으니, 이건 하나의 〈사건〉이라는 것이다. 그 뒤로 이어지는 자문자답의 궤변, 그리고 논쟁을 더 끌고 가려는 욕심은 놀랍다 못해 안쓰럽다. 밀라노의 또 다른 우파 신문은 〈『제0호』가 베를루스코니파 사람들을 모욕한다〉라는 제목의 기사에서, 『제0호』가 소설이 아니라 논쟁적인 시론이나 팸플릿에 가깝다면서, 우파 저널리즘을 사정없이 빈정거린다고 공격한다. 문학 작품을 놓고 서평을 쓰는 것이 아니라, 편을 갈라서 한판 싸워 보자고 도전하는 사람들 같다. 이탈리아 신문의 이런 기사들을 보고 있으면, 에코가 왜 『제0호』를 썼는지 절로 이해가 된다.

〈세계가 구상되면 말들이 뒤따른다〉

누구나 에코의 소설에 기대하는 바가 있으리라. 우리

독자들이 가장 많은 읽은 소설은 『장미의 이름』이니, 아마 그 전설적인 걸작을 생각하면서 동일한 감동을 예상하는 이들이 많지 않을까 싶다. 하지만 에코의 소설을 읽을 때는 문체가 작품마다 아주 다르다는 사실을 염두에 두는 게 좋다. 『제0호』를 포함해서 에코의 일곱 소설을 다 읽은 이들은 전적으로 공감할 것이다. 소설의 문체를 놓고 그렇게 다양한 측면을 고려하고 그토록 치밀한 전략을 짜는 소설가들이 또 있을까?

문체에 대한 에코의 깊은 생각을 잘 이해하고자 한다면, 『장미의 이름』의 첫머리에 마치 일러두기처럼 붙어 있는 글을 찬찬히 살펴보면 좋을 것이다. 이 글의 〈나〉는 바로 뒤에 길게 이어지는 중세 수도사의 이야기가 어디에서 어떻게 왔는지를 설명한다. 14세기 후반에 독일 수도사 아드소가 라틴어로 원고를 썼고, 17세기에 그것의 인쇄본이 나왔으며, 19세기에 프랑스의 수도사가 그 인쇄본을 프랑스어로 번역하여 파리의 한 수도원에서 출간했는데, 〈나〉라는 화자가 그 번역본을 프라하에서 손에 넣은 뒤에 수도사의 그 엄청난 이야기를 읽고 매력을 느낀 나머지 커다란 노트 몇 권에다 곧장 이탈리아어로 번역했다. 그런데 동행하던 친구가 프랑스어 번역본을 가지고 사라지는 바람에, 그 프랑스어 번역본과 원전을 찾아 도서관과 수도원을 돌아다녀 보았지만, 그런 것들은 어디에도 없었다. 결국 자기가 이탈리아어로 옮긴 것

을 다듬어서 출판해야 하는 상황이다. 여기에서 〈나〉는
어떤 문체를 선택할 것인가를 놓고 고민한다. 14세기 이
탈리아인들이 쓰던 속어를 흉내 낼 수 있을까? 그보다는
교양의 수준이 높고 신학과 스콜라 철학에 조예가 깊은
수도사가 썼던 라틴어의 문체를 닮아야 하지 않을까? 아
니, 그런 문체는 간접적으로 참고하기만 하고, 직접적으
로는 19세기 프랑스 수도사의 근대적인 번역을 본보기
로 삼아야 하지 않을까? 그렇다면 프랑스어 번역자가 옮
기지 않고 그대로 둔 라틴어는 어떻게 할까? 이런 숙고
의 결과로『장미의 이름』이라는 위대한 소설의 문체가
생겨났다.

　많은 독자들이 알고 있다시피, 소설의 첫머리에 붙은
이 일러두기는 〈필사 원고 발견〉이라는 문학적 토포스,
다시 말하면 소설이 자기의 창작물이 아니라 이미 존재
하던 필사 원고를 발견하여 그대로 옮긴 것이라고 너스
레를 치는 전통적인 서사 기법이다. 어떤 독자는 세르반
테스가『돈키호테』의 화자로 등장하여 자기는 그저 아
랍어로 쓰인 이야기를 스페인어로 옮길 뿐이라고 말하
는 대목을 떠올릴 것이고, 어떤 독자는 얀 포토츠키가
쓴『사라고사에서 발견된 원고』의 첫머리를 생각할 것
이다. 아마도 이탈리아 독자들은 〈당연히, 하나의 필사
원고〉라는 제목이 붙은 이 일러두기를 보면서, 19세기
에 알레산드로 만초니가 쓴 위대한 역사 소설『약혼자

들』의 서문을 떠올렸을 것이다. 그 서문에도 17세기의 필사 원고를 그대로 옮겨 적었다는 작가의 말이 나오니까 말이다.

그런데 역자가 보기에 중요한 점은 서사 문학의 전통을 계승하고 있다는 데에 있는 것이 아니라, 에코가 문체를 결정하는 방식을 잘 보여 준다는 데에 있다. 두어 권의 저서와 인터뷰에서 에코가 분명히 말한 것처럼, 서사의 세계가 구상되면 말들이 뒤따른다. 소설의 주제 또는 서사 세계의 구조가 문체를 결정한다는 것이다. 그래서 에코의 소설들은 문체가 서로 다르다. 『장미의 이름』은 중세 연대기 작가의 품격을 보이면서도 라틴어 문헌의 근대 번역을 읽는 느낌을 주고, 『푸코의 진자』는 박식하고 재치가 넘치는 젊은 편집자들의 발랄한 어법과 일부 인물의 교양 있고 고풍스러운 언어, 또 다른 인물들의 고압적인 말투나 상업적이고 저속한 언어 등을 뒤섞으면서 언어의 대향연을 보여 준다. 『전날의 섬』은 바로크 시대를 배경으로 하고 있지만, 그 시대의 말을 쓰기보다 화자에게 다중성을 부여하는 방식으로 문체의 문제를 해결한다. 『바우돌리노』는 문체 실험의 빛나는 성과를 보여 준다. 에코는 중세에 떠돌았던 사제왕 요한의 전설에 관심이 많았다. 동방 어딘가에 요한이라는 사제가 다스리는 그리스도교 왕국이 있다는 이야기가 돌았다. 그것을 가장 먼저 책에서 서술한 사람은 독일의 오토 주교인데, 그는 프리드리히 1세의 신임을 받았고 그 황제의 전기를 쓰기도 했다. 에코는 프리드리히 1세에 주목했고, 사제왕 요한의 전설과 그 황제를 결합하기로 했다. 소설의 주요 무대는 프리드리히 1세의 행적을 따라 선택된 이탈리아 북부와 동로마 제국의 콘스탄티노플이다. 에코 자신의 고향이기도 한 알레산드리아의 한 소년이 프리드리히 황제의 양자가 되어 〈사제왕 요한의 서신〉이라는 가짜 문서를 만들고 황제를 동로마 제국 쪽으로 이끌고 간다는 이야기를 하려고 했다. 그렇다면 그 이야기를 누가 어떤 식으로 들려주는 것으로 할까? 이번에 에코가 선택한 것은 십자군의 콘스탄티노플 약탈을 기록한 동로마 제국의 역사학자 니케타스 코니아테스를 등장시키는 것이다. 이 역사학자는 그리스인이다. 따라서 주인공 바우돌리노는 콘스탄티노플에게 그리스어로 자기 모험담을 들려준다. 그렇다면 바우돌리노의 고향의 언어는 어떻게 하나? 에코의 노력은 이 대목에서 더욱 빛을 발한다. 12세기에 이탈리아 북부에서 어떤 언어를 사용했는지에 대해서는 남아 있는 기록이 없다. 그래서 에코는 방언과 역사 사전을 참조하여 피진어를 만들어 내고 그 문장을 소설의 1장으로 삼는다. 그리하여 박식하고 사려 깊은 니케타스의 경청과 바우돌리노의 악한 소설 같은 모험담이 서로 어우러지면서 경이로운 세계가 펼쳐진다.

그런가 하면 『로아나 여왕의 신비한 불꽃』의 문체는 찬찬하고 정교하고 자상하다. 갑자기 기억을 상실한 60세 노인이 어린 시절의 갖가지 책이며 회고담, 음악, 미술, 영화를 다시 경험하면서 파시즘 시대를 아주 정확하게 복원해 낸다. 이탈리아 파시즘을 이해하는 데는 이보다 친절하고 자상한 책이 없을 듯하다. 주인공이 책을 너무나 많이 읽은 사람이라서, 아직 기억이 온전히 살아나지 않은 초기에는 주인공의 입에서 인용문들이 꼬리에 꼬리를 물고 이어지는 기적 같은 현상을 보게 되지만, 연상과 기억이라는 주제를 다루는 소설인 만큼 흥미로운 기법으로 받아들일 수 있을 것이다. 『프라하의 묘지』는 세 목소리가 갈마드는 독특한 구조를 취하면서, 19세기 신문 연재소설의 문체를 과장되지 않게 재현했다. 실제로 작가는 자신의 그런 의도를 번역자들에게 알렸다. 사건들이 주로 19세기 말의 파리에서 벌어지고 있으니, 그 시대 분위기가 나도록 문체를 선택했다는 것이다. 결국 역자는 옛날의 대중 소설을 읽는 기분이 들도록 의고체를 선택하되, 현대 독자들의 언어 감각에서 너무 멀어지지 않도록 어휘와 표현의 선택에 신중을 기할 수밖에 없었다.

『제0호』는 어떠한가? 프랑스의 대표적인 좌파 신문 『뤼마니테』의 기자가 에코에게 〈왜 이번에는 더 이해하기 쉽도록 소설을 쓰셨나요?〉 하고 물었다. 에코의 대답은 이러했다. 〈나이가 들면 현명해지는 법이죠. 자기가 알 것은 다 안다는 식으로 무게를 잡을 필요가 없어요. 『제0호』는 내 소설들 가운데 학식을 가장 적게 드러내는 작품입니다. 이전 소설들이 말러의 교향곡들이라면, 이 소설은 재즈에 더 가깝죠. 찰리 파커나 베니 굿맨의 연주를 듣는 것과 같아요. 내 소설들에서 문체는 언제나 주제를 따라갑니다. 『장미의 이름』의 문체는 중세 연대기 작가의 문체였어요. 『전날의 섬』의 문체는 바로크였고요. 『제0호』는 아주 건조한 저널리스트의 문체를 취합니다. 나는 동시대성에 관해서 말하기 때문에 온갖 역사적 문헌을 중첩할 필요가 없었어요. 그저 무솔리니와 관련된 역사가 나올 뿐인데, 그것도 여기에서는 거의 동시대에 속하죠.〉

웃음과 한숨

『제0호』가 저널리스트의 문체를 취한 이유는 저널리즘의 세계를 다룬 소설이기 때문이다. 보통의 소설들은 집필하는 데 6년이 걸리고, 『푸코의 진자』는 8년이 걸렸다는데, 이 소설은 1년 만에 집필을 끝냈다고 한다. 소설이 얇아서일까? 꼭 그렇다고 볼 수는 없다. 에코는 저널리스트로서 50년에 가까운 경험을 쌓았고, 이미 20년 전에 이런 소설을 구상했으니까 말이다. 에코의 문학론을 모아 놓은 『나는 독자를 위해 글을 쓴다』(한국어 구판은

『움베르토 에코의 문학 강의』)는 일독을 권할 만한 흥미롭고 유익한 책이다. 이 책에 「나는 어떻게 소설을 쓰는가」라는 글이 실려 있다. 원래 1996년에 발표했던 것인데, 그 뒤로 몇 년 사이에 경험한 일을 보태어 다시 쓴 글이다. 그 글의 한 대목에 바로 『제0호』에 관한 이야기가 나온다. 『바우돌리노』를 본격적으로 구상하기 전에, 새 소설에 대한 이러저러한 생각을 하던 때의 이야기이다. 에코는 가짜를 진짜처럼 만들어 내는 일군의 인물들을 소설에서 다뤄 보고 싶어 했다. 그래서 현대의 글쟁이들을 인물로 설정하고, 그들이 신문사를 설립해서 일련의 창간 예비 판을 통해 어떻게 특종을 〈창조〉할 수 있는지 실험해 보는 이야기를 구상했다. 그 구상에 맞게 소설의 제목을 〈제0호〉로 할 생각이었다. 그런데 무언가 석연치 않은 점이 있었다. 『푸코의 진자』에 나오는 편집자들과 똑같은 인물들을 다시 만나는 게 두려웠다는 것이다. 그래서 에코는 다른 이야기를 구상했고, 『바우돌리노』와 『로아나 여왕의 신비한 불꽃』과 『프라하의 묘지』를 거친 뒤에 드디어 가짜 신문을 만드는 사람들의 이야기를 썼다.

그러니까 『제0호』는 분명 저널리즘에 관한 소설인데, 정의와 진실을 추구하는 신문 기자들의 모험담이 아니라, 실패한 글쟁이들과 음모론에 잘 빠지는 기자와 〈기레기〉들의 나쁜 저널리즘을 보여 주는 익살스럽고 풍자

적인 이야기이다. 『뉴욕 타임스』에 서평을 올린 소설가
이자 로마 특파원인 톰 래크먼은 〈수염이 희끗희끗한
83세 노교수가 책들이 즐비한 어느 성소에서 타이핑을
하며 껄껄거리는 모습을 상상한다〉라고 썼다. 역자도 처
음엔 노대가 선생께서 같이 웃자고 넉살을 피우는 것으
로 여겼다. 그러나 선생이 타계하신 뒤에 다시 읽을 때
는 진한 슬픔을 느꼈다. 췌장암으로 곧 사망하리라는 것
을 아시고 출간한 책이라니, 웃음 뒤에 감춰진 허허로움
과 슬픔이 느껴졌다. 소설의 말미에서 두 남녀 주인공이
나누는 이야기가 마치 작가의 한숨 소리처럼 들리기까
지 했다.

오르타의 〈사크로 몬테〉에 올라 대문호의 뜻을 기리다

에코 소설들을 번역하면서 참으로 많은 곳을 다녔다.
『로아나 여왕의 신비로운 불꽃』을 옮길 때는 소설의 무
대를 찾아서 피에몬테의 산골 마을과 알레산드리아와
밀라노를 돌아다녔다. 『프라하의 묘지』를 번역할 때는
19세기 역사의 흔적과 소설에 소개된 공간을 찾아, 토리
노와 시칠리아와 로마와 파리 등지에서 취재를 벌였다.
이번에는 번역이 다 끝나도록 여행을 떠나지 않았다. 다
시는 작가를 만날 수 없다는 생각에 의기가 푹 꺾였던
모양이다. 작가도 떠나셨는데, 번역 기행 따위가 무슨
소용이랴 하는 심산이었을 것이다.

그런데 열린책들에 번역 원고를 보내고 났더니, 두 주인공 남녀가 함께 시간을 보내는 오르타 호반이 자꾸 생각났다. 밀라노에서 70킬로미터밖에 떨어지지 않은 곳이니까 에코 선생님도 자주 가서 휴양을 하셨으리라는 생각이 들었다. 때마침 출간 예정일을 여유롭게 잡아 놓았다는 얘기가 들렸다. 열린책들의 주간이 역자 후기를 써달라고 했다. 나는 오르타 호반의 사크로 몬테에 올라가서 역자 후기를 쓰리라 작정하고 여행길에 올랐다.

아침에 호텔 창문 너머로 오르타 호반의 산 줄리오섬을 보는 순간, 〈아하〉 하는 말이 절로 나왔다. 참 좋은 곳이구나, 이래서 마이아가 주말마다 이곳에 왔구나, 하는 생각이 들었다. 호텔을 나서 〈신성한 언덕〉 사크로 몬테로 올라갔다. 작가가 소설에서 묘사한 그대로다. 빼어난 경관과 유서 깊은 종교적 건축물들이 조화롭게 어우러져 있다. 유네스코 세계 문화유산에 등재된 것이 아주 당연해 보인다. 무엇보다 이곳은 성 프란체스코를 기리는 예배당 스무 채가 나선형으로 들어서 있는, 명상과 기도와 산책의 공간이다. 돈이 되면 뭐든지 하겠다는 사람들이 넘쳐 나는 이탈리아 사회에서, 이곳은 하나의 성지나 다름없다. 가난과 결혼하겠다고 선언하며 청빈의 삶을 실천한 성 프란체스코를 따르는 사람들이 찾아오는 곳이니까 말이다.

황혼 녘에 다시 사크로 몬테에 올랐다. 전망이 가장

좋은 첫 번째 예배당 앞에 섰다. 에코가 묘사한 대로, 오르타 호수 한복판에서 산 줄리오섬이 저녁 햇살에 반짝인다. 우리 주인공 콜론나는 이 모습을 보며 마치 뵈클린이 그린 「망자의 섬」 같다고 했지만, 나는 망자의 섬으로 가신 대문호를 생각한다. 저녁 햇살에 아름답게 빛나는 저 섬처럼, 그분의 소설들도 역사에 길이길이 빛날 것이다.

2018년 10월
이세욱

옮긴이 **이세욱** 1962년에 태어나 서울대학교 불어교육과를 졸업하였으며 현재 전문 번역가로 활동하고 있다. 옮긴 책으로 움베르토 에코의 『프라하의 묘지』, 『로아나 여왕의 신비한 불꽃』, 『세상의 바보들에게 웃으면서 화내는 방법』, 베르나르 베르베르의 『개미』, 『웃음』, 『뇌』, 『신』(공역), 『제3인류』(공역), 미셸 우엘벡의 『소립자』, 미셸 투르니에의 『황금 구슬』, 장 클로드 카리에르의 『바야돌리드 논쟁』, 브뤼노 몽생종의 『리흐테르, 회고담과 음악 수첩』, 에리크 오르세나의 『오래오래』, 『두 해 여름』, 마르셀 에메의 『벽으로 드나드는 남자』, 장크리스토프 그랑제의 『늑대의 제국』, 『검은 선』, 『미세레레』, 알레산드로 바리코의 『노베첸토』 등이 있다.

제0호

발행일	2018년 10월 30일 초판 1쇄
	2022년 6월 20일 초판 6쇄

지은이 **움베르토 에코**
옮긴이 **이세욱**
발행인 **홍예빈·홍유진**
발행처 **주식회사 열린책들**

경기도 파주시 문발로 253 파주출판도시
전화 **031-955-4000** 팩스 **031-955-4004**
www.openbooks.co.kr

Copyright (C) 주식회사 열린책들, 2018, *Printed in Korea.*
ISBN 978-89-329-1927-0 03880

이 도서의 국립중앙도서관 출판예정도서목록(CIP)은 서지정보유통지원시스템 홈페이지(http://seoji.nl.go.kr)와 국가자료공동목록시스템(http://www.nl.go.kr/kolisnet)에서 이용하실 수 있습니다.(CIP제어번호:CIP2018025819)